카프와 북한문학

카프와 북한문학

홍 정 선

도서출판 역락

내 마음속의 카프와 북한문학

　내가 카프에 대해 처음 관심을 가지기 시작한 것은 대학원 석사과정 시절이다. 그러니까 1979년경이다. 당시의 문학연구 풍토에 대한 반발로 신경향파 문학이론에 대한 학위논문을 준비하면서 관심이 자연스럽게 카프문학으로 확대되었던 것이다. 그리하여 나는 신경향파 문학에 대한 관심을 카프로, 카프에 대한 관심을 납·월북 작가로, 납·월북 작가에 대한 관심을 다시 북한문학으로 옮기는 과정을 밟았다. 이 책은 내가 걸어온 그러한 과정의 산물이다.

　이 책에 수록된 대부분의 글은 비평과 논문의 중간지대에 속해 있다. 잡지에 비평적인 글로 발표했었지만 성격상으로는 논문에 가까운 글이라 할 수 있다. 이처럼 카프와 북한문학에 대한 나의 관심은 정체가 불분명하고 어정쩡하기 짝이 없다.

　돌이켜 보면, 나의 글이 말해주듯이, 카프와 북한문학에 대한 나의 관심은 맹렬한 것도 본격적인 것도 아니었다. 다른 연구자들에 비해 다소 일찍 관심을 가지기 시작했지만 나는 많은 사람들이 카프에 매달릴 때 의식적으로 그 분위기를 외면했다. 지레짐작으로 거름지고 장에 가는 격이 되는 것 같다는 자격지심을 떨쳐버릴 수 없었기 때문이다. 그 대신 연구풍토를 반성하는 글만 한두 편 썼다. 납·월북 작가와 북한문학에 대한 경우도 마찬가지였다. 90년대 초에 연변대학 도서관과 연변자치주 도서관을 뒤져서 상당량의 자료를 복사해 왔지만 다른 연구자들에게 빌려주기만 하고 나는 거의 글을 쓰지 않았다. 그 사람들이 지닌 그런 애정과 정열이 나에게는 없다고 판단했기 때문이다.

이처럼 카프와 북한문학에 대한 내 관심의 역사는 길지만 소득은 많지 않다. 그렇지만 나는 지금이야말로 나 같은 사람이 관심을 가질 때라는 생각이 든다. 많은 연구자들이 폭풍처럼 휩쓸고 지나간 뒤를 느긋하게 걸어가며 그들이 놓친 이삭을 줍는 게 내가 해야 할 일이란 생각을 하고 있다.

2008년 2월　홍정선

차례

제1부

카프 연구와
납·월북 작가 문제

카프 연구의 올바른 자리를 찾아서

1.

　1994년 5월에 있었던 '민족문학사연구소' 창립 4주년 기념 심포지엄에서 대표적인 진보적 문학인의 한 사람인 최원식 교수는 당시의 프로문학 연구경향에 대해 주목할 만한 발언을 한 바가 있다. 그는 주제 발제를 통해 일부 급진적 경향성을 띠거나 천박한 식견을 가진 문학연구자들이 과거의 한국문학을 부르주아문학과 프로문학으로 양분하고 전자의 반동성과 후자의 진보성을 가리는 일에 지나치게 몰두하는 것을 비판하면서 이렇게 말했다. "무식하게 내세우든지 교묘하게 위장하든지 간에 좌익 헤게모니를 신주단지처럼 모시는 통일전선 전술은 낡아빠진 술책"으로 떨어졌다는 점을 염두에 둘 때, "부르주아문학을 일괄 괄호치고 프로문학만을 편애하거나, 또는 프로문학을 중심에 두고 부르주아문학을 선택적으로 주변부에 배치하는 편향"을 넘어서서 우리 근대문학 전체상 속에서 "프로문학의 주류성을 이제 진정으로 해소하자"라고. 1994년이라는 미묘한 시기에 나온, 그의 "프로문학의 주류성을 이제 진정으로 해소하자"는 발언은 당시로서는 대단히 충격적인 이야기였다. 왜냐하면 그 시기는 한편으로는 사회주의권의 몰락과 마르크스주의 지식인들의 전향이 혁명적 열기에 찬물을 끼얹고 있던 시기였으며, 다른 한편으로는 그럼에도 불구하고 우리나라에서는 채 가라앉지 않은 노동운동을 비롯한 사회변혁의 열기가 여전히 프로문학연구를 투철한 당파적 입장에서 수행하도록 부추기고 있던 시기였기 때문이다.

그런데 이러한 미묘한 시기에 진보적 문학 진영의 대표적 인물의 하나인 그가 "무식하게 내세우든지 교묘하게 위장하든지"라는 수사적 어투까지 사용해 가며 좌편향적인 프로문학 연구경향을 강하게 비판하고 나선 것은 무엇 때문일까? 프로문학을 연구함으로써 일종의 자긍심을 느끼는 유행적인 풍토가 젊은 연구자들 속에 상존해 있는 상태에서, 또 그런 풍토가 외적 상황의 변화로 위기를 맞기 시작한 시기에 최원식 교수가 이같은 비판을 시작한 것은 필자가 생각하기에 결코 우발적인 행동이 아니라고 생각한다. 그의 비판은 물론 발표문의 내용과 문맥에서 볼 때 우리나라의 근대를 아직도 진행형으로 파악하고 있는 자신의 일관된 논리 속에서 표출된 것이다. 그렇지만 그의 비판은 프로문학연구를 지나친 관념 과잉과 맹목적 숭배의식으로 수행해 나가던 당시의 연구풍토에 대해 경고함으로써 진보적 민족문학 진영의 연구방향을 교정하려는 것이기도 했다. 1994년에 이루어진 최원식 교수의 비판을 좀 더 잘 이해하기 위해 필자는 당시 프로문학에 대한 연구로 상당한 입지점을 구축하고 있던 젊은 연구자들이 94년 초에 내놓은 문학사의 한 부분을 예로 들고자 한다.

따라서 1920년대 초의 시문학에서 나타나는 무분별한 서구 지향성이나 사조적 혼류의 양상, 그리고 비탄과 절망의 정조는 이와 같은 소부르주아 지식인들의 정신적 혼란에서 기인한 필연적인 것이었다고 할 수 있

다. (……) 그러나 이러한 정신적 혼란과 이념적 공백은 다른 한편으로
새로운 사상과 이념을 모색하도록 하는 계기가 되기도 했다. (……)
　이와 같은 분화의 과정은 1922, 3년경부터 시작이 되어 대체로 카프
(KAPF)가 결성되는 1925년경에 완료된다고 할 수 있다. 식민지 현실과
민중들의 고통을 자각하고 이를 시로 표현하려 한 시인들이 주로 카프라
는 문학운동단체를 중심으로 결집되고 여타의 시인들은 민족주의에 기대
어 민요조 서정시 운동, 혹은 시조부흥운동을 전개하면서 이른바 국민문
학파를 형성하게 되는 것이다.

　위와 같은 서술시각은 필자가 보기에 프로문학에 대해 젊은 연구자들
이 이 시기에 가지고 있던 관점과 비교할 때 상당히 온건한 부류에 속한
다. 그럼에도 위의 진술은 20년대의 한국문학을 부르주아문학과 프로문학
으로 양분하면서 전자의 반동성과 후자의 진보성을 가려내는 태도에서
크게 벗어나 있지 않다. 다시 말해 앞에서 최원식 교수가 비판의 대상으
로 삼았던 그런 태도의 소산인 것이다. 같은 책에 나오는 "3·1 운동을
계기로 새로운 시각과 방법에 근거한 프로소설이 대두하기 시작한 한편
전 시기 부르주아 계몽소설은 그 현실적 기반을 잃고 변모하면서 철저히
통속화되었다"라는 진술과 짝을 이루면서 위의 진술은 3·1 운동 이후
한국문학의 정통성은 프로문학에 있다는 시각을 은연중에 표출하고 있다.
그런데 과연 사실이 그런 것일까? 문학사는 사실의 열거가 아니라 방법론
에 따른 해석이며 의미부여이다. 따라서 근거 있는 논리라면 위의 이야기
도 사실에 대한 강조의 차이로 용인받을 수 있을 것이다. 그렇지만 위의
문맥처럼 민요적 가락에 기댄 김소월과, 고전시가의 전통을 이어받은 한
용운과, 현대시조로의 전환을 이룩한 이병기와, 모더니즘적인 신선한 언
어구사를 선보인 정지용을 20년대의 대표적 시인에서 제외시켜 '여타의
시인'으로 전락시키면서 카프 시인 중심으로 문학사를 서술하는 것은 과
연 설득력이 있는 것일까? 설득력이 있자면 이들에 필적해서 의미부여를

할 수 있는 카프 시인이 있어야 하는데 20년대에 그런 카프 시인으로 도 대체 누구를 들 수 있는 것일까? 이런 질문들에 대해 위의 서술은 설득력 있는 대답을 마련할 수 없다. 그렇기 때문에 이 부분을 집필한 서술자는 위처럼 총론에서 카프에 결정적인 의미를 부여해 놓고도 실제 서술은 프 로시인이 아닌 '여타의 시인'들로 채워놓는 어긋남을 노출했을 것이다.

2.

80년대 후반에 납·월북 작가들에 대한 해금 조치가 있은 후 우리 국 문학계는 카프연구의 거센 열풍에 휘말렸다. 해금은 오랫동안 절대적인 권력에 의해 부당하게 연구를 금지당한 채 정당화와 신비화의 수위를 높 여오던 납·월북 작가들에 대해 연구자들의 접근 욕망을 일시에 풀어놓 은 것이다. 그리하여 87년을 전후한 시기에 석박사 과정에 재학 중인 젊 은 국문학도들은 너도 나도 카프 연구에 매달렸으며 이 경향은 몇 년 동 안 국문학계에서는 일종의 유행처럼 되어버렸다. 이 사정을 짐작하기 위 해 아주 구체적인 사례를 하나 들어 이야기 해본다면 이렇다. 1987년 초 부터 1993년 말까지 7년 동안에 서울대학교 대학원 국어국문학과 석사과 정에서 산출된 현대문학 관계 학위논문은 총 86편이다. 그런데 그중 50편 이상이 프로문학 또는 해금작가를 다루고 있다. 특히 87년 후반기부터 91 년 말까지 생산된 60여 편의 석사학위 논문들은 10여 편의 예외를 빼고는 모두가 프로문학 관계를 다루고 있다. 이 같은 사실은 서울대학에만 국한 된 것은 아니다. 필자가 알기로는 이 시기의 연세대학 대학원 과정은 프로 문학에 대한 연구 열기에서 서울대학을 능가하고 있었으며, 다른 대학들도 정도의 차이가 있긴 하지만 본질적인 면에서는 별로 다르지 않았다.

그러나 약 7년여 동안 계속된 카프에 대한 이 같은 유행적인 연구 열풍은 잊혀진 과거의 문학사를 온전하게 복원한다는 긍정적 측면에 못지 않게 여러 가지 부정적 폐해 또한 노정했다. 그 대표적인 예가 얼치기 카프연구자들과 극좌적인 연구자들의 등장이다. 이를테면 평론을 중심으로 표면에 나타난 주장의 선명성만을 적당히 조합하여 카프만이 한국문학을 대표할 수 있는 것으로 과장해 놓는 연구태도는 전자의 경우라 할 수 있으며, 카프문학을 오로지 당대 프롤레타리아 정치운동의 한 부분으로 읽을 때만 의미가 있다는 식으로 해석하는 편협한 연구태도는 후자의 경우라 할 수 있다. 일부 젊은 카프연구자들은 87년 이른바 '노동자 대투쟁'이라고 부르는 한국 초유의 폭발적인 노동운동을 목격하면서 프롤레타리아 혁명에 대한 성급한 환상을 키웠으며, 그들 중 상당수는 그러한 성급한 환상에 빠져 프로문학의 객관적 모습을 탐구하기보다 표면에 드러난 정략적이거나 급진적인 주장에 열심히 의미를 부여한 것이다. 해방 이후 '문학가동맹'의 노선, 특히 인민성과 당파성의 문제에 대해 논하고 있는, 프로문학 연구에서 상당한 명성을 날리던 사람의 다음과 같은 글 역시 그 같은 범주에 속한다고 할 수 있다.

그렇기 때문에 노동계급이 설령 발전되어 있지 않았다 하더라도 당파성은 조직과 이론 실천 등 제 영역에서 지도 원리로서, 나아가 진리검증의 기준으로서 반드시 관철되어야만 한다. 당은 원칙적으로 맑스주의적 세계관을 실현하고 노동자계급의 역사적 사명을 수행하기 위해서 결속한 고도하게 발전된 계급투쟁의 소산이자 그 반대로 공공연하게 광범위한 계급투쟁의 이익을 위해서 발현된 것이다. 따라서 당파성이란 형식적 의미의 조직에의 참여유무, 즉 경험적 범주가 아니라 보다 근본적인 원칙의 문제이다. 그래서 문학에서의 당파성 역시 문학가가 노동자계급의 정치적 당과 맺는 의식적 이데올로기적 결부로서 표현된다.

이와 같은 주장에서 당파성은 "노동계급이 설령 발전되어 있지 않았다 하더라도 (……) 진리 검증의 기준으로 반드시 관철되어야만 한다"는 주장은 무슨 뜻일까? 이것은 당파성이 현재의 판단자가 과거를 심판하는 기준으로 지녀야 할 덕목이라는 말일까, 아니면 과거의 모든 진보적인 운동에는 일정한 당파성이 이미 담지되어 있었다는 이야기일까? 또한 "노동계급이 설령 발전되어 있지 않았다 하더라도"라는 전제는 "문학에서의 당파성 역시 노동자계급의 정치적 당과 맺는 의식적 이데올로기적 결부로서 표현된다"는 말과 어떻게 논리적으로 맞을 수 있는 말일까? 그리고 설령 이러한 정치적 관점에 내재된 모든 사소한 의문들을 차치하고 문제를 프로문학으로 국한시킨다 해도 우리가 투철하게 "보다 근본적인 원칙의 문제"로 당파성을 인식하며 위의 언급처럼 작가와 작품을 판단하는 것은 가능한 것일까? 그것이 가능하다면 도대체 어떤 식의 판단이 나올 수 있는 것일까? 이러한 의문들을 이해하기 위해 위의 사람과 비슷한 시기에 활동한 한 프로문학 연구자의 다음과 같은 가치평가를 한번 검토해 보기로 하자.

그렇다면 신경향파 문학을 사회주의적 사실주의의 확립으로 규정하지 못하는 이유는 무엇인가? 앞에서도 정리했지만 작가의 세계관적 한계-맑스, 레닌주의를 자기의 세계관으로 할 학습이 제대로 되지 않았다는 점이다. 설령 1925년경에 조명희를 중심으로 하여 이기영, 한설야 등이 카프 내부에서 사상학습크루쇼(소조)를 진행했다고 하더라도 그것이 대중투쟁의 광범위한 묘사와 대중에 뿌리박은 긍정적 투사의 전형창조로 곧바로 연결되진 못했다. 이러한 한계가 극복된 시기는, 1927년 카프의 신강령 채택과 그에 따른 방향전환이 이루어질 무렵, 송영의 「석공조합대표」(1927. 1), 조명희의 「낙동강」(1927. 7)이 발표되었던 때로 볼 수 있을 것 같다.

이 글에서 1927년을 경계로 신경향파 문학과 사회주의적 사실주의 문학을 가르고 전자를 후자에 비해 미숙한 문학적 형태로 간주하는 기준은 소설 속에 등장하는 주요 인물들의 사상성과 투쟁성이다. "맑스, 레닌주의를 자기의 세계관으로 할 학습이 제대로" 되었느냐 아니냐가 작품의 우열을 가르는 기준으로 되고 있는 것이다. 바꾸어 말한다면 확고한 당파성을 가지고 있느냐 그렇지 못하냐가 판단의 기준이라 할 수 있다. 그 결과 최서해는 조명희보다 조금 부족한 작가이며, 이기영보다는 아주 많이 부족한 작가가 되고 있다. 그러나 이 같은 판단은 과연 올바른 것일까? 최서해처럼 생존에 급급하거나 시기상으로 도저히 마르크스와 레닌을 접할 기회조차 갖지 못한 작가들이 사회주의 리얼리즘의 성취에 이르지 못한 '학습미달'의 작가로 등수가 매겨져서 뒤로 처지는 사태는 전후 맥락을 아무리 짚어보아도 논리적인 판단이라기보다는 자의적으로 조작해서 선고한 운명이다. 좋은 소설이냐 아니냐하는 문제가 마치 소설가가 마르크스, 레닌주의를 얼마나 열심히 학습했느냐와 깊은 상관관계가 있는 것으로 서술하는 것은 우리로서는 쉽게 납득하기 어렵다. 최서해나 현진건 등의 소설이 지닌, 송영 등의 소설을 훨씬 앞지르는 자연스런 감동의 정체를 밝히기보다는 사회과학적 발전의 논리와 정치적 성향의 무장 정도를 앞세우는 판단이 문학을 재단할 때 문학작품이 나갈 길은 그러한 판관들의 구미에 맞는 획일성의 구현밖에 없을 것이다. 서울대학에서 산출된 한 학위논문의 다음과 같은 구절도 본질상 위의 글과 같은 맥락에 위치하고 있다.

　　제2기 농민소설에 나타난 바와 같이 전위의 관점이 작품의 내적 원리로 전화되지 못한 채 현실 속에서 이루어지는 농민들의 삶의 반영을 방해할 때 리얼리즘의 목표라고 할 수 있는 전형의 창조에까지 나아가지 못하게 된다. 즉 방향전환론은 '주제의 적극성'과 높은 세계관을 표출하

지만 당파성과 객관성(민중성)의 결합 등 새로운 원리로 전환되지 못했
다. 자연주의의 진정한 극복이란 인간의 주관적인 의식을 강조함으로써
얻어지는 것이 아니라 인간의 의식으로부터 독립되어 있는 객관현실의
존재를 승인하고 예술적으로 재현하는 것을 통해서만 가능하다. 농민소
설의 리얼리즘적 성과는 한설야의 「과도기」, 이기영의 「고향」 등을 통해
서 새로운 단계로 고양된다. (……) 볼셰비키화단계에서 확보한 전위적
관점과 신경향파 문학이 확보한 객관적 현실묘사와의 통일을 추구하는
것이다.

이 글은 전위의 관점을 작품내적 원리로 전환시켜야 한다고 함으로써
예술은 현실의 직접적 반영물이 아니란 사실을 표명해 놓고 있기는 하지
만, 전체적인 맥락에서는 마르크스주의적인 시각만이 객관현실을 포착할
수 있다는 전제를 앞의 글들과 마찬가지로 확실하게 고수하고 있다. 이
사실은 여기에서 말하는 객관현실이 실제로 존재하는 현실이 아니라 마
르크스주의의 관점에서 파악한 현실이라는 점에서, 그리고 그것 없이는
진정한 리얼리즘의 성취는 불가능하다는 주장에서 분명하게 알 수 있다.
그러나 위의 글은 "인간의 의식으로부터 독립된 객관현실의 존재를 승인"
해야 한다고 말하고―그렇다면 의식과 상관없이 존재하는 객관현실을 주
관적 의식이 어떻게 객관적으로 파악하느냐가 문제될 것이다―그러면서
신경향파 문학은 이미 객관적 현실묘사를 확보했다고 말하는 이상한 논
리적 모순이 있다. 신경향파 문학은 자연주의를 극복하긴 했으나 전위의
관점이 결여되어 있었기 때문에 어설픈 극복이었으며, 이기영 등의 사회
주의 리얼리즘 작품에 와서야 비로소 그 극복이 완전해졌다는 이야기를
이렇게 하고 있는 것인가?

이상에서 보았듯이 80년대 후반으로부터 90년대 초에 이르는 프로문학
연구에는 몇 가지의 공통된 특징이 있다. 그것은 첫째 이들 연구자들이
구사하는 언어가, 스스로 속류 사회과학주의를 비판하고 있음에도 불구하

고, 사회과학주의에 깊이 침윤되어 있다는 사실이다. 이 사실은 다른 무
엇보다 이들이 구사하는 언어가 문학을 설명하기 위한 언어라기보다는
사회현실을 설명하는 언어들의 차용이란 점에서 뚜렷이 드러난다. 예컨대
다음과 같은 식이다.

> 소시민 지식인작가의 문학운동을 해왔다는 것에 대한 일정한 반성에
> 서 출발하여, '당의 문학' '프롤레타리아'를 주체로 하는 문학운동을 해
> 야 한다는 원칙적 인식의 실천화를 의미했다. 따라서 조선 무산계급의
> 대다수였던 농민과 당시 신흥하고 있던 계급으로서 혁명운동의 헤게모니
> 를 가진 노동자 계급의 명확한 관계설정 속에서 과거의 미분화된 프로문
> 학운동을 한 차원 높일 시점에 이르렀던 것이다.

이들은 한편으로 속류 사회과학주의를 비판하면서 실제로 자신들은
'과학적'이라고 자부하는 또 다른 사회과학주의 속으로 끝없이 빠져들고
있었던 것이다. 그 결과 그들은 마르크시즘의 사회과학에서 빌어온 '과학
적 용어'를 동원하지 않고서는 한 줄의 글도 쓰기 힘든 처지에 놓이게 되
었다. 이 시기 프로문학 연구자들의 글이 우리들에게 대부분 어슷비슷한
이야기를 하고 있는 것으로 느껴지는 것은 이들 대부분이 동일한 사회과
학적 용어를 사용하는 이 같은 현상과 관계가 있다.

둘째, 이들에게 중요한 것은 왜 감동적이냐 하는 문제가 아니라 무엇을
그려보이고 있느냐 하는 문제라는 사실이다. 이들 프로문학 연구자들은
대체로 작품이 어떻게 우리를 감동시키느냐를 설명하는 데는 무관심한
반면 어떤 인물과 투쟁을 그리고 있느냐에 대해서는 많은 관심을 가지고
있다. 이를테면 "자본가의 기만적 착취와 이들의 보호자인 일제의 탄압에
맞서 싸우는 여공들과 노동자들의 모습을 형상화한 이 시는 1930년대 초
노동자들이 도달한 계급의식의 수준과 그에 기초한 계급적 연대 그리고
투쟁을 보여준다고 할 수 있다"와 같은 식이다. 이처럼 각성해서 일어서

는 인물을 그렸기 때문에 진보적이라든가, 이런 저런 사상성이나 미래전
망을 보여주기 때문에 다른 작품보다 한발 앞서 있다는 식의 설명 방식은
이들이 내거는 거창한 미학적 목표에도 불구하고 구체적 작품설명에 있
어서는 이들이 결국 소재주의 단계에서 허우적거리고 있음을 보여준다.
그리고 프로문학 연구가 인물의 내면세계에 대해 거의 관심을 가지지 않
았을 뿐만 아니라 이 점에 대해 이상하게 생각해본 적이 없다는 사실도
겉으로 드러난 소재에 집착하고 있다는 좋은 증거가 될 수 있다.

 셋째, 이들은 일정한 선험적 명제를 가지고 작품평가를 한다는 공통점
이 있다. 이들은 한 편의 작품을 읽은 후 작품중심으로 평가를 하는 것이
아니라 당파성, 목적의식, 전형 등 연역적인 명제를 작품에 앞서 내걸어
놓고 거기에 도달했는지 그렇지 않은지를 따진다. 그런 명제들에 따른 프
로문학의 발전단계를 설정해 놓고 제1기 작품, 제2기 작품이라는 식으로
판정을 내리거나 리얼리즘의 성취를 이룩하고 있다거나 못하고 있다는
식으로 판정을 내리는 것이다. "그러나 이러한 노동자의 형상은 노동운동
이 급격하게 고양되고 있던 1920년대의 현실에 비추어 아직 충분한 전형
성을 획득하고 있다고 할 수는 없다. (……) 그것을 극복하기 위한 실천에
의 의지나 전망을 획득하는 데까지 나아가지 못하고 있기 때문이다"와 같
은 작품평가는 그 좋은 예이다. 그렇기 때문에 작품에 대한 평가는 연역
적으로 제시해 놓은 도식들에 꿰어 맞추기 위한 사례들의 수집 이상이 아
니다. 다시 말해 이들에게 중요한 것은 작품에 대한 정밀한 이해와 분석
이 아니라 이렇게 저렇게 되어야 한다는 비평적 주장일 따름인 것이다.
이들의 글이 종종 지나칠 정도로 이론에 함몰되어 작품을 소홀히 취급하
는 경향이 잦은 것은 이 때문이다.

3.

우리는 카프 연구의 열풍과 함께 나타난 북한문학에 대한 특별한 관심을 이 시기의 중요한 특징으로 또한 기억할 필요가 있다. 프로문학에 대한 연구열기가 한국의 국문학계를 휩쓸고 있는 동안에 북한문학에 대한 관심의 제고 역시 함께 이루어졌다. 우리는 이를 프로문학연구의 자연스런 확대이면서, 동시에 이제 어느 정도 하나의 문학사로 사실 복원이 가능해진 해방 이전의 한국문학사를 분단 이후의 남북한문학에 대해서도 가능하게 만들려는 욕망의 표현이라 생각할 수 있다.

그렇지만 7년여 동안에 걸친 프로문학 연구가 먼저 실증적인 차원에서부터 조직적으로 차근차근 단계를 밟아나가며 해석과 평가의 단계로 나간 것이 아니듯이 북한문학에 대한 관심과 연구 또한 개개인이 자의적 차원에서 진행한 것이었다. 연구자들은 각자의 성향과 취향에 따라 자기의 길을 제멋대로 갔으며 그 결과 대부분이 프로문학에 대해 상당한 관심을 가졌던 사람들인 북한문학연구자들은 프로문학에서 노출했던 문제점들을 동일하게 노출할 수밖에 없었다. 더구나 북한문학에 대한 연구는 작품에 대한 독서가 전혀 온전하게 이루어지지 못한 단계에서 북한의 연구서나 문학사를 우리의 입장에서 다시 읽어내야 하는 일이었기 때문에 그 위험성은 더 클 수밖에 없었다. 이런 점에서 다음과 같은 글은 프로문학에 대해 일방적으로 부여했던 의미를 북한문학으로 곧장 연결시킨 한 부정적 사례라고 할 수 있다.

그러나 이러한 상식의 이면 속에 자리잡고 있는 또 하나의 보다 중요한 본질은 해방직후의 남한문학이 환희와 기대, 낙관적 전망의 문학에서 좌절과 저항의 기록으로 변화있는 경향이었던 반면 북한문학은 시종일관 '평화적 민주건설기의 문학'이었다는 사실이다. (……) 그렇다면 북한 문학에서의 해방의 의미는 무엇이었던가, 그것은 단순히 일제 식민지로부터의 독립만은 아니었다. 또한 '주어진 해방'도 아니었다. 해방직후 북한 문학을 한몸으로 표상하는 시인 조기천의 시 「백두산」의 '머리시'는 다음처럼 자랑찬 노성을 담고 있다.

필자가 보기에 위의 이야기는 객관성이 없다. 위의 이야기는 문학과는 다른 차원, 즉 정치 경제적 차원에서 이루어진 북한의 발 빠른 행적을 문학을 판단하는데 크게 개입시키고 있는 까닭이다. 서술자는 해방 직후 토지개혁과 친일행위자 처리 문제 등에서 남쪽보다 한 발 앞서나간 이 시기의 북한을 두고 북한문학사의 용어를 그대로 받아들여 '평화적 민주건설기'라고 생각하기 때문에 남쪽의 문학을 격하시키고 있는 것이다. 그러나 실제로 이 글의 필자가 주장하는 것처럼 조기천의 시는 그렇게 의미가 있는 것이며 이 시기 황순원의 소설은 올바른 방향을 상실하고 현실 타협적인 문학으로 전락해 버린 것일까? 의심스러운 일이 아닐 수 없다.

카프 연구가 불러들인 북한문학에 대한 관심은 주로 북한문학사에 대한 관심으로 귀결지어졌다. 이러한 현상은 북한의 문학사를 왈가왈부할 수 있을 만큼 문학작품을 충분히 독서할 수 없는 우리 실정에서 보면 거꾸로 된 작업임에 틀림없지만 이차 텍스트를 통해서라도 북한문학의 윤곽을 짐작해 보려는 의지와 노력이라는 점에서는 그 불가피성이 이해되는 작업이기도 했다. 그러나 카프연구가 불러들인 북한문학사에 대한 관심이 북한문학사에서 카프를 어떻게 취급하고 있는지를 분명하게 밝히고 이야기하는 작업으로 연결되지 못하고 있는 것은 이상한 일이다. 카프에 대해 자신들이 부여했던 의미들이 북한문학사와 일치하지 않거나 거기에서 제거되어 있는 모습에 당황해서일까, 아니면 북한문학사 몇 권만으로는 객관성을 확보할 수 없다는 신중한 태도 때문에 생긴 것일까?

필자가 보기에 남북한문학사의 카프 서술에서 가장 현저한 차이를 드

러내는 부분은 구(舊) 카프계 인물들인 김기진, 박영희 등의 문학행위와
남로당계 인물들인 임화, 김남천, 이태준, 설정식, 이원조, 오장환 등의 문
학행위를 서술하는 부분이다. 81년도 판『조선문학사』는 이들을 전혀 고
려의 대상으로 삼지 않아서 남로당계의 문학자들인 경우는 이들의 문학
활동이 있었다는 사실조차도 제대로 서술하지 않고 있다. 이들의 이름이
등장하는 것은 30년대 부분에서 "이 시기 '카프'는 행동 통일을 보장하기
위하여 박영희, 김기진, 백철 등 우연분자이며 이색분자인 반동작가들을
폭로 비판하고 축출하였다"는 한 마디뿐이다. 이 점은 북한문학사가 "리
광수, 최남선, 김동인, 렴상섭 등 반동작가들"에 대해서는 그들이 "퍼뜨린
부르주아 문학의 반인민성을 철저히 폭로규탄"하기 위해, 비록 간략한 비
판적 언급으로 처리해 버리지만, 그래도 간간이 들먹여주고 있는 사실과
좋은 대비가 된다. 북한문학사에서는 어떤 의미에서는 부르주아 문학자들
보다도 더 철저하게 구 카프계와 남로당계 인물들을 무시해 버리고 있는
셈인 것이다. 구 카프계와 남로당계를 북한 쪽이 문학사에서 제거해 보린
이런 사실에서 우리가 분명하게 알 수 있는 것은 같은 카프계 인물에 대
해서도 남북한이 중요하게 취급하는 구성원들의 면면은 서로 확실하게
다르다는 점이다.

　필자의 자의적인 판단이 될지도 모르지만 카프에 대한 연구가 어느 정
도 축적된 90년대 중반의 지금 시점에서 보건대 카프를 객관적으로 연구
하고 그 의미를 평가하는 작업은 우리 쪽의 수준이 확실히 북한 쪽보다
앞서 있다. 우리의 카프 연구가 오랜 금기의 기간을 통과해 오긴 했지만
그래도 우리 쪽에서는 일찍이 김윤식 교수로부터 비롯된 객관적 연구의
지속적인 축적이 있었고 그렇게 축적된 인적, 물적 토대 위에 다시 해금
이후 생산된 엄청난 양의 자유로운 연구 업적이 보태졌기 때문이다. 반면
에 북한은 60년대 말에 주체사상이 대두하면서 카프에 대해서마저도 객
관적인 연구와 평가를 하기가 몹시 어려운 상태에 놓여 있다. 주체사상에

입각한 반제 항일혁명투쟁이라는 목표와 사회주의 사회의 건설이라는 목표가 문화의 모든 부면에 어길 수 없는 지침으로 시달되고, 김정일의 종자론에 입각한 문예이론이 문학인들의 독창적 발상을 철저하게 억압하기 시작한 까닭이다. 따라서 지금 이후의 카프연구와 이에 입각한 신뢰할 만한 문학사의 서술은 있어서 우리 쪽이 북한보다 훨씬 앞서 나갈 것이 틀림없다.

4.

프로문학 연구는 김윤식 교수의『한국근대문예비평사연구』라는 선구적 업적이 나온 후 30년 가까운 세월이 흐른 80년대 후반에 본격화되었다. 그렇지만 프로문학에 대한 연구는 역사의 어려운 고비 속에서도 명맥을 이어왔으며 현재는 연구의 성과와 연구 인력에 있어서 다른 어떤 분야에도 뒤지지 않을 정도가 되었다. 돌이켜보면 어려운 세월 속에서 프로문학 연구에 뛰어들었던 사람들이 격세지감의 감회에 사로잡힐 만한 일이다.

그런데 우리가 이 같은 변화 속에서도 잊지 말아야 할 것은 과거의 선구적인 프로문학 연구자들이 가지고 있었던 그 지칠 줄 모르는 학문적 열정이다. 사실과 표현 사이의 제약을 받으면서도 한국문학사의 온전한 복원을 위해 불태웠던 그 정열의 의미를 우리는 잊지 말아야 한다. 사실 그러한 열정의 의미를 우리가 몰랐다면 김윤식 교수의『한국근대문예비평사』와 같은, 재미없는 문체로 지루하게 사실을 열거하는 그 방대한 책을 어떻게 다 읽을 수 있었겠는가! 김윤식 교수의 글에서 60년대, 70년대, 혹은 80년대의 역사적 정황과 그 정황에 대응하며 한국문학사를 올바르게 제자리에 올려놓기 위해 노력하는 지칠 줄 모르는 정열이 이루고 있는 팽팽한 긴장, 그 긴장의 의미를 무미건조한 글의 행간과 배면에서 읽어내지 못하는 사람들에게 프로문학에 대한 그의 연구논문 대부분은 읽기 힘든 장광설에 지나지 않을 것이다.

우리는 과거 권위주의 정권 시절의 프로문학 연구자들이 연구대상으로 삼은 문인과 당시의 자기 자신이 얼마나 긴밀하게 연결되어 있는가를 투철하게 인식하며, 자신의 의미를 연구 대상 속에서 되풀이해 묻던 그 성실한 자세를 지금 다시 한번 진지하게 생각해 보아야 한다. 도서관에서 먼지 더미에 쌓인 잡지와 신문을 뒤적이고, 돋보기를 통해 영인본의 작은 활자들을 읽던 시절의 그 힘든 프로문학연구만이 가치가 있다는 말이 아니라, 그때의 진지한 정열과는 달리 자신의 과장된 진보성과 혁명성을 과시하는 방편으로 실제의 자기본질과는 상관없는 프로문학 연구를 아무렇게나 생산하고 있는 현재의 풍토에 문제가 있기 때문이다. 현실을 살아가는 지금 나의 문제라는 의식, 나 자신을 압박해 들어오는 살아 있는 문제라는 자각 없이 수행해 나가는 프로문학 연구는 자칫하면 일종의 유희적 차원으로 전락할 가능성이 다분히 있다.

이런 점에서 우리는 이제 최근에 이루어진 방만하고 자의적인 프로문학에 연구를 재정비할 때가 되었다. 해금 이전의 프로문학 연구를, 지금 우리들의 연구와 비교해 보면서 그때의 사람들이 부딪치고 절망한 여러 가지 문제들, 그 가운데서도 최소한의 객관성을 확보하려고 몸부림쳤던 흔적 등을 제대로 이어받아야만 한다. 그런 정신을 자신의 연구 속에 계승하지 못한 채 현실 추수적인 해석과 평가만을 일삼는 연구는 학문적 가치를 확보하기가 힘들다. 과거보다도 못한, 현재의 정치적 의미가 사라지면 그냥 잊혀져 버릴 프로문학 연구는 생명력이 없다. 그러므로 우리는 80년대 중반 이후에 나타난 프로문학에 대한 유행적인 연구열풍을 이제는 차분히 가라앉히고, 그것을 프로문학에 대한 본격적 연구가 과연 가능한가 아닌가를 타진해 보는 역할 정도로 겸허하게 받아들이자. 그리고 다시 정확한 실증적 연구에서부터 한걸음 한걸음 총체적 평가를 향해 나아가도록 하자. 그것이 비록 당장에 빛나는 연구는 못될지라도 과거보다 못한 해석의 남발로부터 우리를 보호해 줄 것이다.

—『동서문학』 223호, 1996, 겨울.

해금 조치와 한국문학사의 유혹

한국문학을 전공하는 사람이라면 누구나 한번쯤은 문학사를 기술하고 싶은 유혹을 떨쳐 버릴 수 없을 것이다. 자신의 연구와 관심의 최종 도달점으로서의 문학사는 학자로서의 삶을 결정적으로 확인해 볼 수 있는 장이다. 그렇기 때문에 자신의 연구가 무엇인가 새로운 의미를 지닌 것이라고 생각하는 사람들은—이런 생각을 가지지 않은 연구자가 있다면 그는 이미 학자가 아니라 복제자일 따름이다—누구나 문학사에 대한 유혹에서 자유롭지 못할 것이다.

그러나 지금까지 한국문학사에 대한 유혹을 많은 사람들이 받고 있었음에도 불구하고 이 작업에 손쉽게 도전할 수 없었던 이유의 하나는 연구자의 능력을 벗어난 정치적 문제들이 거기에 개재되어 있었기 때문이다. 다시 말해 객관적이고 신뢰할 수 있는 문학사를 원천적으로 불가능하게 만드는 문학외적 제약이 문학에 가해지고 있었기 때문이다.

그런데 얼마 전 정부에서는 1백여 명의 납·월북 문인들을 대거 해금

조치했고, 이로 말미암아 적어도 정치적인 측면에서는 이제 분단문학사가
아닌 완전한 문학사 기술이 가능해졌다. 요즈음 국문학 연구자들이 문학
사 기술에 대한 새로운 유혹을 느끼는 것은 이 같은 저간의 사정과도 관
계가 있다.

　그렇지만 한 권의 문학사, 아니 좀 더 겸손하게 말해 짤막한 한 시대를
꿰뚫는 문학사를 쓰는 일이라 하더라도 그 작업에는 필자가 앞에서 지적
한 것처럼 연구자 자신의 전역량이 총체적으로 투입되어야 한다. 그리고
기왕의 문학사들이 지닌 장단점을 발전적으로 수용하고 극복하는 새로운
시각이 요청된다. 그런 만큼 문학사 기술은 단순한 비평작업보다 훨씬 어
렵다. 대상을 고립된 것으로 다룰 수도 있는 비평작업에 비해 문학사 기
술은 언제나 전체적인 맥락을 놓치지 않는 총체적 시각을 요구한다. 필자
가 다음에서 이번의 해금 조치와 관련하여 앞으로 왕성하게 일어날 한국
문학사 기술작업에 대해 미리 몇 가지 경계의 이야기를 하고자 하는 것도
문학사란 그처럼 섣부르게 씌어질 성질의 것이 아니라는 것을 다시 환기
시키고 싶기 때문이다.

　새로운 완전한 문학사에 대한 유혹을 지금 이 시점에서 강하게 느끼는
사람들은 대체로 자료의 확대라는 점에서 그러할 것이다. 지금까지 다룰
수 없었던 많은 자료들을 이제는 합법적으로 다룰 수 있게 되었으므로 이
새로운 자료들을 남보다 먼저 재빠르게 이용하는 사람이 '장땡'이라는 식
의 생각을 어떤 사람들은 가질 것이다. 또 이런 생각의 유혹에서 벗어나
신중해지는 것은 범인으로서는 쉽지 않을 것이다. 남보다 먼저 출발하면
승리할 것이 틀림없어 보이는 경기에서 어떻게 신중해질 수가 있겠는가?
지금까지의 문학사에서 언급하지 않았던 자료들이 무진장하고 이것들을
적절히 배열하여 해설 정도만 해놓더라도 남보다 의미 있는 작업을 하는
것처럼 생각되는 상황에서는 무조건 빨리 출발할 때라는 생각이 사람들
을 압도하게 마련인 법이다.

그렇지만 새로운 자료가 가져오는 이와 같은 유혹에서 냉정해질 수 없는 사람은 문학사를 쓸 수 없는 사람이다. 문학사는 단순하게 자료를 집성해 놓은 것도, 사건이나 스캔들을 쫓아다니는 현장 르포도 아니다. 문학사는 문학에 대한 엄정한 가치평가의 역사이다. 일시적인 기분에 좌우되어 시작과 끝을 맺을 수 있는 순간적인 작업이 결코 아니다.

따라서 해금된 자료들을 앞에 놓고 금방 새로운 문학사가 가능한 것처럼 흥분하는 사람은 문학사를 쓸 준비가 전혀 되어 있지 않은 사람이다. 그에게 관심이 있는 것은 오로지 새로운 대상이 나타났다는 사실 그 자체이지 그것들이 지닌 문학사적 의미가 아니다. 그렇기 때문에 그 같은 사람이 쓴 문학사는 기껏해야 자료의 해설 내지 고립된 사상의 열거에 지나지 않게 될 것이다.

이 시점에서 새로운 문학사 기술에 대한 유혹을 크게 느끼는 이유의 또 다른 하나는 분단문학사를 극복하려는 욕망과 관련이 있다. 지금까지의 현대문학사는 불구의 문학사이며, 이 문학사의 불구성을 치유하려는 본격적인 시도는 대폭 해금이 이루어진 이 시점부터 자신이 시작해야 한다는 야심적 의도를 이 욕망은 가지고 있다.

지극히 타당한 이야기이다. 우리 문학사의 불구성을 정확히 인식하고 그 불구성을 올바르게 치유해내려는 노력은 아무리 빨리 시작되어도 나쁘지 않기 때문이다. 그러나 이 같은 작업을 온전하게 수행해내기 위해서는 분단문학사의 불구성을 명확하게 진단해 내는 작업이 선행되어야 한다. 그리고 어떤 방식으로 치료를 해야 할지 그 방법에 대한 신중한 배려가 뒤따라야 한다. 그렇지 않고 함부로 불구성을 치료하려고 덤벼드는 행위는 오히려 불구성을 치료하기보다 더욱 악화시킬 가능성이 많다.

예컨대 다음과 같은 경우를 생각해 보자. 1920년대 문학을 평가하면서 북한문학사는 이상화, 김소월, 조명희, 현진건 등 몇 사람을 제외하고는 대다수 문인들을 제거하거나 부정하는 서술을 하고 있다. 이광수, 김동인

등 민족개량주의자는 말할 것도 없고 한용운까지도 별다른 의미를 부여받지 못하고 있다. 그리고 카프 역시 마찬가지로 대접받고 있다. 이것은 김일성을 중심으로 한 항일투쟁을 강조한 결과이며, 문학적 성과에 우선하여 정치투쟁의 의미를 부각시킨 결과이다.

그런데 지금 남쪽의 문학사는 이와 정반대이다. 민족해방투쟁의 선명성보다는 서구 근대문학의 수용과 정착 과정에 더 큰 관심을 기울이면서 이인직, 이광수, 최남선, 주요한, 김억 등의 선구자적 역할을 강조한다. 또한 한 작가가 걸어간 정치투쟁의 치열성보다 염상섭과 채만식처럼 냉철한 작가적 시선으로 훌륭한 작품을 쓴 것을 더 의미 있게 평가한다. 따라서 우리는 이와 같은 방식으로 평행선을 그리고 있는 두 개의 문학사 사이의 간극을 조정해 내지 못하면 분단문학사의 함정을 빠져 나올 수 없다. 그리고 모처럼의 반가운 소식이라 할 수 있는 납·월북 작가들의 해금 조치도 아무런 실효성이 없는 것으로 치부될 가능성이 짙다.

그렇기 때문에 분단문학사를 치유하려는 노력은 명확한 방법론을 동반하고 시작되어야 한다. 북쪽의 시각도 남쪽의 시각도 아닌 제3의 시각을 채택함으로써 비로소 이루어질 수 있는 이 치유작업은 그러므로 생각보다는 훨씬 힘들고 어려운 작업임에 틀림없다.

카프 진영의 작가와 작품들은 오랫동안 우리사회에서 이데올로기적인 문제 때문에 금기시되어 왔다. 그리고 금기시되어 온 시간의 길이에 비례해서 역설적으로 정당성을 강화시켜 왔다. 그것은 우리 사회에서는 진리란 언제나 억압하는 쪽에 있는 것이 아니라 당하는 쪽에 있었으며, 체제 쪽이 아니라 반체제 쪽에 있어 왔기 때문이다. 따라서 금기의 대상이었던 카프 역시 그것의 모습이 진정 어떠했던가와 상관없이 억압받은 시간에 비례해서 식민지 시대에 가장 의미 있고 정통성이 있었던 문학활동으로 인식되는 풍토가 조성되었다.

해금 조치와 함께 불어닥치고 있는 카프 작가들의 저작물에 대한 출판

붐은 바로 이 같은 풍토의 표현이다. 그러므로 분단문학사를 올바르게 극복하려는 작업은 우리를 둘러싸고 있는 이와 같은 카프 열기로부터 자유로워지는 것까지를 포함한다. 우리 스스로가 우리 자신도 모르는 사이에 체제의 도그마에 대응하는 어떤 또 다른 도그마의 구조 속으로 우리를 이끌어 가고 있는 점에 대해 냉정한 분석이 필요한 것은 이 때문이다.

앞에서 필자가 이야기한 그러한 유혹으로부터 벗어나 새로운 문학사를 기술할 수 있기 위해서 그러면 우리는 어떻게 해야 하는 것일까? 분단의 상태가 계속되는 한 해금이 아무리 전면적으로 이루어지고 이데올로기 문제에 대한 심도 있는 논의가 허용된다 해도 완전한 문학사에 대한 가능성은 영원히 미궁 속을 헤맬 수밖에 없는 운명인 것일까? 그렇지 않다. 우리는 우리 손으로 만들 수 있는 최선의 문학사를 가질 권리와 함께 그것을 만들어야 할 의무도 가지고 있다. 우리는 마땅히 우리 시대의 한계와 진보를 대변해 보일 수 있는 문학사를 써야 하고 그 문학사로 말미암아 기꺼이 비난과 칭찬의 대상이 되어야 한다.

그러기 위해 우리는 먼저 해금이라는 정치적 사건이나 해금으로부터 비롯되는 조급한 문학사 기술에의 유혹에서부터 벗어나 한 사람 한 사람의 개별 작가를 성실하게 읽어 내고 일정한 문학관으로 평가하는 작업을 축적시켜야 한다. 문학사는 A에 의해서도 B에 의해서도 씌어질 수 있다. 이 말은 문학사란 A의 문학관에 의해서도 B의 문학관에 의해서도 씌어질 수 있다는 말과 동일하다. 그러나 한 권의 문학사는 하나의 문학관으로 일관되게 서술되어야 한다. 이광수를 평가할 때와 임화를 평가할 때의 기준이 다르고, 이상을 평가할 때와 김소월을 평가할 때의 기준이 다른 문학사가 있다면 그것은 이미 문학사가 아니다. 비록 그것들이 개별 작가를 이야기하는 독립된 부분에서 아무리 탁월함을 보여준다 해도 그러한 문학사는 일관된 역사로서의 의미를 상실한 문학사일 수밖에 없다.

그런 만큼 우리는 성급하게 의미 있는 문학사를 서술하기 위해 해금된 작가 모두를 재빨리 문학사의 전면에 내세우기보다는 작가 하나하나가 공시적이고 통시적인 측면에서 한국문학 전체와 어떤 맥락관계를 형성하고 있는지를 따져 보며 자리 매김하는 작업을 서둘러야 한다. 그리고 문학사는 이 작업의 다음 단계에서 자연스럽게 이루어져야 한다.

두 번째로 우리는 첫 번째 과제와 병행해서 지금의 분단문학사를 극복할 수 있는 새로운 문학관, 즉 제3의 문학관으로 어떤 것이 가능할지를 진지하게 모색해야 한다. 현재 우리가 지니고 있는 민족문학론이나 민중문학론은 우리 사회 자체의 내부적 모순에 대응해서 형성된 이론이며, 따라서 이 이론들을 일반적인 미학체계의 이론으로 간주할 수 없다. 그렇다고 현대문학 전체를 치밀하게 연구해서 귀납적으로 도출해 낸 어떤 이론체계를 마련하고 있는 것도 아니다. 엄연한 현실은 북쪽은 김일성 주체사상에 입각한 이론이 문학사를 지배한다는 사실이며, 남쪽은 실증주의나 개인주의적 미학에 의해 문학사가 씌어지고 있다는 사실이다.

그러므로 개인의 미적 쾌락을 극대화시키고 있는 이론이나 집단의 윤리를 절대시하는 이론을 넘어서서 우리는 개인과 사회의 의미를 적절하게 평가할 수 있는 문학사 이론으로 우리 문학사를 다시 서술해야 한다. 이 어려운 과제를 우리가 온전하게 해결할 때 우리 한국문학은 민족사적 특수성과 세계사적 보편성의 변증법적 통일을 동시에 이룩하게 될 것이다.

세째로 정치사와 문학사의 지나친 밀착관계를 재조정할 필요가 있다. 우리 민족 전체의 삶에 대해 지속적으로 중요한 영향을 미치는 정치적 사건은 그것이 현재적 의미를 계속 지니는 한 문학적으로 중요한 사건이 될 수밖에 없다. 그러나 일반적으로 정치적 문제가 문학적으로도 중요해지는 것은 정치적 행위를 하는 인간을 매개로 해서이지, 사건자체로서는 아니다. 그럼에도 우리는 문학사를 정치사와 구별되지 않는 것으로 인식하는 습관에 익숙해 있는 것이다. 그래서 문학 작품에 나타난 정치적 투쟁의 목소리와 사건은 현실 속에서의 그것들과 종종 직접적 관련이 있는 것으

로 판단한다. 민주화 투쟁, 운동권 학생들의 위장취업―이런 사건들이 지
닌 정치적 의미와 가치평가는 문학작품 속에서도 동일한 현실 논리로 이
루어지는 것이다.

　그러나 일반적으로 훌륭한 문학작품에서의 정치성은 집단의 의미를 집
약적으로 드러내는 개인의 형상화를 통해 이루어진다. 다시 말해 정치적
전형은 어떤 정치적 사건에 참여한 수천의 정치적 인간을 하나의 인물 속
에 집약시킨 것이다. 그러므로 문학작품 속의 정치적 인물은 추상적인 인
물이며, 현실 속에서는 존재하지 않는 인물이다. 또 그렇기 때문에 (다시
말해 문학적으로 만들어졌기 때문에) 오히려 현실의 수많은 인물을 문학
의 넓이 속에 포용할 수 있다. 이런 이유에서도 우리는 정치사와 문학사
의 인과관계를 직선적으로 맺어 놓으려는 작금의 시도를 경계하며 새로
운 문학사를 모색해야 한다.

　이번에 이루어진 납·월북 문인에 대한 전면적인 해금 조치는 우리의
정상적인 문학사를 위한 한 전환점이 될 것임에 틀림없다. 그동안 문학사
서술에 관심을 가졌던 사람들이 느껴야 했던 심리적 억압―이를테면 '불
온문인'들을 다룬다는 데에서 오는 찝찝함과 객관적인 기술이 가능할 것
인지에 대한 두려움―을 해금 조치가 없애주었기 때문이다. 그렇지만 완전
한 문학사 기술은 어떤 시기의 정치적 조치만으로 금방 이루어지는 것이
아니다. 그것은 그것을 가능하게 만드는 한국문학 전체의 수준 향상과 역
량의 축적이 있었을 때 비로소 가능하다. 필자의 이번 글이 문학사에 뜻
을 둔 사람들에게 올바른 용기를 촉구하는 글로 읽히기를 바란다.

―『월간중앙』, 1988. 9.

납·월북 작가 문제에 대한 제언

　최근 문공부는 납북 작가인 정지용과 김기림의 사면·복권을 공식적으로 확인했다. 이 조치는 오랫동안 왜곡된 반공 이데올로기의 사슬에 묶여 있었던 이 두 작고 문인의 영혼을 위해서도, 그리고 그들이 남긴 작품들을 위해서도 무척 바람직한 일이라 생각한다. 그러나 문공부의 이번 조치는 따져보면 어디까지나 문제 해결의 단초를 보여준 것에 지나지 않는다. 그것은 이 두 시인의 복권이 문제의 근본을 정확하게 파악하고 적극적으로 해결하려는 자세와는 거리가 먼, 여론과 그동안의 학문적 성과에 밀린 부분적 해결에 지나지 않기 때문이다.

　따라서 필자는 이번에 마땅히 뒤따라야 할 다음 단계의 좀 더 진전된 조치들을 위해 몇 가지 이야기를 하고자 한다. 필자가 다음에서 하려고 하는 이야기는 납·월북 문인들에 대해 어느 정도 상식을 갖추고 있는 사람들에게는 무엇 하나 새로울 것이 없는 이야기에 불과하겠지만, 필자가 굳이 상식을 재론하는 것은 아직까지 반공 이데올로기를 자신들의 이

익을 지키는 수단으로 사용하는 사람들에게 되풀이해 들려줄 필요가 있
다고 생각했기 때문이다.

그러면 먼저 이야기의 방향을 잡아 나가기 위해 6·25 때 자진 월북했
다가 숙청당한 설정식(薛貞植)의 자기 고백부터 잠시 들어 보기로 하자.

> 종전과 해방은 나에게 새로운 삶을 가져다주었다. 남한에 미국인이 들
> 어왔을 때, 나는 희망과 낙관에 가득 차 있었다. 나는 우리 민족의 처지
> 가 나아지리라 믿었다. 나는 대학 은사의 권고로 군정청 공보처에서는 1
> 년 가량 일을 보았다. 나는 그 후 1947년 1월까지 미군정청 과도입법원
> 의 사무차장의 일을 맡아 보았다.
> 내가 공산당의 지하 조직에 참가하게 된 것은 이때의 일이었다. (……)
> 그러나 나는 미국인에 실망하였던 것이다. 나는 그들이 자기네 군사기
> 지가 있는 나라에 대한 관심보다 군사기지 자체에 더 많은 관심을 가지
> 고 있음을 보았다. 나는 농민과 노동자들이 전과 다름없이 비참한 생활
> 을 하고 있으며, 아무러한 경제적 향상도 없다는 것은 알았다. 나는 또
> 그들이 부패와 인권의 억압을 못 본 체하고 그 무자비한 독재자 이승만
> 을 전폭적으로 믿고 있다는 것도 알게 되었다.

'티보·메레이(Tibor Méray)'라는 헝가리 기자가 전해준 설정식의 월북
동기는 위와 같다. 그는 미국인들이 자신을 "쌍수를 들어 받아들인 것"은
자신이 오하이오 주립대학을 나왔기 때문에 지극히 당연한 일이라 말한
다. 이 말은 미국인들이 그를 중용한 것은 "자기네 군사기지가 있는 나라
에 대한 관심보다 군사기지자체에 더 많은 관심을 가지고" 있는 태도의
반영에 지나지 않는다는 이야기가 된다.

설정식의 이런 이야기 속에는 48년 이전이 아니라 뒤늦게 6·25 때 북
쪽을 선택한 한 양심적 지식인의 고뇌가 들어 있다. 따라서 우리는 '문학
가동맹'의 동료들이 대부분 월북한 이후에도 서울에 남아 있으려 했던 설
정식의 노력을 감안하면서, 그럼에도 불구하고 결국 북쪽을 선택할 수밖

에 없도록 만든 당시의 정치 현실에 대해 이제 반성의 눈길을 돌릴 때가
되었다.

　앞에서 예로 든 설정식과 같은 문인을 두고 납·월북 문제를 생각할
때 좀 더 본질적인 것으로 간주해야 할 사항은 현재 정부가 중요하게 취
급하는, 납북이냐 자진월북이냐는 식의 형식 문제가 아니라 당대의 정치
현실과 관계된 양심의 문제다. 어떤 사람은 필자의 이런 이야기와 관련하
여 상대적 정의의 문제를 들어 반박할지도 모르겠다. 이를테면 설정식이
선택한 북쪽은 과연 남쪽보다 더 나은 곳이었느냐, 그는 북쪽에서 결국
미제국주의의 스파이로 총살당하지 않았느냐는 식으로 말이다. 물론 설정
식의 마지막을 증언해 주는 티보 메레이 역시 그런 이야기를 하고 있다.
한 쪽의 독재를 피해서 또 다른 독재를 선택한 것이 설정식에게 얼마나
비극이었느냐고 말이다. 그렇지만 이 같은 상대적 정의의 논리가 자신이
살고 있는 세계의 불의를 정당화 시키는 이야기로 발전한다면 논리의 곡
예에 지나지 않는다.

　우리가 설정식의 경우와 같은 문인들을 판단할 때 조심해야 할 것은
북쪽 체제에 대한 낭만적 환상을 비판하는 데 열중함으로써 우리의 과거
를 자연스럽게 합리화 시키는 모순이다. 자신의 낭만적 환상에 대한 대가
를 이미 스스로의 생명으로 치른 문인을 두고 비판만을 일삼은 행위는 적
절하지 않다. 체제가 개인에게 가한 폭력을 고의적으로 덮어버릴 생각이
아니라면 양쪽 체제의 속성이나 이데올로기의 우열로 개인을 판단하는
단계를 벗어나야 한다. 그 개인이 당대의 현실을 두고 얼마나 정직하게
고뇌하다가 월북이란 결단을 내리게 되었는가를 온당하게 이해해 주는
단계로 우리는 나아가야 한다.

　납북과 자진월북은 형식의 문제에 얽매여 있는 한 엄청난 차이가 있다.
북쪽 체제에 동조하지 않은 사람임에도 불구하고 강제로 끌려간 사람과
제 발로 북쪽이 좋다고 찾아간 사람은 확실히 다른 사람이라는 결론이 이

용어 속에 이미 담겨 있기 때문이다. 그러나 겉으로 드러난 행위만을 두고 판단하는 이런 형식논리의 밑바닥에는 실상 수많은 모순이 들어 있다. 그러한 판단에는 당시의 한국사회를 정의로웠던 것으로 결론내리고 있다는 모순, 그 사회를 정직하게 반성하고 비판하려 한 사람들이 겪은 수난을 전혀 고려하고 있지 않다는 모순, 그리고 그때의 월북이 과연 이데올로기 선택이었는지를 반성하지 않는다는 모순 등이 바로 그것들이다. 이점과 관련하여 설정식은 당시에 자신이 겪었던 수난을 다음처럼 이야기한다.

> 1948년 나는 『서울 타임즈』라는 영자신문의 편집자가 되었다. 이승만은 내가 그 신문을 좌경케 했다고 하면서 탄압하였다. 나는 시집을 세 권 출판했는데 마지막 시집은 판금처분을 받았다. 나는 또 3부작으로 된 대작품을 발표하기 시작하여 제1부를 출판하고 제2부를 신문에 연재하기 시작하였을 때 정부는 게재 중지를 명령하였다. 나는 셰익스피어의 세계로 도망쳐 들어갔다.

자신이 쓴 작품이 잘못된 정치를 비판했다고 판금당하고 발표금지 당하는 사회, 이 사회를 설정식은 버렸다. 그리고 북으로 올라갔다. 친일파가 득세하고, 인권이 억압되고, "농민과 노동자들이 전과 다름없이 비참한 생활"을 하는 사회에 대한 분노가 그로 하여금 월북하게 만들었다. 그리고 이러한 정치현실의 전개와 미국이 깊은 관계를 맺고 있다는 사실에 대한 분노가 한때 독실한 크리스천이었으며 미군정청의 상당한 요직에 있었던 그로 하여금 월북하게 만들었다. 따라서 이런 과정에 대한 심도 있는 이해 없이 월북이라는 형식논리로 설정식을 빨갱이로 몰아 버리는 일은 우리가 옹졸하다는 것이 된다. 마찬가지로 상당수 월북 문인들에게 월북문인이라는 형식 때문에 빨간 스탬프를 찍어 놓는 것은 잘못된 일이다.

우리는 지금 근·현대문학에 대한 연구가 반쪽의 연구에 지나지 않는

참담한 모습과 관련해서, 후대의 국가권력이 이전사회에서 있었던 문학인
의 고뇌와 그 고뇌의 흔적들을 말살할 권리를 가지고 있는지를 질문해 보
아야 한다. 임화, 김남천, 이태준, 설정식, 이원조 등 일련의 문인들은 지
금 현재 남에서도 북에서도 자유롭게 연구의 대상이 될 수 없는 상태에
놓여 있다. 한 시대의 문학을 그 나름으로 대표했던 이들을 구천을 떠도
는 원혼으로 만들 권리는 남쪽이나 북쪽 그 어디에도 없을 것이다. 설정
식의 비극적인 생애가 그 자신의 선택에 의한 운명이라고 단정할 수 없다
면 그의 비극이 우리 역사의 책임이라는 사실을 자각한다면, 우리는 한국
문학을 분단문학으로 만드는 편견과 제약을 반성하며 제거할 때가 된 것
이다. 그런데 혹시 이 같은 점에 의문을 가질지도 모르는 독자를 위해 필
자는 70년대 초에 씌어진 김윤식·김현의『한국문학사』서문을 잠시 인
용하고자 한다.

  (……) 특히 해방 후의 문학은 이제 한참 왕성한 작품활동을 하고 있는
  생존작가를 취급한다는 어려움과 함께 사회적·정치적 여건과 자료미비
  로 서술에 가장 애를 태운 부분이다. 우리는 특히「김구와 민족주의」,
  「해방의 문화사적 의미」,「4·19와 비판적 지성」,「해방 후 수필과 비평」
  등의 목차를 여러 가지 이유에서 보류하였다.

  73년 10월에 간행된『한국문학사』서문에서는 위와 같은 참담한 고백
을 하고 있다. 이 고백에서 한국문학을 전공하는 필자가 가장 당혹스럽게
느끼는 것은 '사회적·정치적 여건'이라는 용어다. 자료를 수집해서 읽는
작업으로부터 집필에 이르기까지의 연구자를 완강하게 가로막고 있는 '정
치·사회적 여건'은 우리의 현대문학 앞에 놓여 있는 장벽이다. 최근에
간행된, 월북작가를 다룬, 김윤식 교수가 편한『한국 근대리얼리즘 작가
연구』라는 책 서문은 이 문제를『한국문학사』보다 훨씬 분명하게 밝혀
놓고 있다.

우리는 남북 분단과 함께 국토와 동족의 반을, 민족적 정통성과 정신활동의 반을 잃음과 동시에, 우리의 귀중한 문화적 유산과 더불어 우리의 문화적 전통의 반을 상실했다. 그것은 <u>이념적 금기와 더불어 현실적 상황으로 말미암아 자칫 영원한 실종 상태로까지 진행되었고</u> 그리하여 억압의 식민지 체제에 대해 창조적인 언어로 맞서 싸운 우리의 상당수의 작가들도 문학사의 미아로 팽개쳐진 불행한 결과를 가져왔다. (밑줄─필자)

이 글에서 우리는 '민족적 정통성'을 회복하고, 과거의 '문화적 유산'을 보존하려는 노력의 일환으로 '영원한 실종 상태' 일보 직전에 놓인 월북 작가를 연구한다는 안타까운 호소를 들을 수 있다. 그것도 언제 어느 때 어떤 방식으로 가해질지 모르는 체제의 폭력성을 심리적으로 불안하게 감지하면서 말이다.

그렇다면 이 같은 문제들을 본질적으로 해결하기 위해 월북 및 납북 문인에 대한 우리나라의 문화정책은 어떤 방향으로 전개되어야 할 것인가? 약간 놀랄 만한 이야기로 들릴지 모르지만 필자는 이들에 대한 전면적 해금 조치만이 궁극적으로 문제를 해결할 수 있는 유일한 방법이라고 생각한다.

납·월북 문인의 문제는 간첩행위와 같은 국가기밀 누설의 문제가 아니라 개인의 양심에 관련된 문제이며, 문자행위에 대한 문제다. 따라서 문학인인 이들을 분류하고 구분하여 정지용과 김기림을 해금하고 이태준과 백석과 이용악 등을 묶어 두는 것은 지나치게 지엽적인 문제에 주목한 조치이다. 이 같은 판단은 그들이 남긴 몇 마디의 정치적 발언이나 사소한 사건으로 그들의 본질인 문학적 생애를 금기시 하는 것이 되기 때문이다. 그리고 만약 이태준과 백석 등을 해금하면서 임화와 김남천 등을 해금하지 않는다면 이 또한 한국문학사의 균형 있는 시각에 전혀 맞지 않는 일이다. 그것은 우익적 성향에 가깝다고 생각되는 토착적 문인과 예술성 지향 문인만을 선별해서 선택하는 것이 되기 때문이다. 이 경우 또 '소련

기행'을 쓴 이태준은 해금하면서 북쪽에서 숙청당한 임화·설정식 등은 왜 해금하지 않느냐는 질문 앞에 할 말이 없어질 수도 있다. 그렇기 때문에 마치 생태계의 먹이 사슬처럼 연쇄되어 있는 납·월북 작가 문제는 전면적 해금 조치를 단행할 때만 문제를 본질적으로 해결할 수 있으며, 그 시기는 빨라질수록 좋다고 생각된다.

최근 10여 년간 국문학계는 조용한 가운데서도 납·월북 문인에 대한 연구를 밀도 있게 진행시켜 왔다. 본격적으로 그 성과가 가시화되기는 근래에 나온『한국 근대리얼리즘 작가 연구』와『한국 리얼리즘 소설 연구』가 처음이지만, 석·박사 과정의 대학원생과 소장학자들 사이에서 소리 없이 진행된 연구의 폭과 깊이를 고려할 때 그것은 빙산의 일각에 지나지 않는다.

국문학계에서 진행된 이와 같은 연구의 흐름은 이데올로기나 체제의 억압에 의해 중단될 성질의 것이 아니며, 오직 올바른 연구가 진행될 때에만 흐름의 방향이 달라질 수 있는 성질의 것이다. 그러므로 문공부를 비롯한 관계부서에서는 이러한 연구열을 부정적으로 생각할 것이 아니라 전면해금을 실행해야 하는 근거로 삼아야 한다. 먼 장래를 두고 생각할 때 전면해금은 결국 시간의 문제에 지나지 않을 것이다. 그리고 지금 우리 국문학계는 충분히 전면해금을 감당할 수 있을 만큼 이미 성숙해 있다.

—『월간중앙』, 1988. 5.

해방공간에서 불꽃처럼 타오른 삶

김동석은 우리 인천이 낳은 가장 뛰어난 평론가 중 한사람이다. 우리가 해방기 혹은 해방공간이라고 부르는 1945년부터 1950년에 이르는 기간 동안에 김동석만큼 왕성하게 문필활동을 펼친 사람은 많지 않다. 그는 이 기간 동안에 본업인 문학평론에서는 물론이고, 시, 수필, 사회비평 등 다양한 분야에 걸쳐 정력적인 문필활동을 전개했다. 이 짧은 기간 동안에 그는 무려 200여 편에 달하는 글을 썼으며, 5권의 책을 펴냈다. 시집 『길(1946)』, 수필집 『해변의 시(1946)』, 『토끼와 시계와 회심곡(3인 공저, 1946)』, 평론집 『예술과 생활(1947)』, 『뿌르조아의 인간상(1949)』이 바로 그것들이다. 그는 이 짧은 기간 동안에 불꽃처럼 찬란하게 자신을 불태운 사람이라고 할 수 있다.

김동석은 1913년 9월 25일에 경기도 부천군 다주면 장의리(현재의 인천시 숭의동)에서 태어났다. 그리고 그가 9살되던 1921년에 인천의 경동으로 옮겨갔으며 여기서 그는 근 17년 동안을 살았다. 그 동안에 그는 창영국민학교와 인천상업, 그리고 서울의 중앙고보를 거쳐 경성제국대학에 입학하게 되지만, 당시의 어려운 교통 사정에도 불구하고, 그는 한 번도 인천을 떠나지 않았다. 그것은 물론 넉넉하지 못한 집안 사정과도 관련이 있었을 것이다. 그렇지만 그가 서울과 인천간을 '16년간이나 기차통학' 했다는 사실은, 당시의 교통사정을 고려할 때 보통사람은 쉽게 할 수 없는, 주목할 만한 일임에 틀림없다. 『예술과 생활』의 서문을 쓴 배호에 의하면 그는 "16년간의 기차통학에서 과학을 배우고, 의지력을 닦고, 인천해변에서 시정신을 기른" 진짜배기 인천 사람이라는 것이다.

이미 앞에서도 말했지만 김동석의 본격적인 활동은 1945년 8월 15일 이후에 시작된다. 해방 이전의 그의 문필활동은 대부분 비공식적인 것에 지나지 않았으며, 그의 겸손한 표현을 빌면 "일제의 검열과 고문이 무서워서 남몰래 글을 써 모아 놓고는 때를 기다리는" 책상서랍 속의 활동이었다. 해방 전에 쓴 그의 시에 "살무사도 땅 속에 숨는 거울"이란 구절과 "그 때를 바라고 수난하는 나무들"이란 구절이 있는데 이것들은 해방 전의 그의 삶을 잘 대변해 주는 표현이라고 할 수 있다. 그는 쓰고 싶고 말하고 싶은 것을 억누르고 억누르며 활동을 펼칠 때를 기다리고 있었던 것이다. 따라서 그가 33살이라는 나이로 해방을 맞았을 때 마치 막아둔 봇물이 터져 내리듯 글과 행동을 쏟아내기 시작한 것은 당연한 일이라 할 수 있다.

해방이 되었을 때 김동석은 먼저 '상아탑'을 강조하는, 독특한 견해를 펼치며 활동을 시작한다. 그는 당시의 정치풍토와 정치가들을 두고 "관념을 무슨 원자폭탄이나 되는 것처럼 자랑하는 가두정치가"라는 표현으로, 또는 "가장 정치를 아는 체 떠들어 대는 인텔리겐챠의 주관이 외국통신 하나로 이리 뒤뚱 저리 뒤뚱하는" 모습이라고 신랄하게 비판하면서, 정치가들을 '상아탑에 잡아 가두어' 제대로 이성적인 인물로 만들고 싶다고 말한다. 그러면서 그는 상아탑의 의미에 대해 이렇게 말한다. "상아탑은 희고 차다. 그것은 조선의 이성을 상징한다. 또 그것은 산란 때가 되어 물 위에 뛰어 솟는 백어와 같은 생명의 약동을 의미하기도 한다. 문화설비를 독점하고 있는 도시엔 모리의 탁류가 흐르고 있거늘 이성과 약동이 없이 문화의 상아탑이 그 속에서 솟아날 수 있겠느냐. 문화인이여 힘을 합하여 상아탑을 키우자"라고. 그의 이 같은 발언은 그에 대해 아무런 이해 없이 함부로 급진적 마르크스주의자라는 레떼르를 붙여놓고 있는 우리 연구자들이 특별히 주목하여 읽어야 할 부분이다. 왜냐하면 그의 이러한 교양적 인문주의자의 모습은 그가 당시 우후죽순처럼 튀어나와 설치던 경박한 정치 제일주의의 마르크스주의자들과 분명하게 다르다는 사실을 말해주기 때문이다.

　문학평론가로서의 김동석의 탁월함은 다른 무엇보다 재치 있고 날카로운 문장으로 나타났다. 김동석은 경성제국대학에서 영문학을 전공한 인텔리였고, 보성전문에서 교수로 10년 가까이 근무한 학자였지만 그의 평론은 고답적인 아카데미시즘에 전혀 물들어 있지 않다. 그의 평론에 동원된 비유는 당시로서는 보기 드물게 참신하고 발랄했으며, 그 비유 속에 함축된 칼날은 날카롭기 그지없었다. 예컨대 프로문학의 가장 핵심적인 인물이라 할 수 있는 임화에 대한 비판의 일절은 이렇다. "알짱 구체적이라야 할 데 가서는 추상적이 되어버리는 것이 시집 『현해탄』 전체가 지니고 있는 흠이다. 검열! 그렇다. 죄는 일본제국주의에 있다. 하지만 계급을 위해 울었다는 것만으로선 시인도 될 수 없고 공산주의자도 될 수 없다. 운 사람이 어찌 임화뿐이랴, 무솔리니 같은 자도 '20년 전에 사회주의자가 아니면 사람이 아니다'라고 하지 않았던가"라는 식으로 그는 임화의 감상주의를 다양한 비유를 동원해 가며 신랄하게 공격한다. 또한 김동리에 대해서는 "김동리 홀로 민족과 민족문학을 두고 어데로 가려는 것인가?"와 같은 공격적이면서 재미있는 말투를 구사한다. 이와 같은 점 때문에 김동석의 평론은 지금 읽어도 전혀 지겹지 않으며, 낡은 글로 느껴지지도 않는다.

이러한 김동석은 1946년 중반부터, 좀 더 구체적으로 말해『상아탑』이 폐간되던 6월을 전후해서 그전과는 달리 적극적으로 정치적인 문제에 자신을 던져 넣기 시작한다. 이를테면 '조선문학가동맹'에 열심히 참가하고, 우익문단의 김동리와 논쟁을 벌이고, 평양에 가서 남북정당 및 사회단체의 회의를 취재하는 것 등이 바로 그렇다. 이와 같은 그의 행위 때문에 그는 이후 남쪽에서 좌익문학의 행동대원이었던 것처럼 규정받게 되지만 본질은 그런 것만이 아니었다.

앞에서 말했다시피 김동석은 편협한 마르크시스트가 아니었다. 문제는 겉으로 나타난 좌익단체에서의 활동이 아니라 그를 그러한 행동으로 몰아간 당시의 현실에 있다. 그는 적극적인 행동을 펼치기 이전에 이미『상아탑』시기에 "민족과 역사를 배반하는 무리들의 모략책동이여! 우리의 살 길은 오로지 새로운 조선건설에 있는 것을 그래 대한인들은 모른단 말인가?"라고 씀으로서 자신이 상아탑 속에서만 관망할 수 없는 상황이 전개되고 있음을 경고한 바가 있다. 당시의 현실은 스스로 썼듯이 "연극구경하듯 해서는 알 수 없고, 스스로 배우가 되어야 하는 것"을 그에게, 아니 양심적인 지식인 모두에게 요구하고 있었던 것이다. 이와 같은 맥락에서 그가 당시의 북한을 옹호하면서 "북조선이 완전무결해서가 그런 것이 아니라", "조선사람의 손으로 이만한 공장과 이만한 군대와 이만한 문화시설과 이만한 행정기구를 창설했다는 것을 조선민족의 한사람으로서 축복하지 않을 수 없"었기 때문이라고 말한 것 역시 우리는 지금 충분히 이해할 수 있다. 이 또한 해방직후의 남북한 실정을 상기해 볼 때 교양 있는 양심적 지식인으로서는 마땅히 할 수 있는 말의 하나이기 때문이다.

김동석은 그러나 이와 같은 행적 때문에 단독정부가 수립된 남한에서는 견디기가 불편했으며, 이 불편함 때문에 6·25 직전 월북을 감행했다. 그리고 오랫동안 우리들의 기억에서 잊혀져야만 했다. 그렇지만 그가 약

5년여의 세월 동안에 남긴 불꽃처럼 타오르며 남긴 자취들은 지워질 수 없는 역사의 흔적으로 남아 있다.

—『인천민예총』, 창간호, 1996. 9.

설정식에 대한 추억[1]

티보 메레이[2] 글, 홍정선 옮김

휴전회담의 중단을 가져온 개성폭격사건이 일어난 1951년 8월 22일 밤이었다. 북한과 중국측의 수석 연락장교인 장 대좌는 분노로 일그러진 얼굴로 미국측의 연락장교인 킨니(Kinny) 대령에게 설명을 요구하고 있었다. 이때 장 대좌의 분노는 40대쯤 되어 보이는, 이마가 넓고 잘생긴 외모의

---

1) 이 글은 티보 메레이(Tibor Méray)가 쓴 『버체트에 대한 기억들(Burchett Memories)』이라는 책의 11장을 번역한 것이다. 글의 제목은 번역자가 임의로 붙인 것이다. 티보 메레이는 이 글의 초고를 파리로 탈출한 후 얼마 지나지 않아 썼고, 우리나라에서는 그글이 1962년 9월호 『사상계』지에 「한 시인의 추의」라는 제목으로 번역되어 수록된바 있다. 그런데도 굳이 여기에 비슷한 내용을 다시 번역한 이유는 이글이 월북 후 설정식의 모습을 가장 생생하게 보여주는 유일한 글이며, 메레이가 최초 발표 후 상당한 수정과 보완을 했기 때문이다. 우리는 이 글을 통해 설정식과 유사한 길을 걸은 임화·이원조 등 월북 문인의 운명도 짐작해 볼 수도 있을 것이다.

2) 헝가리 출신의 소설가이자 신문기자. 헝가리 공산당 기관지 『스자바 네프(자유인=Szabad Nep)』의 특파원으로 1951년 8월부터 52년 7월까지 휴전회담을 취재하기 위해 북한을 방문함. 그리고 1953년 휴전회담 성립 직전에 다시 취재차 북한을 방문함. 북한으로부터 민간인 최고 훈장인 국기훈장 1급을 받음. 1956년 헝가리 봉기에 참여했다가 프랑스로 망명했으며 이후 파리에서 문필가로 활동함.

한 한국인에 의해 통역되고 있었다.

　"당신이 정말로 진정한 군인이며 양심을 가진 인간이라면 이 반석같이 확고한 증거를 부인할 수 없을 거요."

　그 말 속에는 사람의 가슴에 영원히 새겨지는 구절들이 있었다. 나는 그 구절들을 내 일기장에서 다시 찾아보지 않아도 된다. 나는 그 구절들을 생생하게 기억하고 있는데, 그것은 무엇보다 그 구절들이 내가 일찍이 경험해보지 못한 아주 예각화된 공개적인 군사·외교적 갈등의 한 부분이었기 때문이다. 그리고 또한 거기에는, 비록 내가 '반석 같은'이란 단어를 사전을 통해 알고 있기는 했지만, 그 단어가 한 인간의 기억작용 속에서 사용되는 것을 그때까지 한번도 들은 적이 없었기 때문에 이해하기가 쉽지 않았다는 이유도 작용했을 것이다.

　폐부를 찌르는 그 구절들로 인해 나는 그 통역관이, 그리고 깊고, 그윽하고, 따뜻한 바리톤의 목소리가 거친 단어들과 잘 어울리지 않는다고 생각했었다. 그때까지 나는 그 통역관을 거의 만난 적이 없었다.

　나는 그 통역관의 계급이 소좌이며, 이름이 설정식(薛貞植)이라는 것을 알게 되었다. 그는 영어를 아주 잘하며, 독일어 교수 출신의 수석 통역관인 아저씨 밑에서 북한측 대표의 차석 통역관으로 일하고 있었다. 그는 남한에서 넘어온 사람이었다. 먼저 자기 자신을 소개한 후 그는 나에게 자신이 헝가리 사람들에 의해 운영되는, 헝가리 공산당 지도자 라코시(Rákosi)의 이름을 따서 붙인 북한 병원에 얼마 동안 입원해 있었다고 이야기했다.

　우리들 사이의 우정은 휴전회담이 지지부진해질 때부터 시작되었다. 휴전회담은 한 달 두 달 끝없이 연장되며 답보상태에 있었고 우리는 서로 대화를 나눌 충분한 여유가 있었다. 나는 설정식이 한국에서 가장 뛰어난 시인 중의 한 사람이며 셰익스피어의 작품을 처음으로 번역한 사람이라는 것을 알게 되었다.[3] 나 자신 역시 작가라 할 수 있는 사람이었기 때문에 매일 저녁 개성에서 문학적 주제를 가지고 대화를 나눌 수 있는 사람을 찾아낸 즐거움을 만끽하고 있었다. 그래서 이를테면 우리는 지금 남아 있는 「맥베스(Macbeth)」가 진짜냐 아니냐, 셸리(shelly)의 「서풍부(Ode to the West Wind)」를 외국어, 특히 헝가리어나 한국어로 원문과 다름없이 번역하는 것이 가능하냐 하는 문제들을 토론할 수 있었다.

우리들은 함께 오랫동안 산보를 했고, 설정식은 헝가리 병원에 입원한 첫 번째 사람의 하나였던 동안—그는 1950년 크리스마스 다음날에 심장 쇼크로 입원해서 두 달 동안 머물렀었다—의 이야기를 해주었다. 담당 의사는 그에게 "당신이 쓰고 싶은 것을 쓰세요."라고 하면서 "그것이 회복에 도움이 될 것입니다."라고 말해주었다고 했다. 설정식은 그러나 그렇게 하는 것이 아주 어렵다는 것을 알고 쓴 것을 여러 번 찢어버렸다고도 했다.

그러다가 마침내 일부는 삶과 죽음, 자신의 병에 대해서, 그리고 대부분은 헝가리 병원과 한국인을 돕기 위해 수만리를 달려온 헝가리인 의사들과 간호원들에 대해서 쓴 400행의 장시를 완성할 수 있었다고 했다. 그 장시의 제목은 「우정에 바치는 노래(An Ode to Friendship)」로 붙였다고 했다.

"그 시는 어디 있습니까?" 나는 물어보았다.

설정식은 평양에 두고 왔다고 했다. 그리고나서 1951년 10월 말경의 어느 날, 그는 평양에서 온 소포를 받았는데 거기에는 겨울옷과 장화와 함께 시작 노트들이 들어 있었다.

노트 속에서 그 시를 찾아내서 그는 다듬어지지 않은 영어로 번역된 몇 구절을 나에게 들려주었다. 나는 듣는 것을 좋아했다. 나는 그에게, 나에게 들려준 구절들처럼 작품 전체가 모두 훌륭하고 영어로 전부 다 번역

---

3) 설정식은 41년 1월호 『인문평론』에 헤밍웨이의 「불패자」를 번역해서 실었고, 49년에는 백양당(白楊堂)에서 「햄릿」 번역본을 출판한 바 있다.

할 수 있다면 헝가리판의 출판을 위해 최선의 노력을 다하겠다고 말했다.

이미 말한 것처럼 우리는 개성에서 시간이 많았다. 설정식은 그 시를 다시 약간 손질해서 영어로 번역했다. 그리고 번역 초고가 완성된 후에는 거의 매일 저녁을 버체트(Burchett), 윈닝톤(Winnington)과 함께 보냈다.[4] 그 둘은 훌륭한 영어로 번역하는 것을 도와주었다. 그 모임은 자주 우리 숙소의 뜰에서 있었다. 설정식은 완전주의자여서 어떤 때는 특정한 핵심 어 때문에 버체트·윈닝톤과 30분씩 토론하곤 했다. 그 모임은 조금도 무미건조하지 않았고, 두 명의 앵글로 색슨계 신문기자들은 주변에 뒹구는 술병들과 함께 번역작업을 할 때는 훨씬 더 훌륭한 조언자가 되어주었다. 나는 그들 주위를 어슬렁거렸지만 별로 쓸모가 없었다. 그러나 나는 언어적인 표현문제로 뜨겁게 달아오른 논쟁의 분위기를 즐겼다.

완성된 작품을 헝가리어로 출판하기 위해 나는 시인을 소개할 필요를 느꼈다. 그래서 나는 그의 생애에 대한 인터뷰를 했다. 다음은 그 인터뷰 중의 일부이다.

나는 함양(Ham Yang)[5] 남쪽 지방의 단천(端川)에서 1912년에 태어났다. 나의 아버지는 유교적인 용어로 말한다면 '선비'였다.[6] 아버지는 혁명적인 사람은 아니었지만, 농업에 대한 저술에서 토지 개혁의 필요성을 암시했다. 그래서 일제는 그 책을 압수했다.

8살 때 서울로 와서 농업학교(?)에 다녔다. 그러나 1929년 일본식 교육 방법에 대항하는 스트라이크인 광주학생사건에 가담했기 때문에 학교에서 쫓겨났다. 나는 공부를 계속하기 위하여 중국의 묵덴(Mukden)[7]으로

---

4) 이 두 서방 기자는 공산주의에 공명한 사람들이었는데, 메레이는 특히 호주 출신의 버체트와 가깝게 지냈던 것 같다. 설정식에 대한 이 글은 버체트에 대한 회고의 일부이다.
5) 함경남도의 준말인 '함남'의 오기이다.
6) 설정식의 아버지는 설태희(薛泰熙)이다. 함경도의 주요 인물이며, 한학자이면서도 일찍이 동경에 가서 법률과 경제 등을 공부한 개화인이다.
7) 만주의 봉천(奉天)을 이렇게 표기한 것이다.

갔다. 그렇지만 중국인 학생들과 한국인 학생들 사이의 충돌인 소위, '만보산 사건'이 일어나서 묵덴에 머무를 수 없게 되었다. 그래서 북경에 잠시 머문 후 서울로 돌아와서 개신교 대학인 연희전문에 입학했다. 거기서 나는 문학사 학위를 받았다.

1936년에 오하이오(Ohio)에 있는 마운트 유니언 대학(Mount Union College)에서 영문학 공부를 하기 위해 미국으로 건너갔다. 그 후 컬럼비아 대학교(Columbia University)에서 2년 동안 더 공부를 했다. 나는 2차대전이 발발하기 직전에 돌아왔지만 직장을 구할 수가 없어서 시골에서 농사를 지었다. 그 시간들은 허송세월이었다. 나는 책을 출판할 수 없었고 독서만이 유일한 즐거움이었다.

종전과 해방은 나에게 새로운 생활을 가져다 주었다. 일본사람들을 대신해서 남한에 미국사람이 들어왔을 때 나는 희망과 낙관에 가득 차 있었다. 나는 우리 민족의 처지가 마침내 개선되리라 믿었다. 나는 대학 은사 중 한 분이[8] 미국인과 함께 일할 것은 제안했을 때 그 충고를 받아들였다. 그래서 일 년 남짓 미군정청 공보처에서 일을 했다. 나는 그 후 1947년 1월까지 미군정청 과도입법원의 사무차장 일을 맡아보았다.

내가 공산당의 지하조직에 참가한 것은 미국인을 위해 일하는 동안의 일이었다. 왜냐고? 나는 미국인이 나를 쌍수를 들어 환영한 것은 당연하다고 생각한다. 나로 말하면 오하이오 대학을 나왔고, 영어를 잘했고, 또 무엇보다 그들이 나를 필요로 했던 것이다.

그러나 나는 그들 미국인에 대해 실망했다. 나는 그들이 자기네 군사기지가 있는 그 나라에 대한 관심보다 군사기지 그 자체에 대해 더 관심을 가지고 있음을 보았다. 나는 농민과 노동자들이 전과 조금도 다름없이 비참한 생활을 하고 있으며, 아무런 경제적 향상도 없이 사는 것을 알았다. 나는 또 그들이 부패를 묵인하고 인권을 억압하는 무자비한 독재자 이승만을 전폭적으로 지지하고 있다는 것도 알게 되었다.

1948년 나는『서울 타임즈』라는 영자신문의 편집자가 되었다. 이승만은 내가 그 신문을 좌경케 했다고 하면서 탄압했다. 나는 시집을 세 권 출판했는데 마지막 시집은 판매금지 처분을 받았다.[9] 내가 또 3부작으로

---

8) 연희전문 시절의 은사인 언더우드(Underwood) 목사를 말하고 있다. 후일 설정식과 임화는 이 관계 때문에 CIC의 첩자로 몰리게 된다.

된 장편소설을 발표하기 시작하여 제1부를 출판하고 제2부를 신문에
연재하기 시작했을 때, 남한 정부는 게재중지를 시켰다.[10] 나는 그래서
셰익스피어의 세계로 도망쳐 들어갔다. 「햄릿」, 「맥베스」, 「로미오와 줄
리엣」을 번역했다. 앞의 둘은 출판되었지만, 「맥베스」는 아직까지 원고
상태로 있다. 그 후로 나는 가명으로만 글을 발표할 수 있었다.

인민군이 서울에 진입한 후 나는 잠시동안 작가동맹의 일을 보다가 자
원입대했다. 나는 가족과 아내와 세 아들과 외딸과 헤어졌으며, 그 이후
나는 그들의 소식을 전혀 듣지 못했다. 인민군이 후퇴할 때 나도 따라서
후퇴했다. 그리고 심장병으로 입원했다가 지금 여기에 이렇게 있다……

이 인터뷰를 근거로 나는 설정식에 대한 기사를 헝가리 공산당 신문에
썼으며, 그의 시에 대한 또 다른 글도 썼다. 이 두 편의 글은 1953년 2월
에 부다페스트의 쉬크라(Szikra) 사에서 간행한 나의 한국보고서 선집 속
에 수록되어 있다.

원래 이야기로 되돌아가면 버체트와 원닝톤의 아낌없는 도움으로 설정
식의 번역은 완성되었다. 나는 그들이 설정식을 무척이나 좋아하고 있다
고 느꼈다. 설정식은 나와는 달리 영어에 유창할 뿐만 아니라 그들과 같
은 세대였기 때문에 그들 사이의 우정이 나와의 관계보다 훨씬 더 돈독하
다고 생각했다. 나는 완성된 번역작품을 부다페스트로 보냈고, 아주 재능
있고 뛰어난 공산주의 시인 중 한 사람인 라즐로 벤야민(Laszlo Benjamin)
은 그것을 다시 헝가리어로 번역하여 품위있는 소책자로 간행했다.

지금 나는 설정식의 그 시를 읽으면서 그 시가 지나칠 정도로 정치적

---

9) 설정식이 간행한 세 권의 시집은 『종』, 『포도』, 『제신의 분노』이다. 이 중 판금당한
    것은 『제신의 분노』이다.
10) 여기에는 약간의 착오가 있는 것 같다. 설정식이 신문에 연재해서 간행한 장편은
    「청춘(靑春)」이다. 그런데 이 작품은 1946년 『한성일보(漢城日報)』에 연재한 후 49년
    에 단행본으로 출판했다. 그리고 연재를 하다가 중단한 것은 「해방(解放)」이란 작품
    으로 1948년 1월·2월·5월호에 실려 있다. 따라서 1부가 책으로 간행되었다는 말
    에는 약간의 문제가 있다.

사상에 충만해 있음을 느낀다. 그 시는 스탈린주의 당노선을 고무시키는데 부족함이 없으며, 시에는 모스크바에 대한 추종과 미국에 대한 증오가배어 있다. 비록 중역을 통해서이긴 하지만 시 속의 몇몇 은유와 이미지표현들은 이 시를 쓴 사람이 진짜 시인임을 말해주고 있다.

나는 여기에서 이 정도로 설정식에 관한 이야기를 끝낼 수도 있다. 그때는 모든 것이 너무나 좋은 시절이었다. 그는 북한측 협상 대표단에 소속되어 있는 통역관이었으며 계급은 소좌였다. 그리고 전쟁이 끝나면 북한에서 그의 가족들과 재결합할 수 있게 되기를 바라고 있었다. 그는 몸이 썩 건강한 편은 아니었지만 다시 심장병으로 고생하지는 않았다. 그는버체트와 원닝톤, 그리고 나와 같은 좋은 '서양' 친구들과 깊은 우정을 나누고 있었으며, 그의 시는 머나먼 헝가리에서까지 출판되어 그곳에까지이름이 알려졌다. 그리고 설정식은 나에게, 적어도가 아니라 마침내, 한국전쟁에 관한 일만행에 달하는 대서사시를 쓰기 시작했다고 말했다. 어느시인이 언젠가 "여보게, 그러고도 무슨 할 말이 더 있는가?"라고 한 적이있는데도.

그러나 설정식에 대한 이야기는 이 시점에서 끝나지 않는다. 약간 과장되게 말해서 만약 누군가가 모든 이야기의 시작과 중간 그리고 끝을 나눈다면 그것은 시작에 불과했다. 1952년 말경에 나는 헝가리로 돌아와 한국에서의 경험을 바탕으로 두꺼운 책을 쓰기 시작했다. 그 작업은 6개월가량 소요되었다. 내 원고가 출판사로 넘겨졌을 때 헝가리 외무성은 나의책을 출판하기로 한 공산당 출판사에 북한 대사관으로부터 장차 간행될내 책에 등장하는 모든 북한사람의 명단을 보내줄 것을 요구하는 편지가왔다는 것을 알려주었다. 북한 쪽 사람들은 그것을 점검하고 싶어 했다.출판사측은 그 명단을 재빨리 작성하여 외무성을 통해 북한 대사관에 전달했고, 이에 대한 답신이 곧 도착했다. 북한 대사관에서는 몇몇 이름을삭제할 것을 요청했다.

검열? 거의 확실했다. 무엇을 내가 말할 수 있을까? 나는 길들여진 공산주의자의 한 사람이었기 때문에 그 이유를 이해할 수는 없었지만, 복종할 준비는 되어 있었다.

나는 지금 그 리스트에 얼마나 많은 이름이 있었는지 모두 기억할 수는 없지만―대략 50~60명 가운데 5~6명 정도가 지워졌다―설정식이 지워야 할 이름 중의 하나였다는 사실만은 아주 분명히 기억한다. 내 책에서 다양한 관계로 언급되고 있는 외교사절단과 당 관리들 가운데서, 그는 내가 가장 가깝게 지냈던 유일한 인물이었다. 그래서 나는 개인적으로 그의 이름을 제외시키라는 북한측의 요구가 어떤 이유인지에 대해 관심이 많았다. 또한 그 사실과 관계없이 작가로서 나는 매우 당혹스러울 수밖에 없었다. 그것은 내 책의 10페이지가 넘는 분량을 삭제해야 했으며, 설정식은 책 전체에 걸쳐서 언급된 유일한 한국인이었던 까닭이다. 나는 심지어 도표로 넣도록 그의 사진까지 골라놓고 있었다. 이런 상태에서 설정식에 관련된 페이지를 삭제한다면 내 책이 훼손될 것임에 틀림없었다. 나는 북한 대사관에 전화를 걸어서 만약 내가 다른 사람들을 제외시키는 것에 동의한다면 설정식에 관한 장은 그대로 유지시켜도 되는지 물어보았다. 설정식에 대한 내 추억과 그의 사진이 포함된 한국에 대한 보고서 선집이 출판된 게 불과 몇 달 전의 일이었다. 그런데도 북한 대사관 측 인사는 "우리는 그에 관한 기사를 삭제할 것을 강력히 요구합니다. 사진도 물론입니다."라고 말했다. "이유를 설명해주시겠어요?"라고 나는 말했다. "어떤 문제가 있습니다."라고 그는 대답했다.

나는 잘 길들여진 공산주의자였기 때문에 설정식의 이야기와 사진을 뺐다. 물론 내가 약간의 물의를 일으켰더라도 그들이 삭제했을 것이다. 왜냐하면 당 출판사와 외무부는 삭제를 명령할 수 있는 권한을 가지고 있었기 때문이다. 그러나 내가 복종했었기 때문에 그들이 끼어들 필요는 없었다. 나는 그러한 행동으로 그들에게 대항하는 것이 부질없다는 것을 잘

알고 있었다. 또한 만약 삭제되어야 한다고 '북한 동무'들이 요구하는 데
에는 반드시 어떤 정당한 이유가 있을 것임에 틀림없었다.

그럼에도 불구하고 나의 호기심은 줄어들지 않았다. 설정식에게 무슨
일이 일어난 것일까?

내 책이 출판된 지 일주일도 못 되어 나는 휴전 조인을 취재하기 위해
한국에 두 번째로 파견되었다. 개성에 도착하자마자 나는 북한 협상대표
단의 통역실로 설정식을 찾아갔다. 그는 거기에 없었다. 그래서 나는 그
의 삼촌인 수석 통역관을 만나 조카에 대해 물었다. 그는 무엇인가에 의
해 억눌려 있었고 난처한 듯이 보였다. "설정식은 평양으로 소환되었고
그 후 나는 그에 대한 소식을 듣지 못했습니다."라고 그는 말했다. 나는
버체트와 원닝톤에게도 물어보았다. 그들 또한 "문제가 있다."라고만 말
했다. "무슨 종류의 문제냐?"고 물었을 때 그들은 모호하게 "문제가 있다.
그것이 전부다."라고만 말했다.

그 수수께끼는 곧 드러났다. 휴전 조인식이 있은 후에도 버체트와 원닝
톤은 전쟁포로교환을 취재하기 위해 개성에 남았다. 후에 그들은 귀환한
중국과 북한 포로들과의 인터뷰를 근거로 '밝혀지지 않은 거제도(Koje
Unscreened)'라는 제목의 책을 썼는데, 거기에서 미군과 한국군이 포로들
을 얼마나 가혹하게 다루었는지를 묘사해놓았다. 나는 휴전이 조인된 후
개성을 떠났다. 북한에서는 다른 중동부 유럽 기자들과 함께 나를 평양으
로 데려갔다.

평양에 도착한 지 한두 주일이 채 지나지 않아서 나는 북한 정보부로부
터 전화를 받았다. '미제 스파이와 반역자'에 대한 중요한 재판이 다음날
열린다고 알려주면서, 외국 취재단의 일원으로 참석하라는 이야기였다.

나는 그 재판을 방청했다. 판사들이 입정하여 좌정한 후 감시병이 피고
들을 데리고 들어왔다. 눈가림으로 열리는 유럽식의 인민민주주의 재판에
서는 보통 피고인이 가장 좋은 양복과 새하얀 와이셔츠를 입고 멋있는 넥

타이를 매는 것이 일반적인 관례이다. 그런데 북한에서는 죄수들이 구겨지고 더러운 죄수복을 입은 채 들어왔다. 그들이 들어올 때 나는 그들 중 둘을 금방 알아볼 수 있었다. 시인 임화와 북한에 설립된 헝가리 병원의 행정 책임자였던 이강국이 그들이다. 이전에 나는 그들과 몇 마디 나눈 적이 있었다.

모든 죄수들의 상의 뒤에는 커다란 수인번호가 꿰매져 있었는데, 죄질에 따라 가장 중요한 죄수인 1번에서부터 14번까지 번호가 매겨져 있었다. 설정식은 수인번호 14였다. 나는 그를 알아보기가 힘들었다. 이전의 아름답고 고뇌에 찬 얼굴은 피로와 체념으로 가려져 있었다. 약간 아시아적인 검은 눈에는 전혀 생기가 없었다. 그는 로봇처럼 움직이고 있었다. 후에 알게 된 사실이지만 동부와 중부 유럽에서는 정치재판의 경우, 피고인들이 출두하기 몇 주 전부터 아주 잘 먹여 주는데, 이는 그들이 겪은 시련과 고문의 흔적을 없애기 위해서라는 것이다. 특히 재판이 공개적으로 열리는 경우 당국은 방청객, 특히 서방 신문사 특파원들에게 피고인들이 건강하고, 잘 먹었으며, 정신적·육체적으로 온전한 상태라는 인상을 강하게 심어주기 위해 많은 노력을 기울였다. 그런데 여기 북한의 재판에는 서방 특파원은 한 명도 참석하지 않았고, 단지 소련과 몇몇 공산주의 언론의 특파원만이 방청하고 있었다. 이 재판이 의도하는 바는 한때 꽤 높은 지위에 있다가 지금은 피고인으로 전락한 이 사람들이 저지른 죄상과 그들에 대한 경멸감을 외부에 보여주려는 것임이 분명했다.

그럼에도 이 재판은 헝가리·체코슬로바키아·불가리아에서 벌어진 다양한 정치재판과 매우 유사했다. 나는 그런 처지에 처해진 설정식을 보게 된 것에 몹시 당황해 있었고 통역 또한 너무나 엉성하게 이루어졌기 때문에 기소장에서 주장한 범죄행위가 정확히 무엇이었는지 잘 기억할 수 없다(내가 바란 것은 오로지 설정식이 나를 보지 못하는 것이었는데 다행히 그 방이 만원이어서 보지 못했을 것이다). 그렇지만 내가 기억하는 한 기소장은, 북반부 인민들이 경애하는 김일성 동지에 대한 암살계획과 북조선의 인민민주주의에 반대하는 음모를 강조하고 있었다. 피고인들은 대지주에게 땅을 반환하고 자본가에게 공장을 돌려줌으로써 구봉건제도로 되돌아갈 것을 획책했다. 또한 북한을 이승만 도당에게 넘겨주고자 했으며, 무엇보다도 미 제국주의자와 미제에 고용된 앞잡이들과 협력하면서 미제를 위한 스파이 활동을 했다는 것이다. 이것이 바로 설정식에게 생긴 '문제들'이었다.

피고인 가운데는 소수의 당 고위관리들이 포함되어 있었다. 피고인의 명단 속에는 당 중앙위원회 서기인 이승엽, 문화선전부 부부장인 조일명, 내무부의 박현복11) 등이 들어 있었다. 이들 그룹에서 설정식은 피라미에 불과했다. 후에 안 사실이지만 이 숙청과정은 부다페스트의 숙청재판과 유사한 것이었다. 이 재판은 전쟁기간을 외국에서 보내고 돌아온 친소주의자들이 국내에서 일본에 대항하면서 투쟁해 온 토착 공산주의자들을 반공산당이라는 누명을 씌워 제거하는 작업이었다.

피고인들은 대부분 남한 출신이었다. 한국 공산주의자가 처해 있는 상황은 동유럽보다 한층 복잡했다. 대부분 남한 출신으로 구성되어 있던 국내파인 남로당 그룹 이외에도 두 개의 거대한 국외파 그룹이 있었는데 그 하나는 소련으로부터 돌아온 그룹이었으며, 그 속에는 거물이 별로 없었다. 다른 하나는 중국으로부터 돌아온 그룹이었다. 친소주의자들은 귀국 후 남쪽에서 넘어온 동료들을 제거함으로써 핵심적인 위치를 획득하였으나 중국으로부터 귀환한 그룹을 완전히 제거할 수는 없었다. 그것은 중국이 김일성 정권에 우호적인, 가장 돈독한 군사적 우호관계를 지닌 동반자였기 때문이다. 그때 북한에는 수십만의 중국 '의용군'이 머무르고 있었다. 그러나 이것은 다른 이야기이다.

---

11) 백형복을 잘못 알고 있는 것 같다.

내 기억이 정확하다면 설정식은 다른 사람과 마찬가지 죄로 기소되어 있었으며, 그에게는 1945년부터 1947년 사이 미군정청에서 일했다는 사실을 당에 숨겼다는, 좋지 않은 항목이 추가되어 있었다. 이러한 점은 나에게 다소 이상하게 보였다. 그 사실은 너무나 잘 알려져 있어서 숨긴다는 게 불가능했다. 그리고 그는 외국인 나에게까지 그 사실을 얘기해주었고, 이미 잘 알다시피, 나는 헝가리의 공산당 신문과 내 책 속에 그 사실을 공표한 적이 있었기 때문이다. 그러므로 설정식이 이러한 에피소드와 그의 과거를 당에 대해 의도적으로 숨기려 했을 것 같지는 않다.

"나는 북한의 동무들이 이 점에서 잘못되었음에 틀림없다"고 생각한다. "그러나 또 다른 피고인의 경우는 어떤가?" 하고 내 기억을 더듬어보았다. 거기에는 정통적인 공산주의자들과 비슷한 점들이 있었다. 북한 당국은 기소 자체가 틀렸을 것이라고는 조금도 생각하지 않고, 오로지 당의 주장을 정당화시킬 수 있는 증거를 찾으려고만 하고 있었다. 설정식의 행위 중 나의 의심을 불러일으킬 만한 점들이 있었던가? 나는 어떠한 증거도 생각해낼 수 없다. 그러므로 나는 그 사건에서 설정식이 자기의 과거를 숨기려고 노력했었다는 기소 내용은 잘못된 것이라고 생각했다. 그러나 그밖의 다른 기소 내용에 있어서는 북한 공산당이 나보다 더 그에 대하여 많이 알고 있을 것이기 때문에 맞을 것이라 생각했다. 그렇지 않다면 그들에게 가장 쓸모있는 지식인의 한 사람이자 시인이며, 또한 휴전회담 대표단의 통역관인 그를 체포하여 재판하지는 않았을 것이라는 생각 때문이었다.

나는 그의 죄를 믿으려 애썼으나 인간적으로 그의 불행을 순순히 받아들이기는 힘들었다. 나는 재판이 진행되는 동안 계속 그의 뒤통수를 뚫어져라 바라보면서 복잡한 상념에 잠겼다. 그에게 어떤 종류의 생각들이 소용돌이치고 있을까? 누구에 대해 무슨 생각을 하고 있을까? 선고를 두려워하거나 형이 가볍게 내리기를 희망하고 있지는 않을까? 아무튼 그는 피고 중 죄가 가장 적은 끝번이 아닌가?

내가 이차대전과 한국전쟁기간 중 내내 겪은 것이긴 하지만, 이 재판에
도 다소간의 혼란과 억압이 있음을 발견했다. 나는 재판이 시작된 첫날
이후 다시는 방청할 마음이 들지 않았다. 그래서 북한 정보부로부터 이
재판에 대한 보도를 위해 초대되었음에도 불구하고 헝가리 신문에 한 줄
도 쓸 수 없었다.

나는 신문을 통해 설정식과 다른 6명의 피고들이 사형을 언도받고 처
형되었음을 알았다. 그 후 몇 달 동안에 나는 자주 설정식에 대한 생각에
잠겼다. 처형되기 전날 밤 감방을 배회하면서 그는 무슨 생각을 했을까?
그의 어린 시절에 대해서 생각했을까? 선비인 아버지, 그의 가족, 아내,
자식들, 버체트와 윈닝톤 그리고 나 셋이서 개성에서 보낸 즐거운 저녁들,
장 대좌의 말을 킨니 대령에게 통역하던 그날 밤에 대해서 생각했을까?
아니면 이제는 결코 빛을 볼 수 없게 된 일만 행에 달하는 그의 서사시에
대해 생각했을까? 그것은 혹시 머릿속으로나마 마지막으로 시를 쓰려는
노력이 아니었을까? 나는 자주 전율을 느끼면서 설정식이 처형당하던 마
지막 순간에 한 말이 무엇이었을까에 대하여 상상해보려 노력했다.

그 재판이 있은 지 일 년이 채 못 되어 이번에는 북한이 아니라 제네바
에서 월프레드 버체트를 다시 만났다. 제네바에서 우리들은, 이미 언급했
다시피, 인도지나 평화회담과 정전협상을 보도하는 특파원이었다. 우리는
다시 만나서 반가웠으나 개성에서보다 적은 시간 동안만 같이 있을 수 있
었다.

그는 거의 하루 종일 중국사람 혹은 서방 기자들과 함께 있었고, 나 또
한 헝가리 기자단의 일원으로서 대부분의 시간을 그들과 함께 움직여야
했기 때문이었다.

내가 공산주의 체제의 실체를 알기 시작한 것은 바로 그 무렵이었다.
스탈린 사후 1953년 여름 헝가리에서는 임레 나지(Imre Nagy)라는 한 노

련한 공산주의자가 새로운 지도자가 되어 권력을 잡았다. 나는 그 소식을 휴전협정 조인을 취재하기 위해 판문점으로 가는 도중 묵덴에서 들었다. 변화에 대한 자세한 사항들이 『프라우다』지에 실렸는데 루마니아 출신 기자가 그 내용을 독일어로 통역해주었다. 새롭고 보다 자유주의적인 스타일의 공산주의가 나의 조국에서 통치를 시작했다. 몇 년 전에 형을 선고받았던 정치범들이 석방되었다. 풀려난 죄수들은 처음엔 겁이 났고 믿을 수 없어했으나 곧 그들이 부당하게 체포되어 시련을 겪고 형을 선고받았다는 것이 밝혀졌다. 나는 그때까지도 당을 믿으려고 했지만 이때부터 나의 신념은 의심으로 뒤범벅이 되어버렸다.

제네바에서는 가끔 아주 드물게 버체트를 만날 수 있었다. 그렇지만, 우연히 그와 함께 커피와 맥주를 마실 기회를 가졌다. 이렇게 만난 어느 날 나는 설정식에 관해 얘기를 꺼냈고, 내가 그의 죄목에 대해 의심을 가지고 있음을 허심탄회하게 털어놓았다. 사실 나는 그의 결백을 거의 확신하고 있었다. 북한에서 재판이 열렸던 그 당시에도 나는 그가 1945년부터 47년까지 미군정청에 고용되었던 그의 과거를 숨겼다는 기소 내용을 믿을 수 없었는데, 지금은 다른 나머지 부분, 즉 스파이 혐의와 체제전복 음모라는 주요 죄목에 대해서조차 믿지 못하게 되었기 때문이다.

"그러나 그가 자백하지 않았느냐."라고 버체트가 말했다. "헝가리의 정치범들도 아무것도 하지 않았음에도 모두 재판에서는 죄를 자백했었다. 그런데 지금은 모두 풀려났다."라고 말하면서 나는 버체트와 논쟁을 시도했다. "남한에서 생명에 대한 위협을 감수하면서 불법화된 공산당에 가입한 사람, 이승만 정권을 증오하고 남 먼지 인민군에 자원입대해서 북으로 넘어온 사람, 그리고 우리가 읽은 것 같은 공산주의 시를 쓴 사람이 어떻게 반역자일 수가 있단 말인가?"라고 내가 말했다.

버체트는 설명하기를 스파이이기 때문에 고위 권력층에 잠입하는 것이 필요했고, 끄나풀이기 때문에 믿을 수 있는 인물이라는 강한 인상을 주는 것이 특별히 중요하지 않았겠냐고 했다.

"그런 기준이라면 당신과 나 또한 미국의 *끄나풀*이라고 낙인찍을 수 있다."라고 하면서 버체트에게 설정식의 행동 가운데서 어떤 의심할만한 점들을 알고 있는지 물어보았다. 그 또한 주목할만한 혐의점이 어떤 것도 없다는 사실에는 동의했다.

"당신도 알다시피 당신과 원닝톤은 나보다 더 그와 가까웠었다. 당신들은 나보다 그를 일찍 만났고 내가 개성을 떠난 후에도 그와 함께 여러 달 동안 일했었다."

"그러한 것은 그리 중요하지 않다. 스파이는 결코 그의 정체를 드러낼 만한 기미를 보여주지 않는다. 몇 달이 아니라 몇 년이 지나갈지라도."

"그럴지라도 설정식의 경우 최소한 미심쩍은 구석이 많다는 느낌이다. 나는 우리가 그에 대해, 우리를 설정식과 묶어주는 우정에 대해 빚지고 있으며 그를 위해 무엇인가를 해야 한다고 생각한다. 그를 되살릴 수는 없지만 우리가 의심난 점을 밝힌다면 적어도 그의 오명은 벗길 수 있다. 당신, 나, 원닝톤 셋이 김일성에게 편지를 보내 조사를 요청해보자."

버체트는 이와 같은 나의 생각에 동의하지 않았다. 그는 이 사건이 북한 정부의 내부문제임을 강조하면서 우리가 간섭할 권리가 없다고 했다. 그러므로 그는 그러한 편지를 쓰는 것에 참여하기를 원하지 않을 뿐만 아니라 서명도 할 수도 없다고 했다.

나는 몹시 실망했다. 결국 나는 편지에서 설정식의 결백을 주장해야 한다고 제안하는 대신 단순한 조사만 요구하자고 했다. 나는 왜 버체트가 얼마 전까지만 해도 그의 가장 가까운 친구 중 한 사람이었음에 틀림없었던 그를 돕는 일에 그렇게 주저하고 망설이는지 이해할 수 없었다. 우리는 이미 북한에 대해 찬양 일색인 기사와 책들을 씀으로써 북한에서 일어난 일에 깊이 개입했었다.

그런데 왜 그러한 편지를 쓰는 것이 북한의 '내부' 문제에 대한 부당한 간섭이 될 수 있을까? 나는 결국 버체트가 주저하는 이유를, 이러한 시도를 함으로써 입게 될 위험을 부담치 않으려는 것으로 밖에 이해할 수 없었다. 나는 공산주의 국가의 시민이었고 버체트나 원닝톤처럼 서방인이 아니었다. 따라서 우리의 편지가 좋지 않게 받아들여진다면 심한 닦달을 받을 사람은 어쨌든 그들이 아닌 바로 나였다. 그래서 내가 생각해낸 것은 그들이 이 행동에 가담함으로써 중국인들과 맺고 있는 그들의 우호적인 관계에 지장을 받을 수도 있으리라는 것이었다. 그 결과 어떠한 행동도 취해지지 않았다. 버체트는 조금도 굽히지 않았으며 어떠한 것에도 서명하기를 거부했다.

* 참고로, 독자들을 위해, 『사상계』에 실렸던 옛날 글에서 이번 글에는 빠진 대목 중 중요하다고 생각되는 부분을 여기에 다시 수록하면 다음과 같다.

설과 나는 긴 한국의 겨울 밤새워 전쟁과 전쟁의 무서움과 인명의 막대한 낭비들을 이야기하곤 하였다. 그는 고통에 찬 얼굴과 목소리로 "수십만 아마 수백만의 사람이 죽고, 마을과 도시와 가정이 파괴되었다……"고 나지막하게 말하곤 하였다. 그럴 때면 나는 나대로, 이 전쟁이 아무리 참혹한 것일지라도, 세계대전을 막아낼 수 있는 것이 될지도 모르며, 그의 민족이 평화와 평화 진영과 공산주의를 지키기 위하여 얼마나 위대한 일을 하고 있는가를 보라고 위로하였던 것이다. "그래. 그렇지……" 그는 고개를 끄덕이곤 하였다. 이럴 때면, 그는 지친, 꿈꾸듯한, 캐어 묻듯한 눈빛을 하곤 하는 것이었다. 그의 눈은 다음과 같이 묻는 것 같았다. "조선민족이 세계평화와 세계 사회주의를 위하여 중요한 역할을 하고 있음이 정말이라고 치자. 그러나 싸움의 당사자들이 미국·소련·중공과 같은 강대국인데, 하필이면 왜 우리 약소민족이 피를 흘려야 되는가?" 그는 이것을 표현한 적은 없었다. 그러나 그의 눈빛은 분명히 이것을 이야기하고 있었다고 확신한다. 그리고 이것이 설정식을 고발할 수 있는

'죄과'의 전부였던 것이다. 고발자의 눈에는 이 죄가 고발장에 적힌 죄보
다 가볍게 비쳤다고, 누가 말할 수 있겠는가?

(『사상계』, 1962. 9, pp.226~227)

(*『현대문학』 편집자 주 : 티보 메레이(Tibor Méray) 씨의 이 글은 헝
가리 대사관의 협조를 받아 소설가 이원규 씨가 입수한 자료를, 본지가
홍정선 씨에게 번역을 부탁한 것이다. 메레이 씨와 헝가리 대사관의 관계
자, 그리고 이원규 씨와 역자에게 이 자리를 빌려, 고마움을 표한다.)

—『현대문학』 446호, 1992. 2.

제2부

카프 이전의
팔봉 김기진

카프 이전의 팔봉 김기진

1. 출생과 성장, 그리고 3·1 운동 체험

김기진은 1903년 6월 29일(음력)에 충청북도 청원군 남이면 팔봉리에서 2남 2녀 중 막내로 태어났다. 그의 형 복진(復鎭)은 이때 세 살이었다.[1] 이 두 형제의 성장 과정과 수학과정 그리고 여기에서 이루어진 각별한 우애는 여러모로 보아 세심한 주목을 요한다. 김기진의 생애와 문학을 이야기함에 있어서 우리는 김복진의 그림자를 떼어 놓고 생각할 수 없다. 1940년 김복진이 죽을 때까지 거의 대부분의 시간을 이들은 함께 움직여 왔기 때문에 사실상 김기진을 이야기한다는 것은 김복진을 이야기하는

---

[1] 배재고보 학적부에 의하면 김복진의 생년월일은 메이지 34년 9월 23일이다. 그리고 본적은 영동군 영동면 오산리 682번지(永洞郡 永洞面 梧山里 六八二番地)로 되어 있다. 본적이 실제 출생지와 다른 것은 아버지가 영동군수로 있을 때 이렇게 호적 정리를 했기 때문일 것이다. 그리고 김기진의 주민등록본과 호적등본에 의하면 출생일이 6월 27일로 되어 있는데 이러한 오차는 한국 사람의 경우 흔한 일이다.

것과 마찬가지가 될 정도로 이 두 형제의 생애와 사상에는 유사점이 많다.

김기진이 태어났을 때 그의 아버지 김홍규(金鴻圭)는 함경북도 성진 군수로 재직하고 있었다. 13세에 과거에 급제한 그는 16세에 제물포 세관 근무를 시작으로 해서 이때에는 성진군수에까지 이르러 있었던 것이다.[2] 이러한 김홍규의 경력으로 볼 때 그는 안동 김씨(安東金氏) 가문의 완고한 유생으로 시종한 사람이 아니라, 일본과의 접촉을 통해 일본의 힘을 알고 신교육의 필요성 역시 절실하게 느낀 사람이었다.

김기진은 자신의 어린 시절에 대해서는 별 다른 기록을 남기고 있지 않다. 그가 쓴 상당량의 회고록이나 생애와 관련된 수필 속에 배재고보 시기 이전의 가족사가 등장하는 경우는 좀처럼 없다. 따라서 조부, 부모, 친척, 동네 사람 등에 대해 남긴 이야기가 거의 없다. 한 사람의 생애를 결정짓는 데 있어서 상당히 중요한 역할을 한다고 생각되는 어린 시절이 그의 경우엔 어둠 속에 묻혀 있다. 이점은 그보다 11년 먼저 태어난 춘원 이광수가 자신의 어린 시절에 대해 상당량의 기록을 남기고 있는 것과 퍽 대조적이다. 춘원의 경우 그것은 아마도 고아의식과 관련이 있었을 것이다. 유년기의 불행했던 시간과 공간에 무엇인가를 자꾸만 채워 넣고 싶은 욕망, 이점이 그렇게 만들었을 것이다. 그러나 김기진의 경우는 무엇 하나 크게 부족한 것이 없었고, 따라서 대부분의 유복한 집안의 자녀들이 그렇듯이 별다른 보상의식이 없었을 것이며, 기록 또한 남기지 않았다고 생각한다. 이 사실은 그의 글 속에 한두 마디씩 등장하는 다음과 같은 구절로 미루어 짐작할 수 있다.

내가 어려서 들은 이야기다.
율곡선생(栗谷先生)이 다섯 살 때 하룻밤에는 사랑방에 앉아서 글을 읽느라니까, 문이 열리더니 키가 훨씬 크고 구레나루 수염이 텁석부리같이

---

2) 맏아들 김인한(金仁漢) 씨의 증언(85. 5. 28).

된 놈이 방안으로 들어와서 하는 말이 (……)3)

　내가 글방에 들어간 것은 다섯 살 때였다. 두 살 위인 형이 일곱 살 되
니까 어머니께서 사랑에다 글방을 차리고 글을 배우게 하시는 바람에 나
도 책을 한 권 얻어 가졌다. (……) '책을 뗐다'고 어머니께서는 떡을 해
서 사랑에 내보내고, 동리에도 돌렸다.4)

　위의 이야기로 볼 때 김기진 역시 여느 양반집 아이들처럼 옛날 얘기
를 듣고 한문을 배우면서 자라났다. 그런데 여기서 중요한 것은 그가 최
초의 교육을 형인 복진과 함께 받기 시작했다는 점이다. 이 최초의 교육
―즉 사과 김씨(司果金氏)에게서 천자문(千字文)을 배우는 것―으로부터
시작해서 배재고보 졸업반까지 이 두 형제는 줄곧 같은 학교 같은 학년에
서 공부하며 자라났다. 이러한 동고동락은 형제간의 경쟁심을 유발할 가
능성도 있고 우애를 돈독히 할 가능성도 있는데, 이들의 경우는 후자였다.
　김기진과 김복진은 1907년 가을에 서울 소격동(昭格洞)으로 이사했다.
그것은 아버지가 직장을 춘천으로 옮겼기 때문이다. 그리고 그들은 각각
다섯 살 일곱 살 때 시작한 한문 공부를 계속하면서 1910년에 한일합방
을 맞았다. 그러나 한일합방이 이들 나이 어린 형제에게 준 충격은 미미
했었다. 그들에게는 오히려 그러한 정치적 사실보다는 충청북도 황간(黃
澗)으로 이사했다는 사실이 더욱 선명하게 머릿속에 남았다. 그리고 한문
공부를 그만두고 신식 학교에 입학했다는 것도 인상에 남았다.
　1910년 한일합방이 되었음에도 아버지 김홍규는 1912년에 영동군수로
옮겨와서 계속 관직에 머물렀다. 현재 배재고보에 남아 있는 김복진의 학
적부에는 아버지의 직업이 관리라고 적혀 있다. 이로 미루어 보아 김홍규
는 1920년대 초까지는 일제 치하에서 관직에 종사하고 있었음이 확실하
다. 김기진이 쓴 수많은 글 속에 아버지에 대한 이야기가 거의 없는 것은

3)『김팔봉 수필집』(서울 : 經紀文化社, 1958), p.114.
4) 김기진, 「가을을 위한 엣세이」, 『사상계』, 1962. 10, p.210.

아버지와 떨어져 산 기간이 길고 아버지의 직업을 자랑스럽게 여길 수 없었기 때문일 것이다.[5]

이 해에 형제는 아버지를 따라 영동으로 이사를 하고 영동공립보통학교에 입학한다. 보통학교 시절의 형제상에 대해서 우리가 알 수 있는 사실은 거의 없지만 두 사람이 함께 공동체적 운명애를 느끼면서 생활했으리라고 상상해 볼 수는 있다. 왜냐하면 두 형제는 2년 전 한일합방 때에 머리를 깎고 황간(黃澗)에서 잠시 동안 보통학교에 다니다가 형인 복진이 친구와 싸워서 크게 다치는 바람에 학교를 그만둔 사실을 경험했었기 때문이다.[6]

1916년 김기진과 김복진은 영동공립보통학교를 졸업하고 동년 4월에 배재고등보통학교에 입학한다. 이 배재고보 4년간의 교우관계와 체험은 앞으로 이들 형제의 인생에 커다란 영향을 미치게 된다. 그들은 1920년대 한국문단의 가장 핵심적 인물이 될 동반자를 이 시절에 여럿 만나 사귀게 되는 것이다.

배재고보 시절은 김기진의 입장에서 보면 첫째 회월 박영희와의 만남, 둘째 3·1 운동의 체험이라는 두 가지 중요한 의미를 갖는다. 박영희와의 만남을 그는 이렇게 이야기하고 있다.

> 우리나라 문학사를 이야기하려면 소위 신경향파 문학으로부터 '조선프롤레타리아 예술동맹(카프)'의 문학운동 10년사를 빼놓을 수 없고, 그리고 회월 박영희(懷月 朴英熙)의 이름을 자주 부르지 아니치 못한다. 그 박영희와 나는 배재고등보통학교 1학년부터 4학년까지 한반에서 공부한 동창생이다. (……) 1학년 갑을병정(甲乙丙丁) 4학급 중 정(丁)반에 들어가서 공부하게 되었는데, 며칠 후부터 박영희와 저절로 사귀게 되었다. 그

---

5) 『문학사상』 6월호에 의하면 김홍규가 1919년에 독립군 군자금을 제공하는 장면을 팔봉이 보았다고 하는데 확인할 수 없는 사실이다.
6) 1910년에 황간으로 이사한 것이 합방과 어떤 관계가 있는지는 분명하지 않다.

와 나는 키가 비슷해서 책상 두 개를 끼우고서 한 줄에 앉아 있었다. 첫
째 줄 맨 앞에 앉은 학생 중에 여수(김여수는 박팔양을 말함－필자 주)가
있었고, 맨 뒷줄에 제일 키 큰 학생이 장룡하(張龍河 : 전 배재 교장)였
다.[7]

배재시절에 박영희를 만나 깊이 사귀게 된 것에는 앞으로 전개될『백
조』파의 동인지 운동, 신경향파 문학의 시작, 프롤레타리아 문학의 수립
등을 생각할 때 지울 수 없는 의미가 들어 있다. 이제 김기진의 주위에는
김복진 이외에 박영희라는 새로운 동반자가 나타난 것이다. 그리하여 김
기진을 중심으로 생각한다면 이들은 그의 양날개로서 향후 10여년이 넘
는 기간 동안 빛과 그림자처럼 함께 움직이게 될 것이다. 그리고 박영희
이외에 같은 반이었던 김여수(金麗水), 1년 아래인 박세영(朴世永), 선배였
던 나도향(羅稻香), 같은 학년인 박용철(朴龍喆) 등과도 어떤 방식으로던
얼굴을 익혔으리라 생각된다. 당시 김기진과 같은 학년에 재학한 학생 총
수가 134명이었다는 사실[8]을 생각한다면 전교생이 서로 얼굴 정도는 알
고 지낼 수 있는 실정이었다. 배재에서의 박영희를 중심으로 한 이러한
교우관계는 몇 년 후 휘문고보 출신에게까지 손쉽게 손을 뻗칠 수 있는
계기가 되며, 이 관계는 이후『백조』파 인물들과 함께 신경향파 문학운동
을 전개하는 중요한 발판이 되었다.

다음으로 김기진에게 있어서 기억될 만한 사건은 기미독립운동이었다.
17세의 소년으로서 자신이 직접 현장에서 만세를 부르고 삐라를 살포했
었던 체험은 두고두고 그의 뇌리에 남았다. 학창시절에 그가 꿈꾸었던 것,

---

7) 김기진, 「카프 문학시대」『한국문단이면사』(서울 : 깊은 샘, 1983), p.121. 김기진이 배
   재고보 시절 왜 박영희와 친해지게 되었는지는 그의 회고록에서는 분명하게 나타나
   지 않는다.
8) 입학 당시 134명이고 그 후는 2학년 93명, 3학년 74명이다. 이 인원수는 김복진과 김
   여수의 학적부에서 확인한 것이다.

"아름다운 몸과 마음으로 내 영혼을 흠빡 쏟아가면서 사랑할 수 있는 여성과 함께 꿈 같은" 세계에 들어가는 것과 3 · 1 운동은 너무나 다른 세계였고, 다른 세계인만큼 강한 인상을 남겼다. 17세 소년의 감성적인 정서에 '민족'이란 문제가 확실하게 끼어드는 계기를 이 체험은 마련해 주었던 것이다. 20년대 전반기의 그의 수필체 평론 속에 허다하게 등장하는 '조선에 대한 연민', '조선 사람을 향한 눈물'은 그 감성적 근거를 3 · 1 운동 체험에 두고 있다.

> '독립만세'를 목청이 터지도록 하루종일 부르고 나서 집에 돌아와 저녁을 먹은 후 나는 가회동에 있는 장룡하의 하숙집으로 갔었다. 여기에 모인 사람은 동급생 한사람과 장룡하와 나의 형님 김복진과 나─이렇게 네 사람이었다. 장룡하와 내 형과 두 사람이 등사판 원지에다 글을 써 주면 그것을 등사판 틀에 메워가지고 인쇄하는 것이 나의 일이었다. (……) 이같이 해서 인쇄된 '독립신문'은 새벽에 두루마기 속에 감추어 가지고 나와서 가회동으로부터 소격동 우리집까지 오는 길의 좌우에 있는 집집마다 모조리 대문간에 한 장씩 집어넣는 것이다.[9]

두 형제는 이와 같은 방식으로 함께 3 · 1 운동을 체험했다. 그리고 김기진의 경우에는 만세현장에서 체포되었기 때문에 3일간의 유치장 체험까지 했다.

3 · 1 운동의 여파는 배재학교에 여러 가지 형태로 나타났지만 무엇보다 눈에 두드러지게 변한 것은 학생 수의 감소였다. 김기진과 동급생의 경우 학생 수는 74명에서 28명으로 줄었다.[10] 그리고 한 학년 아래인 경우는 74명에서 46명으로 줄었다. 가을이 되어 4학년 1학기가 새로 시작되었을 때(당시는 학년 진급을 가을에 했음) 이런 풍경 때문에 학교에 남아

---

9) 김팔봉, 「우리가 걸어 온 30년」『사상계』, 1958. 8, p.197~198.
10) 이 사실은 배재 학적부의 석차난에서 찾아낸 것임.

있는 사람들은 여러 가지로 참담한 심정이었다. 빈자리로 남아 있는 책상
과 걸상의 풍경 앞에서 김기진 형제 역시 착잡한 심정을 가눌 수 없었다.
이 심정을 그는 이렇게 쓰고 있다.

　　이 해 가을부터 학교는 다시 시작되었고 일본놈의 총독은 바뀐 뒤이고
　경향 각처에서는 연달아서 '독립만세'운동이 계속되고 있을 때인데 우리
　들은 학교에 집합했으나 동급생 중에는 감옥으로 들어간 동무가 많아서
　보이지 않는 동무들의 얼굴을 서로 그리워했다. 우리들은 자동적으로 3
　학년으로부터 4학년에 진급되어 있었다. 벌써 우리들은 <u>3월 1일 이전의
　우리가 아니었다</u>.11) (밑줄-필자)

　사람이 시대를 만드느냐, 시대가 사람을 만드느냐 하는 물음은 자의적
선택으로 귀결되는 질문일 것이다. 그러나 3·1 운동을 겪은 이 시기의
고보재학생들이 몇 년이 지나면 각종 사회운동과 문화운동의 주도적 인
물들로 등장하게 되는 데에는 분명히 시대의 분위기가 작용하고 있었다.
한 개인의 신뢰는 배반할 수 있을지 모르나 시대의 열기, 민족의 열망은
좀처럼 배반하기 어려운 법이다. 김기진이 "우리들은 3월 1일 이전의 우
리가 아니었다"고 말하는 데에는 분명히 4학년이 되었다는 의미 이상의
것, 다시 말해 민족의 열망을 체험한 젊은이로서의 자기 다짐 같은 것이
들어 있다.
　3·1 운동 이후의 썰렁한 학교 분위기 속에서 학생들이 우왕좌왕하고 있
던 시기에 김기진은 점점 학교에 대한 흥미를 상실해가고 있었다. 그 한
예가 머리 깎는 문제로 자신을 아껴주던 김동혁(金東赫) 선생과 다툰 일
이다. 그리하여 1920년에 들어와서는 어떤 확실한 계기만 생기면 학교를
그만둘 수 있는 정신적 각오 속에 놓여 있었던 것 같다. 그는 이러한 때

11) 김팔봉, 「우리가 걸어 온 30년」, p.198.

에 매부의 동생 이성규(李性珪)로부터 일본유학을 권유받는다.

김기진 형제가 배재학교를 다니는 동안에 살았던 집은 소격동에 있던 매부 이경규(李敬珪)[12]의 집이었다. 이 사실은 당시 학적부를 통해 알 수 있는데 정보증인과 부보증인 두 사람을 기재하는 난에서 이들 형제는 이경규를 부보증인난에 적어 놓고 있는 점에서도 확인할 수 있다. 그러나 이 집이 이들 형제가 1907년부터 10년까지 살았던 바로 그 집인지는 분명하지 않다. 이 집에서 김기진은 매부의 당질(堂姪)이었던 이서구(李瑞球)를 처음 만나게 되는데, 김기진보다 4년 위인 이서구는 창간을 서두르고 있던 『동아일보』에 취직운동을 하러 올라와 있었다. 그리고 이성규는 동경유학에서 잠시 귀국한 길에 들른 것이었다.

이렇게 볼 때 1년 후 동경에서 발족하게 될 토월회(土月會)의 멤버 여덟사람 중 김기진, 김복진, 이서구 이렇게 3사람의 만남이 서울에서 이루어진 셈이다. 또 실제 멤버나 마찬가지였다고 생각되는 박영희까지 여기에 합치면 4사람의 만남이 이미 서울에서 이루어진 셈이다.

2. 동경유학의 이유와 의미

1920년 3월 초에서 중순 사이에 김기진의 일본유학 결심은 돌연히 이루어졌다. 그가 이성규를 만난 것이 3월 초이고 4월 1일에는 이미 일본에 있었다는 증거가 분명하니까 그의 유학은 돌연히 이루어진 것이라 할 수 있다. 그러나 앞서 보았듯이 배재고보 생활에 대한 관심이 날로 시들해져 가고 있었던 만큼 유학의 결심과 실천이 이처럼 급속하게 이루어진 것에

---

12) 학적부에는 이경규(李敬圭)라고 되어 있어서 한자의 돌림자 표기가 회고록과 일치하지 않지만 같은 사람임이 확실하다.

대해 우리는 크게 놀랄 필요가 없다.

　1920년 초에 김기진이 심정이 어떤 상태에 있었는지를 보여주는 시이
자 그의 최초의 발표작인 「가련아(可憐兒)」라는 작품을 한번 보자.

　　　오, 가엾은 너야
　　　사람은 모두 더웁게 입었으나
　　　너홀로 버섯으니
　　　돌아오는 한설(寒雪)을 어찌 견듸나.

　　　오, 불쌍한 너야
　　　사람은 모두 배불리 먹었으나
　　　너홀로 주렷으니
　　　다닥치는 쓰림을 어찌견듸나.

　　　그러하다, 그러하다
　　　네게는 떠러진 옷 한 벌과
　　　말는 빵 한쪼각도 없으며
　　　원통(怨痛)할 때 우지도 못하는구나

　　　소래 크게 슬프게.

　　　(…중략…)

　　　오, 불쌍한 너야
　　　우러라, 부르지저라
　　　너도 사람이오, 너도 남아(男兒)이니
　　　남 갖는 만족(滿足)과 남 받는 즐김이
　　　쓸쓸한 네가슴에 안기기까지.

　이 작품을 통해 느낄 수 있는 것은 소박한 심정적 휴머니즘 정신과 이

정신에 입각한 반항의식이다. 가난한 아이를 향해 연민과 동정의 눈길을
보내면서 동시에 그 가난한 아이가 자신일지도 모른다는 생각을 18세의
김기진은 하고 있다. 게다가 "우러라, 부르지저라"와 같은 강렬한 외침을
통해 반항의식까지 드러낸다. 여기에는 막연하나마 시대와 현실에 대한
그 나름의 자각이 분명히 숨어 있다. 이 막연한 자각이 구체적인 방향을
획득하는 것은 3년이 지난 후이며 그 방향은 신경향파 문학운동이 될 것
이다. 그러면 이 시를 쓰던 시기에 있어서의 반항은 어떻게 나타났는가?
그것은 졸업을 목전에 둔 학생이 졸업시험을 치지 않고 일본으로 떠나는
방식으로 나타났다.

위의 시가 『동아일보』에 동초13)(東初)라는 아호로 발표된 것이 1920년
4월 2일이고,14) 김기진은 이 신문을 일본에서 이서구가 부쳐주어서 보았
다고 하니까 3월 말 이전에 일본에 도착해 있었다고 볼 수 있겠다. 그리
고 졸업시험이 3월 중순에서 말사이에 있었을 테니까 그가 서울을 떠난
것은 늦어도 3월 중순 이전이라고 생각된다. 그러니까 그는 3 · 1 운동 1
주기를 맞은 시기에 일본으로 떠난 셈이다. 이 시기의 사정을 그는 이렇
게 적고 있다.

　　이튿날 나는 서울역을 떠났다. 이성규와는 다음날 경부선 영동역에서
만나기로 약속하고 나는 그보다 하루를 앞서 먼저 떠난 것이었으니 그
까닭은 부모의 승낙없이 유학을 가는 길이니까 부모에게 인사를 드리고
서 떠나기 위함이었다. 그래서 나는 이날 낮에 경부선 영동역에서 도중
하차를 했다. 집에 들어가서 나는 성규가 가는 길에 나도 동경유학 가려
고 졸업시험도 아직 안보았건만 떠나왔읍니다고 말씀드렸다. 아버지께서

---

13) 김기진은 이 아호를 여기에서 사용한 후 오랫동안 사용하지 않다가 1935년부터 다
　　시 사용한다. 그것은 자신의 이름을 숨길 필요가 있었기 때문일 것이다.
14) 『동아일보』가 4월 1일에 창간되고 이 시가 4월 2일에 발표될 수 있었던 것은 『동아
　　일보』 사회부 기자인 이서구의 노력에 의해서다. 김기진은 이 시를 이서구에게 맡기
　　고 일본으로 떠났다.

는 못마땅하다는 눈으로 나의 얼굴을 한번 보시더니 종내 한마디도 말씀
을 안하시었다.[15]

　여기에서 '이튿날'은 박영희와 동경유학 갈 모의를 마친 다음날을 말하
며 그 시기는 대체로 3월 초순경일 것이다. 박영희는 김기진의 설득에 의
해 함께 동경유학을 할 생각을 굳히고 그 역시 부모의 반대를 물리친 채
김기진보다 10일 늦게 출발한다. 그리고 졸업시험을 치지 않은 것은 김기
진과 마찬가지였다. 그러나 김복진은 시험을 치고 졸업장을 받는다. 오늘
날까지 보관되어 있는 배재고보 학적부에는 김기진과 박영희의 학적이
누락되어 있는데 그 이유는 아마도 여기에 기인할 것이다.[16]

　김기진이 서울을 떠날 때에 반대할 사람은 없었다. 김복진은 3·1 운
동 이후 마음을 안정시키지 못하는 동생에게 오히려 용기를 불어넣어 주
면서 "부모님을 생각해서 나는 배재학교를 졸업하고 갈테니 너는 먼저 떠
나라"는 식으로 말했을 것이다. 그러나 막상 영동에 가서도 김기진이 이
처럼 하루 만에 용기 있게 떠날 수 있었던 것은 아버지의 이해심이 무척
깊었기 때문일 것이다. 갑자기 아닌 밤중에 홍두깨처럼 외국으로 떠나겠
다는 아들을 이처럼 손쉽게 보내주는 부모는 좀처럼 드물 것이기 때문이
다. 김기진이 아버지의 성품에 대해 직접 이야기한 적은 없지만 그의 글
을 통해 간접적으로 드러나는 아버지 상은 대단히 자상스러운 모습이라
고 필자는 생각한다.[17] 큰 아들인 복진보다 훨씬 공부를 잘한 막내가[18]

---

15) 김팔봉, 「우리가 걸어 온 30년」, 『사상계』, 1958. 8, p.200.
16) 『문학사상』 85년 6월호에서 김기진의 과목성적에 대해 이야기하고 있는데 필자가
　　조사한 바로는 그의 배재고보 시절 성적을 객관적으로 입증해 줄 자료는 아무 것도
　　없다. 그 자신이 스스로의 성적이 꽤 좋았다고 지나가는 말투로 이야기한 적은 있지
　　만 구체적인 과목성적은 알 수 없는 일이다. 이점은 박영희 역시 마찬가지다.
17) 이러한 아버지의 모습은 1930년대에 김기진이 여러 가지 사업에 손대고 실패하는
　　과정과 이에 대한 반응에서 더 분명하게 드러난다.
18) 배재고보 시절 김기진의 성적은 줄곧 5등 이내였다. 반면에 김복진의 성적은 졸업
　　당시 28명 중 23등이다.

졸업도 하지 않은 채 일본으로 떠난다는 것은 아버지의 입장에서는 꽤나 못마땅한 일이었음에 틀림없다. 이 못마땅함을 노골적인 반대로 표명하지 않는 아버지를 통해 우리는 이 시기의 일반적인 가부장제 가정과는 다른 분위기와 김기진의 돌발적 행동이 수용되는 방식을 어느 정도 짐작할 수 있다.

이렇게 하여 김기진은 비록 잠시지만 김복진과 떨어져서 혼자 있는 시간을 갖게 된다. 서울에서의 배재고보 4년 동안 김기진·박영희·김복진 이 세 사람은 김기진을 정점으로 이등변삼각형을 그려왔었다. 이 이등변삼각형이 얼마 동안 깨어진 시기가 이 시기인 것이다. 배재고보 시절 방학 때면 김기진은 박영희와 잠시라도 떨어져 있는 것이 안타까워 사흘이 멀다 하고 편지를 썼었다.[19] 이러한 생활을 거쳐서 박영희의 비중은 배재 4년을 지나는 동안 김기진에게 그의 형에 맞먹는, 혹은 형을 능가하는 중요한 위치로 부상했다. 그 결과가 김기진과 함께 졸업도 하지 않은 채 동경으로 도망치는 박영희의 행위로 나타난 것이다. 또 형인 김복진과는 오랜 동급생 생활 때문에 사실 형이라기보다는 친구로 느껴질 정도의 사이였다. 그러나 형과 아우의 관계란 친밀감만으로 극복할 수 없는 부분을 지니고 있는 법이다. 김기진은 이 부분을 동경에서 잠시나마 박영희를 통해 채우기 시작했다.

필자는 앞에서 김기진을 중심으로 한 이등변삼각형이 잠시 깨어졌다고 썼지만 그 기간은 그다지 길지 않았다. 1921년 4월에 간행된 『배재』지의 동창회 명부난에 김복진이 '일본유학중'이라고 기록된 것을 볼 때,[20] 그리고 『배재』지의 편집과 간행에 소요된 기간을 감안한다면, 1920년대 말 이전에 김복진 역시 일본유학을 떠나서 동생과 다시 합류한 것이 틀림없다. 그렇다면 김복진은 졸업을 한 후 곧 일본으로 간 것이 된다. 박영희의

19) 김팔봉, 「카프 문학시대」, 앞의 책, p.121.
20) 『배재』, 1921. 4. 25.

유학 기도가 부모의 학자금 거부로 불과 두 달 만에 좌절되는 것을 생각하면 앞으로 전개될 김기진의 유학생활에 있어서 가장 충실한 동반자는 또다시 그의 형이 되는 셈이다.

18세의 한 젊은이가 체험하는 동경유학, 열정적 사랑, 아름다운 우정, 억압받는 민족을 위한 이데올로기, 낭만적인 문학세계는ㅡ이러한 것들에 식민지 치하라는 한정사만 붙어있지 않다면ㅡ낭만적 부러움의 대상일 것이다. 이 모든 것들을 불과 3년 만에 아낌없이 체험할 수 있었던 한 젊은이가 있었다면 우리는 그에게 시새움을 느끼지 않을 수 없는 것이다. 그러나 우리는 자신의 왜소한 내면을 드러내는 부러움과 시새움의 상태를 벗어나 화려해 보이는 생활의 이면에 도사린 여러 가지 문제들을 정확히 읽어내야 한다. 그렇지 못하면 김기진의 유학생활은 그 화려함으로 말미암아 우리와 다른 세계에 언제까지나 남아있게 될 것이기 때문이다.

김기진은 1920년 3월 10일 경에 동경 유학길에 올라 1923년 5월 하순에 귀국했다. 약 3년 2개월에 걸친 그의 유학 기간은 그의 생애에서 가장 아름답고 화려한 시기로 기록될 수 있을 것이다. '18번지의 추억'이라 말할 수 있는 이 시기의 생활을 온전히 이해하기 위해서는 이 때의 그를 다음과 같은 항목으로 나누어 생각하는 것이 편리하다. 첫째, 식민지 지식인인 그에게 동경유학은 무엇을 의미하는가? 둘째, 한 개인으로서의 그의 생활은 어떤 것이었는가? 셋째, 사회주의 문학과의 만남은 어떻게 이루어지는가? 필자의 이와 같은 구분이 지나치게 딱딱하고 분석적이어서 유학시기의 그의 모습을 생생하게 그리는 데에는 미흡한 점이 있을지 모른다. 그러나 항목과 항목 사이의 유기적 결합을 통해 필자는 앞으로 이 미흡함을 메우려 노력해 보겠다. 그러면 먼저 식민지 지식인인 그에게 동경유학은 무엇을 의미하는지부터 검토해 보기로 하자.

이상적인 의미의 유학은 높은 문화 수준에 있는 나라로부터 가르침을 받겠다는 행위가 아니라, 유학자 스스로가 어떤 문화를 공부하겠다는 주

체적인 선택 행위이다. 그러나 후진국가의 젊은이들이 떠나는 유학은 대
부분 가르침을 받겠다는 행위를 벗어나지 않는다. 가미가이또 겐이찌(上垣外
憲一)는 『일본유학과 혁명운동』이라는 책에서 초창기 한국과 중국 학생의
일본 유학을 분석한 후 이렇게 결론을 맺고 있다. "나는 유학이라는 행위
가, 문화가 낮은 쪽에서 높은 쪽으로라는 일방적인 것이 아니라, 서로 이
질적인 문화를 함께 안다는 수평적 상호적인 것처럼 되는 시대가 도래하
기를 희망한다"라고.21) 한편 강동진은 「한일 80년」에서 다음처럼 이야기
하고 있다.

> 제2차 대전 전의 제국주의 열강은 자기네들의 식민지 청년 중에서 이
> 용가치 있는 자를 각종 장학금을 주어 종주국으로 유학시킨 다음, 식민
> 지 관료나 예속 자본가로 육성, 이용하려는 정책을 써왔다. (……)
> 식민지 출신의 유학생 중에는 억압 착취 당하는 식민지 조국의 비참한
> 현실과 억압 착취로 부강해진 식민제국의 판이한 현실을 보고 민족 해방
> 투쟁의 대열에 참가한 정의로운 인사도 많이 있었다. 그러나 상당수는
> 제국주의자의 편에 서는 민족 반역의 길을 걸었다.22)

당시의 유학행위는 분명히 우리에게 모자라는 것을 한 수 배우러 가는
행위였고, 이 한 수 배우는 행위 속에는 여러 가지 의도—이를테면 지배
세력의 은밀한 야심과 개인의 야심—가 이용하고 이용당하면서 얽혀 있
었다. 그러나 한 개인의 경우에는 이러한 일반적이고 표면적인 흐름 못지
않게 주관적이고 내면적인 흐름이 중요하다. 가령 김기진의 유학행위가
가미가이또 겐이찌가 말하는 일방적으로 배우는 행위의 틀을 벗어나지
못하고, 또 그의 일제 말기 친일 행위가 유학 중에 형성된 어떤 감정과

---

21) 가미가이또 겐이찌 저, 김성환 역, 『일본문학과 혁명운동』(서울 : 진흥문화사, 1983),
   p.169.
22) 강동진, 「한일 80년」 1회, 『조선일보』, 1985. 8. 15.

연결되어 있다 할지라도, 우리는 먼저 그의 개인사를 섬세하게 이해한 후 비판할 필요가 있다. 이것이 바로 우리 문학인에게 요구되는 인간탐구의 기본적인 자세이기 때문이다.

김기진의 일본유학은 3·1 운동 이후의 막막하고 답답한 분위기를 벗어나기 위한 일종의 우발적 반항으로 이루어졌다. 그렇지만 이 우발적 반항 주변엔 나름대로의 이유가 깔려 있다. 그의 경우 우발적이란 것은 어디까지나 결단이 행해지는 시기의 돌발성을 의미하는 것에 지나지 않는 까닭이다. 그렇다면 김기진을 동경으로 민 것은 무엇이며 김기진을 동경으로 끌어당긴 것은 무엇인가? 김기진을 동경으로 민 것은 3·1 운동 이후의 배재학교 분위기였으며 이 분위기 속에서 느끼게 된 착잡하고 불투명한 민족적 자각이었다. 우리는 앞에서 김기진이 일부러 장발을 함으로써 존경하던 김동혁 선생에게 맞서는 행위를 보았다. 평소 모범적인 학생이었으며 박영희와 함께 4년 내내 5등 이내를 벗어나지 않은 그가[23] 이처럼 불량기 섞인 반항을 한 데에는 그 나름의 이유가 있다. 그것은 스승에 대한 환멸이었으며, 그 환멸 속에는 18세의 식민지 치하 젊은이로서는 감당하기 어려운, 어른들의 현실세계가 남긴 상처가 숨어 있었다. 그가 직접 언급한 적은 없지만 식민지 치하의 지식인이 어떻게 살아야 하느냐에 대한 최초의 자각은 아마도 3·1 운동 직후 다음과 같은 배재학교 분위기로부터 싹텄으리라 짐작된다.

　　이 전기를 쓰는 필자로서도 역시 그가(당시 배재 교장 신흥우(申興雨)를 가리킴 — 필자 주) 치질이 심하여 입원했다고 하지만, 정말로 그것만이 이유였는지 분명히 알 도리가 없다. 그 당시 배재의 교사로 있던 김성호

---

23) 김기진은 회고록 「카프 문학시대」에서 '두 사람이 똑같이 1학년서부터 4학년 2학기까지 줄곧 성적이 5번째 이내'라고 말하고 있다. 참고로 밝히면 국민학교 때 그의 성적은 42명 중 2등(2학년), 47명 중 8등(3학년), 39명 중 3등(4학년)이다. 그리고 일본어 성적이 가장 우수하다. (영동국민학교 학적부에 의한 기록임 — 필자 주)

(金成鎬) 씨의 말에 의하면 3·1 운동이 일어나자 교사들이 그를 병원으로 찾아가서 학교 일을 의논하고자 했을 때도 일체 면회를 사절하고 도무지 만나주지 아니하니, 그의 측근자들까지 그의 거동을 의심할 수밖에 없었다는 것이며, 이로 인하여 일반민중은 더욱 그를 수상하게 여겼던 것이다. 배재의 백여명 학생들은 만세를 부르다가 헌병에게 잡혀갔으며 기숙사에서 학생들이 '독립신문'을 등사판으로 찍어내는 통에 학교는 일대 소란이 일어났지만, 그런 것도 통 모르는 척하고 병원에 가 있게 되니 교사들은 격분할 수밖에 없었다는 것이다. 그리하여 한교(韓喬)라는 교사 한 사람을 제외하고 교사 전원이 그를 교장직에서 파면하고 인천에 선교사로 와 있던 아펜젤라(H.D·Appenzeller)씨를 대신 교장으로 앉혀달라는 연판장에 서명 날인하여 이사회에 제출하는 사태까지 일어나게 되었던 것이다.24)

3·1 운동이 일어나던 무렵 기독교계의 최고지도자 중 한 사람이며 배재학교 교장이었던 신흥우는 평양의 기홀병원(記笏病院)에 입원하고 있었다. 그는 점진적 개량주의자로서 총독부 정책에 타협적 자세를 취하고 있었기 때문에 친일파라는 의심을 받고 있었는데, 그러한 의심이 3·1 운동 전후의 이해할 수 없는 행위를 통해 위의 글에 나타난 것과 같은 사건으로 발전한 것이다. 김기진이 당시의 이러한 학교 분위기와 신흥우 교장에 대해 그가 남긴 수많은 회고록에서 한마디도 하지 않고 있는 것은 흥미롭다. 그의 글에서 이 사건과 관련지어 생각할 수 있는 대목으로는 단지 다음과 같은 말이 있을 뿐이다. "이런 일이 있은 후 몇 달이 안 지나서 한교(韓喬)선생은 군수라는 벼슬을 해가지고 학교를 떠났다"라는 짧막한 한마디이다.25) 여기에서 이런 일이란 그가 만세사건으로 유치장에 있을 때 한교 선생이 와서 경찰이 물으면 "무슨 영문인지 모르고 그저 상급생이

---

24) 전택부, 『인간 신흥우』(서울 : 기독교서회, 1971), p.133, 참고로 말하면 신흥우는 일제말기 종교계 최대의 거물급 친일행위자로 각종 강연에 참석했다.

25) 김기진, 「우리가 걸어온 30년(1)」, 『사상계』, 1958. 8, p.198. 그는 이 사실을 ( )로 묶어 간단히 언급하고 있다. 아마도 일제 말기의 자기 행적이 생각났기 때문일 것이다.

하라기에 만세를 부르다가 잡혀왔다"라고 대답하라 시킨 일이다. 김기진은 3·1 운동 후 배재학교에 꼭 1년간 더 머물렀다. 따라서 그는 '이런 일'과 한교 선생의 군수 벼슬, 신흥우 교장에 대한 여론과 한교 선생의 행동 등에 대해 충분히 듣고 생각할 여유가 있었다. 그럼에도 불구하고 그가 단지 한교 선생과 관련된 일에 대해서만 짤막하게 불유쾌함을 표시하고 있는 것은 단순한 우연이라고 생각되지 않는다. 그것은 아마도 후에 그가 비록 신흥우만큼의 거물급 친일행위자는 아니었다 해도 그 역시 일제 말기의 비중 있는 친일행위자 중 하나였다는 사실과 해방 후에 신흥우가 대통령 후보로 나설 정도로 거물정치인이 된 사실이 객관적인 회고록 서술을 방해했기 때문일 것이다. 이와 같은 사실을 통해 짐작할 수 있는 것은 당시에 그가 스승에 대한 신뢰와 학교에 대한 애정을 상실했다는 점이다. 그리고 바로 이 점은 민족 지도자들에 대한 실망이기도 했다. 김기진을 동경으로 민 것은 바로 이러한 막막하고 답답한 분위기였다.

다음으로 그를 동경으로 끌어당긴 것은 무엇일까? 그것은 식민지 지식인 모두가 피할 수 없었던, 문화의 보편성을 향한 콤플렉스이다. 당시 식민지 치하에 있던 아시아의 여러 국가— 한국, 중국, 베트남, 네팔 등의 지식인들은 일본으로 모여들었다. 그 이유는 일본이 지리적으로 가까운 나라이고, 또 인종적 이질감을 비교적 덜 느끼며 서구화의 방법을 배울 수 있는 나라라 생각했기 때문이다. 그들이 배우고자 한 것은 일본을 통한 서양의 근대였다.

18세의 청년 김기진이 제일 먼저 발견한 것은 우리나라의 물질적 빈곤이었으며, 이 빈곤을 벗어나기 위해 그는 공업을 공부해야겠다고 생각했다. 이와 같은 발상은 아시아 여러 국가들이 당면한 현실에서 볼 때 지극히 자연스러운 일이었다. "우리나라 삼천리 강토는 가난뱅이 누더기 같이 천창만공이 됐으니까 무엇보다도 중요한 일이" 있다면, 그것은 "삼천리 방방곡곡에 공장을 짓고 굴뚝에서 검은 연기를 뿜어"내는 일이라고 그는

생각했다. "그런 까닭에 이듬해 4학년을 졸업하고서(사실은 졸업이 아님-
필자 주) 일본으로 건너갔을 때, 맨 먼저 동경고등공업(東京高等工業) 학교
로 가서 입학원서를 얻어왔던 것이다"26)라고 그는 말하고 있다.

　일찍이 노신은 센다이에서 의학을 공부했고, 육당은 와세다에서 지리
를 공부했다. 그것은 모두가 후진성을 벗어나기 위한 계몽적 목적과 관계
가 있었다. 김기진 역시 계몽적 지식인의 한 사람이고 프로문학자로서의
그의 생애 또한 이 테두리를 조금도 벗어나지 않는다. 우리는 이런 계몽
적 지식에의 이끌림을 문화의 보편성을 향한 콤플렉스라고 부를 수 있을
것이다. 1920년대의 식민지 지식인이라면 누구도 벗어날 수 없었던 이 이
끌림에 대해서는 임화의 다음과 같은 시가 웅변적으로 잘 말해준다.

> 예술(藝術), 학문(學問), 움직일 수 없는 진리(眞理)……
> 그의 꿈꾸는 이상(理想)이 높다랗게 굽이치는 동경(東京),
> 모든 것을 배워 모든 것을 익혀,
> 다시 이 바다 물결 위에 올랐을 때,
> 나는 슬픈 고향(故鄕)의 한 밤,
> 홰보다도 밝게 타는 별이 되리라.
> 청년(靑年)의 가슴은 바다보다 더 설레었다.27)

　20년대 초 식민지 지식인의 유학행위가 위의 시가 보여주는 자세를 통
해 이루어진 것이라면, 우리는 당연히 팔봉이 일본에서 무엇을 배워 고국
에서 무슨 일을 하려했는지에 대해 관심을 가져야 한다. 또 조선인이란
의식을 어떤 식으로 가지고 있었는지 관심을 가져야 한다. 그런데 팔봉은
후자에 대해 성급한 독자들을 만족시켜줄 만한 정보를 남겨놓지 않았다.
그는 오히려 일본인들과 화해롭게 지낸 기록을 더 많이 남겨놓고 있다.

---

26) 김팔봉, 「예술과 실업(實業)의 두 갈랫길」, 『현대문학』, 1965. 6, pp.12~13.
27) 임인식, 「해협(海峽)의 로맨티시즘」, 『현해탄(玄海灘)』(서울 : 東光堂, 1938), pp.141~142.

그렇다면 이 문제는 어떻게 된 것인가? 여기에 대해 필자는 일단 다음과 같은 일반적인 대답을 하고 싶다. 18세의 청년 김기진은 당시의 조선과는 비교할 수 없을 정도로 풍요로운 일본의 근대 문화 앞에서 그것을 향유하기에 바빴으며, 한국의 사정을 이해하고 도와주려는 일본 지식인들을 만났기 때문이라고 말이다.

3년 2개월에 걸친 유학기간 동안 김기진에게 '나는 조선인'이라는 자각을 뚜렷하게 심어주는 결정적 사건은 일본에서 일어나지 않았다. 조선인들에게 가장 충격적이었던 관동대진재 사건도 김기진이 귀국한 후 일어났다. 그러나 1921년을 고비로 그의 생각은 조금씩 바뀌었으며, 유학 초기의 예술지상주의적 태도를 버리고 서서히 사회주의 예술로 나아감에 따라 민족에 대한 관심이 제고된 것은 사실이다. 그리고 이러한 변화의 직접적 계기는 역설적이게도 한국에서 주어졌다.

1921년 여름 방학에 그가 귀국했을 때 목도한 한국의 분위기는 3·1운동 직후와는 너무도 달랐다. 청년운동을 주축으로 한 각종 사회단체가 우후죽순처럼 생겨나면서 조선 사회에 생기를 불어넣고 있었다. 김기진은 이때 당시의 유력한 사회주의 단체였던 '서울청년회'를 방문하고 정백,28) 신일용, 김명식 등과 인사를 나누었다. 그때 오간 이야기의 내용은 알 수 없지만 다시 도일하면서 "얼른 독립국가가 되도록 실력을 충분히 길러야겠다. 그런데 그때가 벌써 왔다. 지금이 바로 그때다"29)라는 생각을 했다는 것으로 보아 고국의 사회적 분위기에 상당히 고무되었던 게 틀림없다.

그렇지만 김기진이 식민지 지식인에게 있어서 학문이란 무엇인가, 어

---

28) 본명은 정지현(鄭志鉉). 휘문고보 시절 박종화의 친구로 『백조』 탄생에 결정적인 역할을 한다. 김기진과는 20년 초에 알게 된 것으로 추정된다. 당시 서울청년회 간부였으며 신일용, 김명식과 함께 『신생활』이란 이름 있는 사회주의 잡지를 만들고 있었다. 김기진은 후에 정백을 통해 많은 사회주의자들과 친교를 맺는다.

29) 김기진, 「우리가 걸어온 30년(1)」 『사상계』, 1958. 8, p.203. 이 말 자체는 정확하지 않더라도 그가 국내의 변화에 크게 충격 받은 것은 틀림없다.

떤 문학을 해야 하는가 등의 생각을 나름대로 심각하게 생각하기 시작한 것은 22년 가을부터이며, 이때부터 빠른 속도로 사회주의 문학에 빠져들기 시작한다. '토월회'라는 독서토론회를 조직하는 것은 바로 이러한 변화의 반영이다. 그럼에도 특기할 것은 당시 식민지 지식인에게 흔히 발견되는 어둠과 불안의 그림자가 그의 생활에서는 별로 발견되지 않는다는 점이다. 박승희가 말하는 다음과 같은 분위기마저도 김기진의 유학생활을 고통스럽게 만들지는 못했다.

> 이때 조선총독부에서는 동경에다 유학생 감독부를 두고 사찰과 감시를 엄중히 하던 때라 우리 학생들 틈에도 밀정이 끼어 있어 믿거라 한 말이 말썽이 되고 정다운 겨를에 기밀이 폭로되어 고생이 많았다. 참으로 험상궂은 세상이었다.[30)]

그것은 이러한 분위기가 식민지 유학생 누구나 겪는 일이고, 10대 말의 자유분방한 열정이 어두운 그림자를 몰아내 버렸기 때문일까? 아니면 그의 기질과 주변 분위기 때문일까? 필자는 후자라고 생각한다. 사랑 우정, 이념이 어우러지면 어떤 어두운 분위기도 이겨낼 수 있으니까 말이다. 그렇다면 조선인 의식에 대해 지나치게 추궁하지 말자. 어린 시절부터 개구쟁이로 소문난 이 활달한 젊은이에게 암울한 시대적 분위기를 덮어씌우는 것은 우리의 지나친 욕심일지도 모른다. 다만 김기진이 자각 없이 살아간 사람이 아니라는 점을 분명히 하기 위해 한 사건을 예로 들겠다. 사람들은 다음과 같은 사건을 통해 식민지 지식인의 유학행위에 따라다니는 고통의 양상과 의미를 비교적 선명하게 느낄 수 있을 것이다.

---

30) 박승희, 「토월회 이야기(1)」, 『사상계』, 1963. 5, p.329.

우리는 학문의 진리탐구보다 민족의 정신을 찾자, 우리 민족은 어디로 갈 것이냐…… 두 사람은(술 취한 박승희와 김기진 ─ 필자 주) 서로 끼어 안고 마른 풀 잎 위로 뒹굴면서 소리도 질렀고 울기도 하였다. "자유 없는 설움을 아느냐"고 김기진이 팔을 뽐내고 휘두르는 바람에 나의 앞니를 쳐서 그 이가 병들어 내 나이 오십이 넘어 제일 먼저 빠지고 마니 전날의 생각이 지금도 난다.[31]

박승희가 회상하는 1922년 봄의 이 사건을 통해 우리는 2년 후인 24년에 김기진이 발표한 「백수의 탄식」이 그리고 있는 지식인의 진짜 모습을 확연히 눈앞에 떠올릴 수 있다. 그는 이렇게 식민지 지식인의 고뇌를 발산시켰지만 하루하루의 일상생활까지 어둡고 삭막했던 것은 아니었다.

카페 ─ 의자(椅子)에 걸터 앉아서
희고 흰 팔을 뽐내어 가며
'우·나로 ─ 드!'라고 떠들고 있는
60년 전의 로서아(露西亞) 청년이 눈 앞에 있다…

Café Chair Revolutionist,
너희들의 손이 너무도 희고나![32]

이 시야말로 18번지 김기진의 셋집에 모인 '토월회' 그룹의 모습을 상징적으로 드러내 보여주는 작품이다. 예컨대 다음과 같은 모습이다. 억압받는 조선 사람을 위해, 고통받는 민중을 위해 무엇을 할 것인지 그들은 열정적으로 이야기한다. 모두가 엄숙하고 진지하게 사명감에 불타면서 자신들의 이상을 펼친다. 토론하면서 술을 마시고 술을 마시며 토론하다가 정열에 못 이겨 부여잡고 뒹굴며 운다. 그리고 다음날 부스스한 얼굴로

---

31) 같은 책, pp.330~331.
32) 김기진, 「백수(白手)의 탄식(嘆息)」, 『개벽』, 1924. 6.

일어나 학교로 간다. 이러한 생활에 깃든 고통은 관념적이며 낭만적인 고통이다. 이 고통의 밑바닥에는 고난받는 민족과 불타는 사명감이 만나는 지점에서 생겨난 은밀한 쾌감이 숨어 있다. 그리고 이런 내면적 쾌감은 유학생활을 덜 고통스럽게 만든다. 동시에 이와 같은 이상적이고 관념적인 열정이 특정한 이데올로기와 만날 때 그 이데올로기는 무서운 추진력을 가진다. 우리는 이 모습을 앞으로 사회주의 문학과의 만남과 신경향파 문학의 전개과정에서 보게 될 것이다.

식민지 지식인들이 지닌 유학의 명분은 '네 칼로 너를 치리라'라는 말에서 찾을 수 있다. 앞에 인용한 시에 등장하는 "모든 것을 배워 모든 것을 익혀, / (……) / 나는 슬픈 고향(故鄕)의 한 밤, / 홰보다도 밝게 타는 별이 되리라"란 시구가 이 명분을 선명하게 보여준다. 그러나 유학생 개인의 구체적 문제일 경우 이 명분의 관철은 복잡다기한 현실적 사례와 부딪히며 분화하게 마련이다. 네 칼을 배우는 행위에는 상호간의 이해와 믿음이 따라다니기 마련이어서, 다시 말해 일본인과 조선인의 구별이 희석되기 마련이어서, '너를 치리라' 하는 자세에는 여러 가지 변화가 생긴다. 김기진의 경우 이 문제는 사회주의자 아소 히사시(麻生久)와의 만남에서 가장 확실하게 드러난다. 필자는 이 문제를 뒤에 사회주의와의 만남에서 좀 더 자세히 기술하겠다.

3. 18번지의 우정과 사랑

김기진의 유학생활이 풍요롭고 아름다울 수 있었던 것은 연애와 우정 때문이었다. 물론 거기에는 그가 상당수의 다른 유학생들과는 달리 경제적인 어려움을 겪지 않아도 되었다거나 성격이 원만하고 활달했다는 이유도 작용하고 있다. 그러나 무엇보다 서울에서 함께 지내던 친구들이 동경에서도 그의 주변에 몰려 있었다는 사실이 그렇게 만들었다. 이 사실은 그가 릿쿄(立敎)대학 예과 시절이나 영어 강습전 문 시절에 대한 이야기를 거의 남기고 있지 않다는 점에서도 입증된 다. 그는 학교생활에 대해서는 별다른 애정을 가지지 않았고 그런 만 큼 성실하지도 않았다. 따라서 추억할 만한 이야기도 없었던 것이다. 이러한 사실과 함께 그의 유학생활을 아름답게 만든 또 하나의 사건 으로 후에 그의 부인이 된 강숙열(姜淑烈) 양에 대한 열정적 사랑을 들 수 있다. 아무튼 우정과 연애-이 두 가지가 식민지 지식인이 이국땅에 서 겪게 되는 여러 가지 어려움을 완화시켜주면서 그의 유학생활을 풍요롭고 아름답게 만들어준 것은 틀림없다.

배재고보 시절 학교 안팎에서 쌍둥이처럼 4년간을 붙어 다닌 김기진과 박영희의 우정은 박영희로 하여금 김기진보다 10일 늦게 동경으로 떠나 게 만들었다. 그러나 출발 당시에 생긴 예기치 못한 사고는 그의 유학기 간을 두 달(?)이라는 단명한 기간으로 만들어버린다. 그 사고란 같은 배재 고보 학생인 진일선(秦一善)이란 친구가 전송을 나왔다가 용산역에서 내 릴 것을 깜빡 잊고 노량진역에서 급히 뛰어내리다가 죽어버린 사건이다. 박영희는 차안에서 이 사실도 모른 채 동경까지 왔지만 사람들의 비난은 면할 길이 없었다. 졸업을 하지 않고 도망친 것도 문제인데 이런 불상사 까지 났으니 학교와 집안이 발칵 뒤집힐 수밖에 없었던 것이다. 그리하여 박영희는 '부친 병환 위독 급속 귀환'이라는 전보를 받고 1차 동경생활을 끝맺지 않을 수 없게 된다.[33)

박영희가 다시 김기진과 함께 있게 되는 2차 동경생활은 그 기간을 추 적하기가 무척 어렵다. 김기진, 박영희, 박승희, 박종화 등의 이야기가 모 두 다르고 특히 김기진은 여러 종류의 글에서 모두 다르게 이야기하고 있

---

33) 이 사건에 대한 이야기는 「카프 문학시대」와 「우리가 걸어온 30년」에 있다. 그러나 동경에 머무는 기간에 대해서는 약간씩 차이가 있다.

기 때문에 판단에 혼란이 생긴다. 조금 장황한 이야기가 되겠지만 혼란을
야기시키는 부분들을 정리해보면 다음과 같다.

① 김기진의 경우
- 박영희는 1921년 가을에 일본에 와서 정칙영어학교(正則英語學校)
  만 마치고 1922년 가을에 귀국했다.
  （「나의 카프時代」,『서울신문』, 1955. 10, 5～6)
- 박영희는 1922년 가을에 일본에 와서 1923년 초에 정칙영어학교
  영문학과를 졸업하고서 즉시 귀국해 버렸다.
  （「우리가 걸어 온 30년」,『사상계』, 1958. 8)
- 박영희는 동경서 학업을 중단하고 1922년 봄에 먼저 귀국했다.
  （「초창기에 삼가한 늦둥이」,『세대』, 1964. 7)
- 박영희는 1920년에 나보다 뒤늦게 동경에 와서 정칙영어학교를
  마친 후 1921년 겨울에 집안 형편으로 귀국했다.
  （「한국문단측면사」,『사상계』, 1956. 11)

② 박영희의 경우
- 신청년(?), 장미촌(1921. 5) 잡지를 만들다가 이 모든 것에 만족할
  수 없어서 동경으로 갔다.
  （「나의 문학청년시대」,『신동아』, 1934. 9)

③ 박승희의 경우
- 박영희는 1922년 봄에 동경에 와서 김기진과 열심히 토론을 했다.
  （「'토월회' 이야기」,『사상계』 19)

이 밖에도 회고의 글이 더 있지만 당시를 비교적 자세히 이야기해주는
몇 개의 글에서만 뽑아 본 것이다. 혼란도 이 정도면, 일본에 갔었다는 사
실 이외에는 박영희의 행적과 시기를 정확하게 종잡기 어렵다. 그러므로
이 문제를 풀기 위해서는 몇 개의 방증자료를 사용하면서 꼼꼼히 따져 볼
필요가 있다. 이 문제가 바로잡아지지 않으면 박영희가『장미촌』과『백조』

발행 시기에 동경에 있었던 것으로 된다든가, 동경에 있으면서 '토월회'에는 참가하지 않은 것으로 된다든가, 사회주의 사상에 대한 공명 시기에 착오가 생기는 등의 문제가 야기되는 까닭이다.

박영희가 다시 동경으로 가서 김기진과 함께 생활하게 되는 시기는 『장미촌』이 간행된 후인 1921년 5월 이후인 것은 틀림없다. 이 점은 첫째 장미촌의 후기인 '동인의 말'에 "본지(本誌) 편집(編輯)에 만사(萬事)를 제지(除之)하고, 분주(奔走)히 걱정하던 회월(懷月) 박영희씨(朴英熙氏)에게는"이라는 말이 있을 정도로 박영희가 잡지 편집에 열심이었고 또 장미촌사의 주소를 그의 집으로 했다는 사실에서도 분명하다.[34] 그리고 이 사실은 박종화의 「『장미촌(薔薇村)』과 『백조(白潮)』와 나」에서도 재확인된다.[35] 둘째 박종화는 「백조시대(白潮時代)의 그들」에서 박영희와 나도향이 불러서 청량사(淸涼寺)에서 만났는데 거기에는 「빈처」를 쓴 현진건도 함께 나왔다고 기록하고 있다.[36] 「빈처」가 21년 1월호 '개벽'에 발표되었으니까 그 시기에는 분명히 서울에 있었다. 셋째 김기진은 「고 김복진 반생기(故金復鎭半生記)」[37]에서 김복진과 1년 이상 함께 하숙을 하고 있었고 거기에는 이서구도 있었다라고 쓰고 있는데 이서구는 1920년에 동아일보 기자로 있었지 동경에는 없었다. 따라서 20년에는 두 형제만 함께 하숙하고 있었던 셈이고 박영희는 이서구보다 늦게 온 것이다. 이와 같은 사실들로 미루어 보아 박영희는 1921년 여름에 김기진을 서울에서 만나 다시 동경에 갈 결심을 굳힌 것이 틀림없다. 여기에 대해 김기진은 다음과 같이 쓰고 있다.

---

34) 『장미촌』, 1921. 5. 24, pp.24~25를 참조할 것.
35) 박종화는 이글에서 『장미촌』이 『백조』의 모태임을 밝히면서, '『장미촌』에 주력을 쓴 사람은 황석우(黃錫寓)와 박영희(朴英熙)와 나요'라고 말하고 있다(『문학춘추』, 1964. 5, p.199).
36) 박종화, 『청태집(靑苔集)』, p.163.
37) 김기진의 「고 김복진 반생기」(1941. 6. 30)와 이서구(李瑞求)의 「의리와 인정과…… 멋과 익살의 시절」(한국 신문연구소, 『언론비화 50편』) 참조.

　　1922년 여름방학에도 나는 집에 돌아와 가지고 서울로 올라 왔었다.
　이때 (회월)懷月은 가을에 다시 동경으로 건너 오겠노라고 말했다. 그
래서 나는 이 해 9월에 동경에 건너가서 우에노시다아(上野下谷)에 있던
하숙집으로부터 간다 니시끼마찌(神田錦町)에 셋집을 얻어 가지고 이사를
했다. 형은 그대로 그 하숙집에 남아 있었고 나만 이리로 이사를 온 것은
회월(懷月)과 함께 한집에 있으면서 자취는 그만두고 그 대신 공영식당
(公營食堂)이 가까이 있는 곳이니까 식당생활을 하기 위해서이었다.

　위의 글에서 1922년을 1921년으로 고치면 대체로 앞뒤가 맞는 이야기
가 된다. 김기진의 일본유학생활 중 가장 아름답고 화려한 '18번지의 추
억'은 이렇게 해서 시작되었다. 박영희와의 동거생활을 위해 마련한 셋집
에서 그 추억은 시작되는 것이다.

　다음으로 박영희의 귀국시기에 대한 불일치는 어떻게 되는 것일까. 이
점에 대한 해결 역시 몇 가지 자료를 대비 분석해 봄으로써 풀어낼 수 있
다. 김기진은 1922년 가을 무렵에 박영희의 편지를 받고 소파 방정환을
만나러 그의 자취방으로 찾아갔다고 말하고 있다.[38] 이 사실은, 21년이라
면 박영희가 함께 있었을 때이고 23년이라면 김기진이 귀국한 후가 되니
까, 정확한 이야기가 된다. 김기진이 소파를 찾아간 것은『백조』동인이
될 것을 권유하기 위해서였다.『백조』1호의 발행일자는 22년 1월 1일, 2
호의 발행 일자는 22년 5월 15일이므로 박영희는 서울에 있으면서 편지
를 보냈다고 보아야 한다. (1호의 편집은 박종화에 의하면 21년 가을까지
는 대체로 끝난 것으로 되어 있으니까[39] 박영희가 동경에 있었다는 사실
과 배치되지 않는다.) 따라서 박영희는 21년말 혹은 22년초에 귀국한 것
이 틀림없다. 이렇게 되어야만 김기진이 나카니시 이노스케(中西伊之助)
의『황토에 싹트는 것(赭土に芽ぐもの)』(1922. 2)에 감동하고, 클라르테

38)『세대』, 1964. 7, p.168.
39) 박종화,「『장미촌』과『백조』와 나」, p.199.

운동을 소개한『씨 뿌리는 사람(種蒔く人)』을 읽고, 또 사회주의자 아소 히사시(麻生久)를 만나러 다니는 시간이 확보되는 것이다.

　지루한 이야기가 되었지만 이와 같은 사실을 염두에 둘 때 우리는 김기진과 박영희의 우정관계에서 흥미 있는 사실을 발견할 수 있다. 그것은 1921년 겨울을 기점으로 두 사람의 문학관이 서로 달라지면서 일어나는 모습이다. 배재고보 시절 열심히『젊은 베르테르의 슬픔』,『살로메』등에 심취하던 시기로부터 일본의 상징주의 유미주의 시에 심취하던 유학생활 초기를 거쳐 아꾸다가와 류노스케(芥川龍之介)의 소설에 빠지기까지 두 사람은 거의 동일한 정신의 궤적을 그려왔다. 그러던 것이 21년 겨울 이후 김기진이 사회주의문학 쪽으로 점점 빠져들면서부터는 박영희를 설득시키는 단계로 옮아가며, 23년 가을 박영희가 사회주의문학에 공감한 이후에는 사실상 팔봉이 한수 가르쳐 주는 시기가 얼마 동안 계속된다는 점이다. 그러나 이와 같은 변화가 두 사람의 우정에 어떤 장애를 가져오지는 않았다. 오히려 튼튼한 우정으로 말미암아 두 사람 사이에는 이질성을 하루 빨리 극복하려는 노력, 혹은 선의의 경쟁이 나타나며 그 결과 두 사람은 이념적 동질성을 재빨리 회복하게 된다.

　또 위와 같은 사실로 보아 박영희가 다닌 정칙영어학교란 일종의 강습소(길어야 6개월 정도 밖에 안 다녔으니까)였을 것이고, 또 이 학교에 대한 박영희의 애정도 별로 크지 않았던 듯하다. 이 점은 릿쿄(立敎)대학에 대한 김기진의 태도와 비슷하다. 두 사람은 아마도 고국의 부모에 대한 방패막이로 학교에 다니는 척했지 실제로는 학교에는 거의 다니지 않았다고 볼 수 있다. 동경에 함께 있지 않은 동안에는 편지를 통해, 함께 있을 때는 토론을 통해 서로의 관심사를 이야기하면서 이들은 그런 생활에 학교 이상의 의미를 두고 있었다. 이 풍경을 박승희는 "그(박영희―필자주)는 (……) 우리들이 샌님이라고 별명을 지어 놀렸으며 김기진은 이런 박영희와 방구석에 앉아 늘 토론에 분분한 게 가장 친한 벗이 되었다."[40)]

라고 쓰고 있다. 또 박영희는 "뽀드레르의 전집을 모아드리려고 밥만 먹으면 고물서점순례(古物書店巡禮)를 일삼았다. 이때에는 김기진도 나와 동일한 길을 밟았다. 그와 나와는 거진 경쟁적으로 그러한 책을 사들이기에 몰두하였다"[41]라고 회고하고 있다. 이로 미루어 이들은 함께 고서점을 순례하며 불란서 상징시인들의 책을 찾고, 『시성(詩聖)』, 『일본시인(日本詩人)』 등의 일본 시잡지를 탐독하고, 데카당스적 인생관을 예찬하여 장발을 하고, 열심히 토론하며 열심히 허망해지는 생활을 함께 하고 있었다.

한편 김복진은 배재고보를 졸업한 후 김기진보다 두 달 늦게 동경에 왔다. 그는 어떤 경로를 통해서였는지는 분명치 않지만 총독부 관비 유학생이었다. 총독부의 돈을 받았다는 것이 갓 스물(그는 박영희와 동갑임)의 젊은이에게 어떤 심리적 부담을 주었는지는 잘 알 수 없다. 분명한 것은 당시에 50원씩의 장학금을 받음으로써 150원의 군수 봉급을 받던 아버지의 경제적 부담을 상당히 덜어주었다는 사실이다. 이 사실은, 섬세하면서도 고집스런 그의 기질적 측면 및 다음과 같은 상황에 관련지어 볼 때, 아버지에 대한, 일종의 무언의 자기과시였을 수도 있다.

> 형의 성격에서 또 하나 특수한 점은 비꼬인 점이다. (……) 이러한 경향은 형이 출생되면서 즉시 작고하신 중부(仲父) 앞으로 출계(出系)된 것과, 열네살 때, 들기 싫다는 장가를 억지로 들여서 소위 '첫날밤 소박'이 십년동안 계속되어 오는 동안에 면약성혼(面約成婚)의 사돈님과의 체면을 존중하는 부모와 마음에 없는 결혼에서 해방될려고 애를 쓰는 자신과의 가정적 갈등, 심리적 고통에서 크게 영향받은 왜곡된 성격이었지, 진상은 그렇지 아니했든 듯싶다.[42]

---

40) 박승희, 「토월회 이야기」, 『사상계』, 1963. 5, p.329.
41) 박영희와 김기진의 「나의 문학청년시대」(『신동아』, 1934. 9)에는 두 사람의 공통된 문학편력이 자세히 나와 있다(pp.130~135).
42) 김기진, 「고 김복진 반생기」, p.130.

김복진은 박영희가 1차 유학시도에 실패하고 떠난 직후 동경에 와서 다시 김기진의 충실한 친구가 되었다. 그는 동경에서 동생이 진로를 결정하지 못하고 우왕좌왕할 때 동생을 다독여 주었다. 그래서 김기진은 자신이 진로를 확고히 정한 것은 대체로 1920년 8월경 형과의 토의를 통해서라고 말한다.[43]

김기진이 동경에서 대체로 무질서하면서도 정열적인 삶을 살아간데 비해 김복진은 성실하게 우에노(上野) 미술학교에 다니면서 내면적 충실성을 닦아 나가고 있었다. 김기진은 20년 1년 동안 영어강습전문에 다닌 후 21년 4월에 릿쿄대학 영어영문학부 예과(立敎大學英語英文學部豫科)에 입학하지만 실제로는 학교에는 월사금도 안내고 독어와 불어 강습소에 등록하고 다녔다. 이 기간 동안에 김기진은 박영희와 함께 예술지상주의자의 위치에 있었지만, 복진은 「나상(裸像)」이라는 작품을 제작하는 한편 '시라까바(白樺)파'의 휴머니즘에 공감함으로 말미암아 동생의 데카당스적 예술관을 어느 정도 견제해 줄 수 있었다.

우리가 21년경 김복진의 생활태도를 엿볼 수 있는 것에 다음과 같은 일화가 있다. "고등학교를 졸업한, 하숙집 주인의 질녀가 미술공부를 하려고 동경에 왔다가 김복진을 짝사랑하게 되었다. 그리하여 그녀는 늘 복진을 따르다가 어느날 밤에 복진의 잠자리에 들어가 가만히 누워 있었다. 밤늦게 돌아온 복진은 그러나 외투도 벗지 않고 책상 앞에 가서 벽만 보고 앉아 있었다. 그랬더니 그 처녀는 자리가 차서 따뜻하게 해놓을려고 누워 있었다고 말하며 나갔다."[44] 이 사건은 당시에 같이 하숙하고 있었던 김기진과 이서구가 함께 증언하는 것이니까 날조된 일화가 아니다. 우리는 이 일화를 통해 그의 금욕적 성격의 일면을 느낄 수 있고 이 금욕적 측면이 인간의 육체에 대한 예술적 탐닉으로 그를 몰아 갔다고 말할 수

---

43) 김기진, 「藝術(예술)과 실업(實業)의 두 갈랫길」, p.13.
44) 「고 김복진 반생기」, pp.135~136에서 요약.

있다. 따라서 그가 재학중에 「나상(裸像)」이라는 조각작품을 제전(帝展)에 출품하여 호평을 받은 것도 이런 측면과 무관한 일이 아닐 것이다.[45]

그러면 이제 김기진의 유학생활 중 가장 화려한 시기인 18번지 시대에 대해 살펴보자. 18번지란 동경시 신전구 금정 18번지(東京市 神田區 錦町 三丁目 十八番地)를 가리킨다. 김기진은 유학생활의 거의 절반에 해당하는 1921년 가을부터 23년 5월 귀국할 때까지의 시간을 이 셋집에서 보냈다. 이 집을 구하게 된 직접적인 동기는 앞에서 말한 박영희와의 동거를 위해서였지만 자취생활에 지쳤기 때문이라는 간접적인 동기도 있었다. 이 집에 대해 김기진과 김을한(金乙漢)은 다음과 같이 이야기하고 있다.

> 김기진 : 조선에서 교장했던 사람들이 보림학사(?)라는 조선 학생들을 위한 기숙사를 운영했지. 물론 공짜였는데 요행히 기회가 나서 내 명의로 얻었어. 나는 월 50원씩 정상적으로 학비를 갔다 썼는데 지금으로 치면 80만원 정도 될 것이지만 밥을 굶을 때가 많았지.[46]

> 김을한 : 팔봉 형제가 공짜로 큰 집을 얻었지. 그들이 내 족숙(族叔)뻘 되어서 나도 그 집에 살았어. 금산(錦山)에서 구마모도라는 사람이 불이(不二)농장이라는 큰 농장을 경영해서 성공했다고 조선사람에게 어떻게 빚을 갚을까 하다가 동경 한복판에 집을 세 채 사서 조선학생에게 공짜로 제공했지. 이것을 김복진씨가 알아서 세를 얻었는데, 2층집으로 15~6명이 생활 가능했어.[47]

18번지에 대한 이 이야기는 서로 다른 이야기가 아니라 상호보완적인 이야기로 이해하는 것이 옳다. 김을한은 1923년 초에 일본에 갔으니까 집을 얻게 된 경위에 대해서는 팔봉의 이야기가 더 신빙성이 있다. 그러나

---

45) 백철, 「김복진 회상기─예술은 설명이 아니거든」, 『문예중앙』, 1979년 겨울호, p.317.
46) 필자와의 인터뷰에서 한 말임(1980. 4. 20).
47) 필자와의 인터뷰에서 한 말임(1985. 7. 25).

구마모도라는 이름까지 기억하는 김을한의 이야기 역시 거짓말은 아닐 것이다. 그러므로 우리는 이 두 이야기를 합쳐서 돈을 많이 번 구마모도라는 사람이 마련해서 한국에서 근무하다 은퇴한 교장들의 모임에 운영을 맡긴 기숙사라고 생각하는 것이 정확한 판단이리라.

당시에 이 기숙사에 입사할 수 있는 자격과 조건이 어떤 것이었는지에 대해 필자는 전혀 알고 있지 못하다. 또 이때의 유학생들 상당수가 고학생이었고, 이 고학생들이 단체를 조직해서 반일적 성향을 보이는 경우도 있었지만, 김기진이 이들보다 입사에 더 유리한 어떤 처지에 있었는지는 정확히 판단할 수 없다. 만약에 유리한 조건을 가상해 본다면, 어디까지나 가설이지만, 그의 아버지가 군수였다는 점(또 다른 가설이지만 김복진의 이름으로 하지 않은 것은 그가 작은 아버지 앞으로 옮겨갔기 때문이라고 생각해 볼 수 있다)과 21년 가을 입사할 때까지는 얌전한 유미주의자였다는 점 밖에 찾을 수 없다.

어쨌건 당시의 유학생들 실정으로 보았을 때 이처럼 커다란 집을 자유롭게 사용할 수 있는 처지라는 것은 선망의 대상이었음에 틀림없다. 그러나 김기진은 이 집을 폐쇄적인 공간이나 자기 과시적인 장소로 만들지 않았다. 그는 이곳을 예술에 관심 있는 사람이면 누구나 자유롭게 출입하고 거주할 수 있는 공간으로 제공했다. 이 사실은 급속도로 늘어나는 18번지 가족과 출입자 수에서 충분히 감지할 수 있다. 18번지에서 기식한 사람의 이름은 박승희에 의하면 김복진, 김기진, 이서구, 김을한이다. 우리는 여기에, 비록 짧막한 기간 동안 머물렀지만, 박영희를 추가할 수 있다. 그밖에 여기에 수시로 드나들며 살다시피 했던 사람으로는 초대 주미공사 박정양의 아들이며 배재동문인 박승희, 박승희의 친척인 박승목, 김복진과 같이 우에노(上野) 미술학교 학생이었던 이제창(李濟昶), 동경고등상업 학생이었던 연학년(延學年), 그리고 이수창, 송재삼 등이 있다. 이들보다 패 연배가 높았던 기성 문인 임노월(任蘆月)과 김명순(金明淳) 부부(당시 동거

중이었음- 필자 주)도 가끔씩 드나드는 사람들이었다.[48]

이들의 모임은 처음에는 자연스러운 한담 형태로 이루어지다가 인원이 많아지고 또 예술에 대한 열정과 민족에 대한 사명감이 어우러지면서 점차 조직적인 모양을 갖추어 간 것으로 볼 수 있다. '토월회'[49]는 그리하여 1923년 초에 조직되었다. 이 모임은 김기진이 제안하고 박승희가 동조함으로써 이루어지게 되었는데, 김기진이 이 모임을 제안한 데에는 분명한 이유가 있었다. 그 내적인 이유는 자연발생적인 모임이 지닌 비효율적인 시간소비를 없애자는 것이었고, 외적인 이유는 자신이 빠져들기 시작한 사회주의문학에 대해, 시대가 요구하는 문학운동에 대해 토론해 보려는 것이 아니었던가 한다. 이점에 대해서는 '토월회'가 조직되면서부터 '매주 토요일 저녁만 되면 18번지 이층에서 '토월회'의 예회(例會)가 열렸다'[50]는 사실과 대중에게 가장 영향력이 있는 것이 연극이기 때문에 '토월회'의 첫 귀국행사를 연극공연으로 결정했다는 사실이 어느 정도 방증이 될 수 있을 것이다. 또 1923년 9월에 김기진이 김복진과 연학년을 이끌고 '토월회'를 탈퇴해서 파스큘라를 조직하게 되는데, 탈퇴 이유인 '견해차'라는 것이 문학관의 차이라는 것을 봐서도 김기진의 '토월회' 조직 의도를 짐작할 수 있다.

김기진의 의도가 어떠했건 동경에서의 '토월회' 모임은 각기 자기 나름대로의 예술적 정열을 자유분방하게 발산시키는 자리였다. 그때의 풍경을 김을한은 이렇게 묘사하고 있다.

(……) 검정 학생복에 머리를 길게 기른 김복진씨가 자기 작품인 조각을 가지고 오면 계씨(季氏)되는 팔봉은 창작 소설을 낭독하였고, 의사공

---

48) 김을한, 「18번지의 추억」, 『여기 참 사람이 있다』(서울 : 신태양사, 1960), pp.199 ff.
49) 이 이름은 김기진이 제안한 것임. 땅은 영원한 생명이고 우리의 터전이라는 의미에서 그렇게 정했다 함(박승희의 「토월회 이야기」 참조).
50) 김을한, 앞의 책, p.199.

부를 하던 박승목씨가 그의 여기인 도안(圖案)을 그려 가지고 오면 박승
희씨는 희곡을 소개하였었다. 그리고 가끔 여류시인이던, 탄실(彈實) 김명
순 여사가 그의 애인 임노월과 함께 참석해서 향기를 풍기었다.[51]

이 풍경을 필자가 좀 더 자세하게 이야기하면, 김복진은 자신의 자화상
조각을 선보였고, 김기진은『개조(改造)』지 투고작품을 유창한 일본어로
낭독하였으며, 박승희는 '토월회' 제1회 공연작품이 되는「길식」(吉植)을
읽었고, 김명순은 평안도 사투리가 섞인 목소리로 자작시를 낭독했다.

각자가 지닌 미래의 목표는 달라도 젊은 사람들의 이와 같은 모습은
아름답다. '토월회' 그룹의 이러한 모임이 순수한 낭만적 아름다움, 훼손
받지 않은 젊음으로 상당 기간 지속될 수 있었던 데에는 필자가 생각하기
에 동경이라는 공간과 때 묻지 않은 청춘이라는 나이가 작용한 것이 틀림
없다. 이들과 유사한 젊은이들의 모임이었던 서울의 동인지집단에는 어딘
가 모르게 어두운 그림자가 어른거리고 있지만 '토월회'에는 그런 것이
없다. 그것은 어쩌면 이들이 순수한 아마추어이고 조국에서 멀리 떨어져
있는 고립된 낭만적 집단이었기 때문일 것이다. 그래서 폐쇄된 순수함의
그 자족성을 유지할 수 있었을 것이다. 이들은 가족, 사회, 국가 등으로부
터 유리됨으로 말미암아 자신들끼리 새로운 가족관계를 구성할 수 있었
고, 이 가족관계 속에서 비판 이전에 이해로, 증오 이전에 사랑으로 서로
를 감싸 줄 수 있었던 것이다.

> 당시 나는 집에서 오는 학비가 그 중에서도 여유가 있어서, 마침 내 주
> 머니에 돈이 있으면 굶고 앉았는 꼴을 못보아 같이 나가서 매식도 하였
> 고, 혹은 우리 하숙으로 와서 나와 같이 저녁상을 받아 먹기도 하였다.
> 타향에서는 이렇게 친해져 우정도 샘솟듯 하였다.[52]

---

51) 김을한, 앞의 책, p.199.
52) 박승희, 앞의 책, pp.329~330.

이렇게 해서 김기진의 학비도, 박승희의 학비도 순식간에 없어져 버렸지만 그들은 즐거울 수 있었다. 그들은 자신들의 예술적 정열을 발산하기 위해 절제 없이 돈을 썼고 그 다음에 오는 굶주림 또한 즐겁게 받아들였다. 그들은 마치 그들이 공연할 「알트 하이델베르크」의 인물들처럼 그렇게 살아보고자 했던 것이다. 김기진이 이 시기에 연애지상주의자였던 점도 이러한 분위기를 반영 혹은 고무해주는 사건이었다. 그러나 이와 같은 생활은 이 생활 자체를 가능하게 만들어주는 현실적 · 물질적 조건과 유리되어 형성된, 너무나 예술적인 생활이었기 때문에 오히려 반예술적이었다. 예술적 생활이 곧 예술로 착각되면서 예술 자체의 의미와 생명력을 약화시켜버리곤 했던 까닭이다.

김기진의 연애가 언제 어떻게 시작되었는지는 불확실하다. 1923년 초에 그가 한창 열을 올리고 있었던 것으로 보아 22쯤이 아니었을까 짐작할 수 있다. 박영희가 떠나버린 후의 썰렁한 공간을 한 여인이 메워주었을 가능성이 크기 때문이다. 김기진보다 한 살 아래이며 동경음악학교에 재학중인 강숙열(姜淑烈)양에게 그는 정열적인 사랑을 퍼부었다. 사교적이면서도 활달한 그가 정열적으로 연애에 몰두하는 모양을 본 김을한은 "팔봉이 그때 연애지상주의자가 되었어"라고 말했다. 김기진은 자신의 연애에 대해 많은 기록을 남기지 않았지만, 다음과 같은 부분은 당시 사랑에 빠진 그의 모습을 잘 보여준다.

　　나는 이때 생각했다. 어떡할까? 이번에 신극을 공연하고서 가을에 또 동경으로 올 것인가? 나 혼자서 일본유학을 계속할 것인가? 그런데 내가 사랑하기로 작정한 K(나의 아내)는 자기집 형편으로 일본유학은 못하기로 된 모양이 아닌가… 그렇다면 K가 없는 동경에 나 혼자만 있기도 싫다. 이번에 서울로 가서 K한테 편지를 보내어 올라오라 한 후에 K의 승낙을 받아가지고 서울서 같이 살던지… K를 데리고 로시아로 공부하러 가던지 양단간에 결판을 내야겠다!(53)

이로 보건대 강숙열은 1921년 혹은 22년경에 동경유학을 왔고 23년초 '토월회' 귀국공연이 있기 전에 먼저 고향인 함남 이원(咸南 利原)으로 돌아갔다. 그런데 이때까지 김기진은 강숙열로부터 확실하게 사랑의 약속을 받아내지 못하고 혼자 애를 태우며 맹렬히 편지를 썼다. 1924년 9월에 김기진이 총독부 기관지『매일신보』에 입사하는 것도 부모가 반대하는 결혼을 강행하고 생계대책을 마련하기 위해서였으니까, 그의 사랑은 1923년에 절정에 도달해 있었음에 틀림없다.[54] 그리고 그의 사랑은 '로시아 유학' 운운으로 봐서 사회주의문학에 대한 몰입과 동시에 진행되고 있었음도 틀림없다.

4. 뚜르게네프냐, 쏠로민이냐

김기진은 박영희가 떠난 후의 동경생활을 독서, 소설창작, 박영희에게 편지쓰기 등으로 메우고 있었다. 그는 서울로 돌아간 박영희가『장미촌(薔薇村)』,『백조(白潮)』등의 잡지에 관계하면서 한 사람의 문학인으로서 성장해 가는 모습을 눈앞에 보듯 잘 알고 있었으며, 이 사실에 대해 절친한 친구 사이에서 일어날 수 있는 미묘한 라이벌 의식을 느끼고 있었다. 1922년에 그는 아직 20세의 젊은이에 불과했고, 가슴 속은 온갖 포부와 야망으로 가득 차 있었다. 그리하여 그는 당시 일본에서 최고의 권위를 자랑하던『개조(改造)』지에 작품을 투고하기 시작했다. 명성에 대한 조급한 야심이 만들어낸 그의 작품은 그러나『개조』지의 수준 높은 선정 관문을 통과하기에는 턱없이 부족했다. 유진오가 떨어지고 장혁주와 김사량

---

53) 김기진,「우리가 걸어온 30년(1)」, p.229.
54) 김기진,「초창기에 참가한 늦둥이」, pp.284~285.

이 겨우 턱걸이를 할 수 있었던 이 잡지에 김기진이 무모하게 도전할 수 있었던 것은 20세의 나이가 발휘할 수 있는 용기 덕분이었다. 이러한 과정 속에서 비록 그가 투고했던 소설들은 "작품내용에 무게가 없다. 다시 노력을 많이 하여서 훌륭한 것을 쓰라"[55]는 쪽지와 함께 번번이 되돌아왔지만, 그는 이 투고과정을 통해 『개조』지의 애독자로 변신할 수 있었다. 그리하여 그는 그때까지 자신을 사로잡고 있던 괴테, 와일드, 플로베르, 랭보, 보들레르, 하이네 등의 세계로부터 벗어나기 시작했다. 당시의 『개조』지에 실린 사회주의 관계의 정치평론과 소설들이 그의 의식세계를 서서히 바꾸어 놓기 시작했던 것이다. 이 당시 팔봉의 모습을 살펴보기 위해 박영희에게 쓴 편지의 일부를 조금 장황하게 인용해 보겠다.

　　(……) 인류라는 것, 세계라는 것, 학문이라는 것, 민족이라는 것, 시가－예술이라는 것이 지금 내 생각을 점령하고 있다. 진리를 찾아 돌아다닌다. 사람이라는 것은 진리의 길을 종생을 두고라도 찾아 돌아다니게 되는 것이다.
　　그런데도 내 머리를 혼란케 하는 것은 '조선'이다. 나는 근일 '조선'이라는 말을 입 속으로만 중얼거려도 곧 눈물이 난다. 이러한 나의 현상이 좋은지 어떤지는 모르겠으나……
　　'우리는 무엇을 해야겠느냐?' 하는 말은 역사와 한가지로 영구히 우리 머리에서 떠날 수 없는 일일 것이다. 그리고 그러다가 '진실'이라는 것이 최후의 승리를 얻는 것이다.
　　지금 나에게는 와일드나 보들레르나 베를렌느나 끌로델이나 도스토예프스키나 톨스토이나 위고나 누구를 말할 것 없이 아무런 권위를 갖지 아니하였다. 아니다, 그들의 예술 그것이 지금 우리에게 아무 것도 주지 못하는 것같이 생각된다.
　　'예술은 길다'란 말은 새빨간 거짓말이다. 모든 예술은 죽었다. 얼마간 미온적 생명은 지금껏 지속하여 있으나 그 생명이 전적은 아니다. 그들

---

55) 김팔봉, 「나의 문학청년시대」, 『신동아』, 1934. 9, p.131.

의 모든 것은 모두 유한계급의 죄악일뿐이다. 나는 어떻게 하면 그만 이
것저것 다 내어버릴런지도 모른다.

　우리들에게는 새로운 진리를 현실 위에 세우지 않으면 아니 된다. 지
금껏 사람들이 해석하듯이 우리가 그렇게 예술을 해석해서는 아니 된다.
이러한 의미에서 당분간 나는 창작을 그만두겠다. 모든 것을 내어버리고
그리고 새 것을 취하겠다.

　지금 일본에서 일어난(1922) 프롤레타리아 문학은 아직도 완전히 본질
적으로는 되지 못하였다.

　박군! 우리는 여기서 생각하여 보자.

　"시인은 한 '리듬'을 발견하는 것으로 만족한다"고 말한 베를렌느나
말라르메는 죽어버렸다. 따라서 그들의 시작법에는 아무런 가치도 갖지
아니하였다. (……)56)

　팔봉 김기진이 자신의 영문 이니셜을 따서 '1922년 12월 26일 동경 KKC
로부터'라고 서명하고 있는 위 편지는 당시 변화하는 팔봉의 모습을 잘
보여주고 있다. 우리는 이 편지에서 다음과 같은 사실들을 유추하여 읽어
낼 수 있는 것이다.

　첫째, 팔봉 김기진이 박영희와는 다른 길을 걷기 시작했다는 사실이다.
이 편지는 그때까지 박영희와 함께 걸어 온 문학 지상주의의 길을 포기하
고 팔봉이 새로운 문학의 길, 사회주의 문학에의 길에 들어섰음을 분명하
게 보여 준다. 그러면서 그는 자신이 걸었던 길을 반성함으로써 박영희가
걸어가고 있는 문학의 길을 비판하는 동시에 자신이 선택한 새로운 길에
동참할 것을 은근히 권유하는 투로 이 편지를 썼다. '박군! 우리는 여기서
생각하여 보자'로 시작되는 이하의 대목들은 사실 박영희를 설득하기 위
한 내용들인 것이다. 박영희를 새길의 동반자로 끌어들이기 위한 김기진
의 이러한 편지와, 설득을 위한 귀국 후의 끈덕진 토론 작업은 23년 여름

---

56) 박영희, 「화염 속에 있는 서간철」, 『개벽』, 1925. 11, pp.127~128. 인용문에 나오는
　 한자는 한글로, 맞춤법 및 띄어쓰기는 현대어로 고쳤다.

까지 계속된다.

둘째, 김기진이 23년 5월에 귀국한 이후 쓰게 될 수필체 평론의 세계가 이미 이 시기에 어느 정도 성숙해 있음을 엿볼 수 있다. 신경향파 문학의 성립은 사실상 『개벽』을 무대로 김기진이 펼친 수필체 평론활동에 의해 이루어졌고, 그 수필의 세계는 1922년 동안에 마련된 것이다. "나는 근일 '조선'이라는 말을 입속으로만 중얼 거려도 곧 눈물이 난다"라는 말은 23년부터 25년 사이의 그의 수필에 빈번히 등장하는 구절이자 그의 수필 세계를 대변해 주는 말이다. 식민지 조선의 비참한 상태에 대한 지식인의 심정적 휴머니즘의 발로인 이 말은 그의 수필 세계에 있어서 계급사상보다 훨씬 원초적인 것으로 놓여 있었다. 그의 수필 세계가, 이러한 심정적 휴머니즘에 기반을 두고, 민족을 통해 계급사상에 이르는 과정을 보여준다면, 그 시작은 1922년에 이와 같은 방식으로 시작되고 있었던 셈이다.

셋째, 김기진은 '새로운 진리를 현실 우에 세우'기 위해 자신이 그때까지 모색해 온 모든 것을 내어던질 준비가 되어 있었다는 점이다. 이때 여기에서 새로운 진리란 무엇일까? 그것은 민족의 발견인가, 아니면 계급의 발견인가? 비록 빠르뷔스로부터 빌어온 말이긴 하지만 이 말 속에는 아마도 두 가지 의미가 함께 어우러진 어떤 모양이 들어 있었을 것이다. 그가 말하는 진리란 사실 객관적인 것이 아니며 억압 받고 있는 조선민족을 프롤레타리아트와 감정적으로 동일시하는 모습을 보여주기 때문이다. 그러나 그가 발견한 이 새로운 진리는 너무나 강렬한 것이어서 이 진리를 접한 지 얼마 되지 않아 자신의 과거를 부정하고, 『백조』를 쓰러뜨려 버리고, 20년대 초기 문단을 휩쓸면서 신경향파 문학을 탄생시키는 무서운 위력을 발휘하게 된다.

그렇다면 김기진의 이와 같은 변화는 어떤 과정을 통해 이루어진 것일까. 그것은 김기진과 일본 프로문학과의 만남을 검토해 보아야 풀리는 문제일 것이다.

일본의 프로문학은 1921년 2월에 간행된 『씨 뿌리는 사람(種蒔く人)』을 시발점으로 하여 점차 조직적인 모습으로 전개되기 시작했다. 『씨 뿌리는 사람』은 아키다현 쓰치사키정(秋田縣土崎町)에서 태어난 고마키 오우미(小牧近江)에 의해 만들어 졌으며, 그는 불란서 유학 시절에 앙리 빠르뷔스와 아나톨 프랑스가 주도한 클라르테 운동으로부터 커다란 영향을 받았다. 클라르테 운동이란 1917년 러시아의 10월 혁명 이후에 불란서에서 반볼셰비키 및 반쏘 반공 운동에 대항해서, 세계적으로는 프롤레타리아 혁명을, 부분적으로는 쏘비에트동맹을 지지하기 위해 전개된 일종의 지식인 운동이었다. 고마키 오우미는 개인적으로도 빠르뷔스와 친교가 있었던 사람으로서 귀국 후 이 클라르테 운동을 일본에서도 한번 일으켜 볼 생각으로 『씨 뿌리는 사람』을 창간했다.[57] 이 잡지가 팔봉에게 준 영향을 팔봉 자신은 이렇게 이야기하고 있다.

　이 무렵에 일본문단에서는 프롤레타리아문학이라는 것이 표현되기 시작해서 잡지 『신흥문학(新興文學)』이 발간되고 『씨 뿌리는 사람(種蒔く人)』이 꾸준히 간행되고 고마키 오우미(小牧近江)가 파리에서 돌아와 폴·필립을 소개하고 앙리·빠리뷔스를 소개하고 아오노 스에키치(靑野季吉), 무라마쓰 쇼고(村松正後), 히라바야시 하츠노스께(平林初之甫) 등의 새로운 유물사관적 견지에서 하는 문학평론이 우세하였다. 클라르테가 번역되고 『씨 뿌리는 사람』에 빠르뷔스 대 로맹·롤랑의 논쟁 전문이 게재되고 나서 일본의 프롤레타리아 문학은 더욱 활발하였다. 나는 이 때에 이것들에게서 크게 영향을 받았다. (……)
　『백조』 잡지를 조선에 있어서 『씨 뿌리는 사람』과 같은 것이 되도록 만들어 보자! 이것이 나의 희망이었다.[58]

---

57) 이상의 내용은 야마다 세이자부로(山田淸三郞)의 『フロレタリア문학사(하)』(동경 : 이론사, 1954), pp.267 ff를 참조할 것.
58) 김팔봉, 앞의 글, p.132.

김기진이『씨 뿌리는 사람』을 보았다면 그것은 1921년 10월 이후일 것이다. 고마키 오우미에 의해 처음 창간된 이 책은 200부 한정판이었던 만큼 김기진이 보았다고 믿기는 어렵다. 1921년 10월에 재창간된 이후의 것을 그는 보았음이 틀림없다. 그리고『신흥문학(新興文學)』은 1922년 11월에 창간호가 나왔으니까 김기진이 사회주의 사상에 공감하고 프롤레타리아 문학에 적극적 관심을 가지기 시작하게 된 것은 아마도 1922년 봄 이후일 것이다. 이점에 대해서는 뒤에 다시 고찰하기로 하자. 김기진은 이 시기에 고마키 오우미의 클라르테 운동 소개, 히라바야시 하츠노스께의「제4 계급의 문학」, 야마가와 히토시의「무산계급운동의 방향전환」, 아오노 스에키치의「사회비판과 그 계급적 입장」, 오스키 사카에의「무정부주의자가 본 러시아혁명」등 22년에 발표된 문제 평론들을 열심히 읽었다. 그러면서 그는 그 때까지 걸어온 소설가의 길을 포기하고 평론가가 될 마음을 은연중에 품게 된다.

그렇지만 당시에 일본에서 무서운 전파력을 가지고 번지기 시작한 프롤레타리아 문학 이론을 김기진이 체계적으로 학습한 것은 아니었다. 이 시기의 일본문학 자체가 무샤노꼬지 사네아쓰(武者小路實篤), 아리시마 다께오(有島武郎) 등의 이상사회이론과 마르크스의 계급사상을 동시적 차원에 놓고 있었듯이, 김기진 역시 그러했다. 팔봉에게 계급사상이란 논리의 차원이 아니라 식민지 조국과 관련된 감정의 차원에 놓여 있었던 것이다.『씨 뿌리는 사람』이 아리시마 다께오의 공상적 유토피아사상과 톨스토이의 박애정신과 빠르뷔스의 지식인 운동과 마르크스의 계급사상을 함께 수용하면서 "진리는 절대적이다"라고 서문에서 선언하고. "인간이 인간에 대해 이리가 된" 현실을 강력히 부정하고 있었듯이, 김기진 역시 같은 차원에서 식민지 조선의 현실을 부정하고 있었다. 그가 이 때의 자신을 가리켜 "사카이 도시히코(堺利彦), 야마카와 히토시(山川均), 오스키 사카에(大杉榮), 아소 히사시(麻生久), 사노 마나베(佐野學) 등의 평론을 주워 읽기를 좋아했다"라고 말하는 것을 우리는 앞에서 이야기한 맥락에서 받아들여야 하는 것이다.

이와 함께 우리는 김기진과 일본 프로문학과의 관계에서 더욱 커다란 힘으로 그를 사로잡은 것이 나카니시 이노스케(中西伊之助)와 아소 히사시(麻生久)의 소설이란 사실을 기억할 필요가 있다. 귀국 후 그가 「클라르테 운동의 세계화」라는 글을 『개벽』지에 싣고 있는 것으로 보아 고마키 오우미의 영향력도 상당했지만 그보다 1922년 내내 그의 마음을 뒤흔든 것은 나카니시 이노스케와 아소 히사시의 소설들이었다. 그는 박영희에게 보낸 앞의 편지에서 본 것처럼 '진리'라는 말을 치기어린 청년답게 남용함으로써 『씨 뿌리는 사람』의 클라르테 운동에서 받은 영향을 드러냈으며, '유한계급의 죄악'이란 말을 사용함으로써 프롤레타리아 이론에서 받은 영향을 보여 주었다. 그렇지만 그가 이러한 이론에 이끌리기 전에 그의 마음을 먼저 사로잡았던 것은 1922년 2월에 『개조』사에서 간행된 나카니시 이노스케(中西伊之助)의 『황토에 싹트는 것(赭土た芽ぐむもの)』이란 소설이었다. 이 작품은 "일본의 식민지 통치 아래 겪는 조선 농민의 가혹한 수난과 피통치민에 대한 한 일본인의 휴머니즘의 성장을 통해서, 일본 제국주의의 죄악을 파헤치고, 식민 통치와 천황제 하의 전제주의가 결국 양국민에게 무엇이었던가"[59]를 묻는 내용의 소설이었다. 김기진이 이 작품에 매료된 이유를 살펴보기 위해 먼저 작품의 줄거리를 간단히 요약해 보면 다음과 같다.

토착 농민 김기호(金基鎬)는 조상 대대로 물려받은 얼마 안 되는 토지를 지키며 사는 가난한 농부였다. 그러다가 H정청(政廳 – 평양 정청을 말함 : 필자 주)의 토지 강제 수용으로 땅을 빼앗긴 그는 보상금으로 받은 약간의 돈을 방탕한 아들에게 빼앗기지 않기 위해 한시도 몸에서 돈을 떼

---

59) 세리카와 데쓰요(芹川哲世), 「나카니시 이노스케(中西伊之助) 作品考 : '赭土た芽ぐむもの'에 대해서」, 『일어일문학연구』 4집, 1984.

놓지 않고 있었다. 그럭저럭하는 동안에 아내마저 병으로 죽은 후 그는 외로움을 달래기 위해 술을 먹고, 친구의 미망인 이소사(李召史)를 찾아 간다. 그의 친구 송우근(宋宇根)은 휴지화돼버린 구한국정부의 땅문서를 안고 익사했었다. 그러나 이소사는 아이를 키우기 위해 일본 사람이 경영 하는 술집의 작부로 전락해 있었고, 거기에서 김기호는 일본인 주인의 계략에 걸려 자신이 고이 간직했던 돈을 모두 탕진해 버리고 만다. 어느날 그는 이소사가 귀가한 틈을 타서 같이 살 것을 강요하지만 잘못하여 저항 하는 그녀와 아이를 살해하게 되고 드디어는 체포되어 사형 날짜를 기다 리는 신세가 된다.

한편 마지마 히사키치(槇島久吉)는 식민지에 건너와 신문기자 생활을 하는 일본 사람이다. 그에게 어느날 M탄광의 한 노동자로부터 비인간적 인 노동현실을 고발하는 투서가 들어온다. 현장을 둘러 본 마지마(槇島)는 M회사와 그 뒤에 도사린 대자본가 F조의 비인간적 행위를 발견하고 협박 과 회유에도 불구하고 열악한 노동 현실을 연일 신문에 대서특필 한다. 그러자 총독부에서는 신문을 발행정지시키고, 기자 마지마는 산업파괴를 기도했다는 죄목으로 투옥 당한다.

비좁은 방안에서 김기호와 만난 마지마는 김에게 마음이 끌린다. 그것 은 온화하고 선량하게 보이는 그가 살인자라는 사실이 도대체 믿어지지 않았기 때문이다. 어느날 마지마는 철창밖을 내다 보다가 파란 수의에 머 리를 가리운 김기호가 사형장으로 끌려가는 모습을 목격하게 되고, 여러 가지로 미묘하고 복잡한 감정에 사로잡히게 된다. 그리고 김기호가 죽은 후 마지마는 출옥하여, 방랑의 길에 오르게 된다.[60]

대략 이와 같은 줄거리를 지닌 이 작품은 여러 가지로 김기진에게 커 다란 충격을 주었다. 그것은 조선인들도 다루기를 꺼려하는 식민지 조선

---

60) 줄거리 요약은 야마다 세이자부로(山田淸三郎)의 앞의 책과 세리카와 데쓰요(芹川哲世) 의 앞의 논문에 의거했음.

의 농민문제와 노동문제를 일본 사람이 용기 있게 고발한 데 대한 부끄러움과 시기심이다. 모든 여건으로 보아 식민지 문제를 다루는데 일본인이 유리했지만 김기진에게는 그런 것은 문제가 아니었다. 우리들의 문제를 다른 나라 사람이 이처럼 적나라하게 파헤쳤다는 것은 곧 우리나라 문학인들의 열등함이자 그 자신의 열등함이라고 생각했다. 그러면서 자신이 그때까지 습작한 소설과 서울에서 전개되고 있는 문학에 대해 심각한 회의와 부정을 하기 시작했다. 박영희가 팔봉에게 계속 참가할 것을 권유하고 있는 『백조』라는 잡지는 도대체 얼마나 허공에 떠 있는 문학을 하고 있는가, 또 소위 문사들이란 얼마나 고급스런 사치에 매달리는 존재들이냐 등의 생각을 하게 된 것이다. 그의 이런 생각은 나카니시 이노스케의 체험 앞에서 더욱 강화되었으며 『너희들의 배후에서(汝等の背後より)』라는 작품을 읽었을 때 절정에 달하게 된다.

나카니시 이노스케는 가난한 농가에서 태어났고, 태어날 때부터 가정상의 문제로 호적상 사생아가 된 사람이다. 조부모 손에 길러진 그는 14살이 되기까지 조부의 농사일을 거들다가 도시화의 여파로 그 소작지마저 빼앗기게 되자 공장을 전전하며 다양한 노동에 종사한다. 18살에 동경으로 온 그는 인력거꾼, 신문배달부 등의 일을 하며 고학을 하다가 점차 사회주의 사상에 물들게 된다. 그리하여 사카이 도시히코(堺利彦), 고토쿠 슈스이(幸德秋水) 등이 전개하던 '수평사(水平社) 운동'에 공감하고 1905년에는 민중봉기에 가담했다가 투옥 당한다. 이후 입대했다 제대한 그는 생계문제로 1909년 재혼한 어머니를 찾아 평양에 와서 『평양일보』와 『평양인민신문』의 기자생활을 하게 되는 데, 이 때 후지타 덴자브로(藤田傳三郎) 소유 광산의 노동자 학대 사실을 생생히 보도하여 투옥 당한다. 약 8개월 동안 한국 사람들과 함께 비참한 감옥생활을 체험한 후 1915년경에 만주를 거쳐서 일본으로 돌아간 그는 1919년까지 대학을 전전하다가 노동운동에 가담하여 1920년 2월에 다시 투옥당한다.

나카니시 이노스케(中西伊之助)는 이런 성장환경과 실제체험을 가지고
있는 사람으로, 자신의 체험을 바탕으로 일본 제국주의에 비판적인 소설
을 썼다. 『황토에 싹트는 것』이란 소설에 등장하는 기자 마지마의 모습에
서 알 수 있듯 자신의 분신이라 할 수 있는 인물을 주인공으로 등장시키
는 수법으로 체험을 소설화 시킨 것이다. 그런데 팔봉은 이 체험 앞에서
일단 모자를 벗고 경의를 표하지 않을 수 없었다. 식민지 조선의 유학생
인 자신보다 훨씬 고난에 찬 생애를 살아 온 일본인이 조선의 비참한 현
실을 어떤 조선작가보다 더 생생하고 용기 있게 그린 까닭이다. 그리고 다
시 아소 히사시의 체험 앞에서 팔봉은 모자를 벗고 경의를 표하면서 시기
심을 느끼지 않을 수 없었다. 동경제국대학 출신이란 뛰어난 학벌을 가진
사람이 고통받는 민중들을 위해 소설을 쓰며, 위험한 선구자의 길을 걸음
으로써 문명을 날리는 것을 보고 팔봉은 그렇게 하지 않을 수 없었다.

그렇다면 여기에서 잠시 시선을 돌려 팔봉 김기진에게 커다란 영향을
준 아소 히사시란 어떤 인물인지 좀 더 자세하게 알아보기로 하자. 김기
진은 동경에서 직접 만나 가르침을 받았던 이 사람에 대해 이렇게 기록하
고 있다. "일본의 사회주의자 아소 히사시와 가끔 접촉하면서 그의 권고
도 듣고 (……) 이래 저래 사상의 변화를 일으키었다. (……) 그는 사노
마나베(佐野學)와 동기동창이었고 『탁류(濁流)에 헤엄치다』라는 저서로써
사회운동가 중에서는 제 일류의 문명을 날리던 시절의 이야기다"[61]라고.

아소 히사시는 동경제국대학 출신의 인텔리로서 『탁류에 헤엄치다』와
『여명』이라는 자전적 소설을 남겼다. 『탁류에 헤엄치다』에서 그는 태어
나서부터 대학을 마칠 때까지의 일들을 순차적으로 기술했다. 인습적인
가정에서 태어난 그는 어린 시절 폭군적 기질이 있는 아버지에게 시달리
고 린치를 당하면서 이 때부터 권력에 대한 반항심을 키운다. 그리고 자

---

61) 김팔봉, 「한국문단측면사(4)」, 『사상계』, 1956. 11, pp.130~139.

라면서 자유주의와 사회주의 사상에 관심을 가지기 시작한다. 중학시절부터 톨스토이, 도스토예프스키, 고리키 등 러시아 작가들을 탐독한 그는 『탁류에 헤엄치다』에서 온갖 어려움을 겪으며 탁류를 빠져나와 사회주의라는 이상에 도달하게 되는 한 청년의 모습을 그렸다. 낭만적인 영혼의 성장사를 기록한 이 소설과, 사회운동·노동운동에 뛰어든 자신과 동료들의 모습을 실명을 사용하여 그린 『여명』은 그의 대표작이다.(『여명』은 1924년에 간행되었고 김기진이 이 소설을 읽었다면 귀국 후였을 것이다.)

　김기진은 1922년 후반기에 학교에는 제대로 출석도 하지 않은 채 사회주의 관계 서적을 탐독하고 아소 히사시를 간혹 방문하면서 하루하루를 보내고 있었다. 당시 그의 동경 생활은 미래를 위한 일종의 방황기였다. 이 때 아소 히사시는 김기진에게 국제 사회주의운동의 전개상을 설명해 주었다. 특히 1918년 이후의 세계정세를 러시아의 10월 혁명과 일본의 쌀소동을 예로 들며 설명해 주었다. 아소 히사시는 쌀소동 이후 일본에서 급속히 성장하고 있던 사회운동과 농민운동을 예로 들며 조만간 일본 역시 사회주의 국가로 바뀔 것이라 예언했고 팔봉은 이러한 예언적 논리에 고무되고 감동받았다. 그렇게 되면 식민지 조선도 해방이 된다. 김상도 조국에 돌아가서 사회주의 혁명의 씨앗을 뿌려라[62] 하는 이야기는, 이상적 사회주의자의 낭만적 꿈이 만들어낸 이야기였지만, 갓 스무살의 팔봉에게는 감동적인 이야기가 아닐 수 없었다. 더구나 아소 히사시는 러시아 문학에 박식했고, 짜르 체제 하에서 김기진과 같은 청년 학생들의 민중운동을 그린 『처녀지』 같은 작품을 적절히 동원하면서 논리적으로 이야기했다. 조선이야말로 50년 전의 러시아와 같은 처녀지다. 이 처녀지에 씨를 뿌리는 쏠로민과 같은 사람이 되라는 일본 최고 지식인의 말은 팔봉의 앞날에 결정적인 영향을 미칠 정도로, 눈물이 나올 정도로 감동적인 이야

---

62) 팔봉과 필자와의 대담(1980. 4. 20).

기였다. 그가 "이 때 일본에는 『씨 뿌리는 사람』이라는 잡지가 있었다. 조그마한 종합지였다. 나는 잡지의 이름을 매우 좋게 생각하였다. 그래서 나도 '씨 뿌리는 사람 중의 한사람'이 되고 싶었다"[63]라고 써놓고 있는 것이 이 점을 잘 입증해 준다. 단순하게 잡지의 이름이 마음에 들어서 그렇게 되고 싶었다는 말이 아니라 조선의 미래를 바꾸기 위해 그렇게 되겠다는 이야기인 것이다. '씨 뿌리는 사람'이란 말에 대한 매혹 뒤에는 김기진과 아소 히사시와의 관계가 도사리고 있었기 때문에 그러한 희망이 비로소 가능할 수 있었던 것이다. 그래서 팔봉은 이 시기 자신의 희망과 갈등에 대해 다음처럼 써 놓고 있다.

> (……) "김상은 문학은 해서 무엇하려고 하시오? 당신은 뚜르게네프를 좋아하신댔지요? 당신들의 조선은 오십년전의 ×××(러시아―필자 주)와도 방불한 점이 많이 있을 것이오. '처녀지'에 씨를 뿌리시오. '쏠로민'이 되십시오. '뚜르게네프'가 될 것이 아니라 '인사로프'가 되던지 '쏠로민'이 되는 것이 얼마나 유의의(有意義)한 일인지 모르오."
>
> 어느날 나는 아소 히사시(麻生久)의 집에서 이런 말을 듣고 돌아와서 문학(文學)을 버릴까, 실지(實地)로 달아날까…… 퍽 고민했다. 나한테 이같이 가르치는 저는 『탁류(濁流)에 헤엄친다』를 출판까지 하고 문명을 올리면서 후배에게는 그까짓 문명같은 것은 내버리라고 하니 될 말인가 이렇게 아소 히사시를 원망도 했었다.
>
> "두 가지를 다 하면 그만이다!" 나는 필경 이런 결론을 지어냈다. 표현하고 싶다. (……) 부르짖고 싶다. 여러 사람 앞에 나서서 떠들고 싶다. 이 따위 충동이 몸속으로부터 북받쳐 올라오는 때문이었다. 나카니시 이노스케의 『황토에 싹트는 것』이 나온 다음에 또 『너희들의 배후에서』가 나온다는 소식을 신문에서 보고서 그것이 점두(店頭)에 나타남을 얼마나 기다렸는지 모른다. 급기야 책사에서 처음 그것을 발견하고 잠시 서서 보다가 기쁜 마음으로 사가지고 집에 들어가서는 밤중에 이불 속에서 읽

---

63) 김팔봉, 앞의 글, p.139.

기 시작해서는 밤을 꼬박 새워버렸다.

　"조선사람들에게 모두 이 소설을 읽혀야 하겠다." 나는 이렇게 생각할
만큼 그 소설에서 감격을 받았었다. "역시 문학은 내버릴 수 없다." 그리
고는 이렇게 결심했었다.64)

　아소 히사시가 제기한 뚜르게네프냐 쏠로민이냐 하는 명제는 김기진을
당혹스럽게 한 것임에 틀림없다. 서울에서 활동하고 있는 박영희에 대해
은근한 라이벌 의식을 느끼면서, 서울문단을 제압하고 조선 땅에서 문명
을 드높일 수 있는 방법을 일본 프로문학에서 찾고 있는 야심만만한 젊은
이 앞에 던져진 이 명제는 몹시나 곤혹스러운 것이었다. 뚜르게네프냐,
쏠로민이냐는, 다른 말로 바꾸어 문학(文學)이냐 실지(實地)냐로 표현되는
이것은, 문학과 실천적인 사회운동 중 어느 것을 선택할 것인가 하는 명
제이다. 그런데 김기진은 이 명제를 문사로서의 명성과 관련시켜 받아들
였다. 전자는 명성을 얻는 길이고 후자는 진실되게 사는 길이라고 그는
해석한 것이다. 그리고 그는 나카니시 이노스케와 아소 히사시처럼 명성
과 진실된 삶, 이 두 가지를 모두 움켜쥐겠다는 야심을 표명하고 있는 것
이다. 그러나 우리는 여기에서 두 마리의 토끼를 모두 잡겠다는 그의 태
도가 실은 뚜르게네프에의 길을 선택한 것에 지나지 않는다는 것을 알아
차릴 필요가 있다. 김기진은 이론적으로는 쏠로민의 실천적 삶이 더 의미
가 있다는 것을 인정하면서도 자신은 나카니시 이노스케와 아소 히사시
처럼 글을 써서 세상에 이름을 떨치는 길을 걷겠다는 태도를 분명하게 드
러내고 있기 때문이다. 위의 인용문이 보여주는, 이 두 길을 모두 성공적
으로 걸어왔다고 생각하는 나카니시 이노스케와 아소 히사시에 대한 존
경심과 부끄러움, 시기심과 부러움은 팔봉의 곤혹스런 심리를 드러내주고
있다.

---

64) 김팔봉, 같은 글, pp.131~132.

김기진이 조선땅에 새로운 문학의 씨앗을 뿌리려고 했을 때, 다시 말해 뚜르게네프가 되고자 했을 때 함께 할 대상으로 떠오른 것은 '토월회'와 『백조』였다. 동경 18번지에서 함께 생활하는 친구들로 조직된 '토월회'와 자기에게 동인 교섭이 와 있는 『백조』가 손쉽게 자신의 생각을 펴볼 수 있는 대상이었다. "『백조』 잡지를 조선에 있어서 『씨 뿌리는 사람』과 같은 것이 되도록 만들어보자. 이것이 나의 희망이었다"65)라고 그는 말했었다. 그래서 김기진은 이 '희망'을 품고 '토월회' 그룹과는 열심히 독서토론을 전개했으며 박영희와 박종화에게는 설득하는 편지를 썼다. 이 때 박종화에게 쓴 편지가 그러한 모습을 증언해 주고 있다.

> 『백조』라는 기관지를 둘러싸고서 모인 여러분들은 지금부터 디디고 서있는 땅덩이 속을 똑똑이 보고 설 필요가 있겠습니다.
> 월탄(月灘)형, 형이 얼마나 한 운동을 소위 문학청년들에게 던지어 줄런지는 알 수 없으나 과연 형의 두 어깨에 놓인 그것을 생각해 보소서, 발바닥 밑을 들여다 보면 우리가 소위 예술이라는 형상에 도취할 여유가 있을런지요-이와 같은 말은 회월(懷月)형에게도 드릴 필요가 있는 줄 압니다. (……)
> 소위 예술이니 무엇이니 하는 서푼짜리 문사들의 머리 위에 바늘을 한 개씩 꽂아 놓으소서66)

1923년 3월과 4월 동안에 팔봉은 이런 편지를 부지런히 써서 박영희와 박종화에게 보냈다. 그리고 '토월회' 그룹과는 국내 공연을 계획하기 시작했다. 이 때 김기진의 용기를 부채질해 주고 있었던 사람이 아소 히사시이며, 불을 당긴 작품이 바로 『너희들의 배후에서』였다. 나카니시 이노스케의 장편 『너희들의 배후에서』는 『황토에 싹트는 것』의 속편으로 김

---

65) 김팔봉, 앞의 글, p.132.
66) 박종화, 『청태집(靑苔集)』(서울 : 영창서관, 1942), pp.167~168.

기호의 아들 김성준(金成俊)이 주인공으로 등장하는 소설이다. 감옥에서
아버지와 만나고 아버지의 사형을 목격한 김성준은 7년간의 옥살이 후
혁명가의 길을 걷는다. 교회의 심부름꾼으로 일하면서 식민지 조선의 모
순점을 조금씩 파악하고, 또 조선독립을 위해 싸우는 혁명가들과 교분을
맺기 시작하면서 한 사람의 혁명가로 성장해 나가는 것이다. 이 과정을
사건 중심으로 그리고 있는 이 소설이 23년 2월에『개조』사에서 간행되
자 김기진은 재빠르게 구입해서 읽었다. 그리고는 주변의 '토월회' 친구
들에게 읽기를 권유하고 박영희와 박종화에게는 편지와 함께 직접 책을
사서 부치는 열성을 보였다. 월탄은 이 사실을 두고 "그 이전에 동경에
있을 때는 나까니시(中西)의『너의 배후(背後)에서』를 우편으로까지 부쳐
주며 읽어보라 정성껏 권하였다"[67]라고 쓰고 있다.

　이처럼 22년에서 23년 초까지 김기진이 일본 프롤레타리아 문학과 관
계를 맺는데 가장 핵심적으로 작용한 것은 나카니시 이노스케와 아소 히
사시의 체험적 소설 및 아소 히사시와의 만남이었다. 이러한 만남과 독서
를 통해 팔봉은 새로운 문학, 새로운 세상을 정열적으로 상상하고 설계했
다. 자신이 의미 있게 받아들인 새로운 이념적 문학의 모순점을 찾기보다
는 그것을 자신의 것으로 만드는 데 탐욕스러웠다. 그래서 나카니시 이노
스케가『황토에 싹트는 것』에서 조선사람을 '토인(土人 : 원주민, 야만인
으로 읽힐 수 있음—필자 주)'이라고 표현하며, 무의식중에 일본사람과
조선사람 사이에 문명과 야만의 경계를 그어놓은 것 따위는 전혀 느끼지
못하고 있었다. 이 말이 문제가 되어 조선인에 대한 우월감 문제가 제기
되는 것은 1925년 8월에 와서의 일이었다.[68]

67) 박종화, 앞의 책, p.168.
68) 박영희, 「초창기의 문단측면사(4회)」, 『현대문학』 59. 12, pp.264~266.

5. 사회주의를 통한 '사회'의 발견

유교적인 문화 배경을 완강하게 지니고 있던 한국사회 속에서 자라난 한국사람들이 '국가'와 구별되는 '사회'의 의미를 본격적으로 탐구하기 시작하는 것은 맑시즘의 충격을 받으면서부터이다. 국가가 정치, 경제, 사회, 문화 모든 분야를 통제하고 지배하던 질서체계에 대해 맑시즘의 세례를 받은 사람들은 의혹과 부정의 눈길을 던지며 사회적 갈등과 대립에 기초한 다원적인 세계를 읽기 시작한 것이다. 사회라는 것은 지배자를 중심으로 한 불변의 질서체계가 아니라 복잡한 이해집단이 일정한 역학관계 속에서 만들어낸 임의의 질서체계임을 그들은 깨닫기 시작했다. 그리하여 사회주의자들은 주어진 어떤 질서에 일방적으로 순응하기보다는 그 질서의 밑바닥에 놓인 '사회'의 복잡한 모습에 더욱 많은 관심을 가졌는데 그것은 여러 가지 측면에서 중요한 변화라 볼 수 있는 것이었다.

사회주의자들이 이러한 관심을 가지기 이전에도 물론 사회 그 자체는 복잡하고 다원적인 모습을 띠고 있었다. 그러나 사회를 읽어내는 사람들의 시선은 그러한 모습을 포착할 준비가 되어있지 않았다. 그러므로 사회주의자들은 강점은 그때까지 유교사회의 시선으로 사회를 바라보던 자세에서 백팔십도로 전환하여 마르크스주의자의 시선으로 국가를 바라보게 되었다는 데에 있다. 이제 그들의 눈에 비친 사회는 단일한 세상이 아니라, 계급의 이해관계에 의해 분열되고 짓찢겨 있는 모습이 되었다.

김기진은 1922년 초부터 서서히 사회주의 문학에 빠져들기 시작하면서 문학은 도대체 무엇을 할 수 있는가를 생각하기 시작했다. '문학이 무엇을 할 수 있는가?'라는 질문은 이때의 그에겐 '문학이 어떻게 즐거움을 주는가?'라는 질문과는 전혀 다른 차원의 것이었다. 그것은 복잡하게 짓찢겨져 있는 사회와 이러한 사회의 확대판인 세계 속에서 도대체 문학이 무엇을 할 수 있는가 하는 것이었다. 앙리 빠르뷔스의 클라르테 운동을 배우고 아리시마 마께오(有島武郞)의 「선언하나(宣言一つ)」에 접하고, 고마끼 오우미(小牧近江)의 『씨 뿌리는 사람』을 읽으면서 그가 느끼고 생각한 것은 문학이 도대체 이 복잡하게 얽혀 있는 사회의 여러 모순들, 특히 계급적 이해관계의 모순들을 해결하기 위해 무엇을 할 수 있는가 하는 것이었다. 그리고 이 질문은 당연하게도 자신의 조국 조선의 문제로 옮겨가지 않을 수 없었다. 조선인인 그에게 '문학이 무엇을 할 수 있는가?'라는 물음의 구체적 형태는 '조선에서 문학은 무엇을 할 수 있는가?'라는 물음이 될 수밖에 없었던 것이다. 그리고 또 당연하게도 이 질문은 '지금의 조선문학은 어떠하며, 무엇을 하고 있는가?'라는 반성과 연결될 수밖에 없었다.

김기진에게 떠오른 이와 같은 생각들은 복잡한 사회적 갈등을 문학적 문제로 삼아 빠른 속도로 성장하고 있던 일본의 프로문학 속에서 배태된 것이었다. 그런 만큼 상대적으로 조선의 사회와 조선문학을 새롭게 변화시켜야 한다는 그의 사명감과 조바심은 클 수밖에 없었다. 박영희와 박종화에게 써 보낸 수많은 편지, 그들에게 읽어보라고 부쳐준 나카니시 이노스케(中西伊之助)의 소설, 그리고 '토월회'의 조직과 귀국 공연, 이 모든 것들 속에는 그의 이러한 조바심이 들어 있다. 더구나 그의 조바심은 아소 히사시(麻生久)가 의해 러시아 혁명과 유사한 일본의 사회주의 혁명이 임박했다고 예언하면서 더욱 커질 수밖에 없었다.

나는 나대로 일본서 다이쇼 10년(1921년―필자 주)을 전후해서 사회주의 운동이 사상운동의 지경을 넘어서 가지고 조합운동으로 진전하는 그러한 사회환경 가운데서 공부하고 있었다. 그러다가 앙리 빠르뷔스의 '클라르테'를 읽고, 또 로망 로랑과 빠르뷔스와의 오랫동안 연속된 논쟁문을 읽고 일본의 사회주의자 아소 히사시(麻生久)와 가끔 접촉하면서 그의 권고도 듣고…… 이래저래 사상의 변화를 일으키었다. 이때 일본에는 『씨를 뿌리는 사람』이라는 잡지가 있었다.[69]

아소 히사시(麻生久)가 김기진에게 세상이 바뀔 날이 멀지 않았으니 고
국에 돌아가서 사회주의 사상의 씨를 뿌리라고 충고하도 김기진이 이를
긍정적으로 받아들이는 배경에는 다이쇼 데모크라시라고 부르는 시기의
일본이 놓여 있었다. 김기진이 말하는 1921년 전후의 일본에서는 급속하
게 제국주의 국가로 급조되는 과정이 만들어낸 수많은 사회적 모순이 처
음으로 맛보는 근대적 자유 속에서 터져 나오고 있었다. 세계역사상 처음
으로 소비에트 정권이 러시아에 수립되고, 일본에서는 쌀소동, 전후공황,
노동운동의 격화, 사회주의 동맹의 결성과 해산 등의 사건이 잇따랐던 시
기가 바로 이 다이쇼 중기였다. 이러한 긴박한 분위기의 일본 문단에는
노동문제, 민중문화론, 지식계급론 등이 환기될 수밖에 없었고 그 대표적
인 것이 나카노 히데토(中野秀人)의 「제4계급의 문학」이었다. "제4계급의
문학은 동정이나 애원의 문학이 아니라 반항과 투쟁의 문학"임을 주장하
는 이 글은 어쨌든 지식인 작가들에게 변화하는 사회 속에서 자기검열을
엄격하게 수행할 것을 촉구한 것이기도 했다.70) 우리가 이러한 당시 상황
과 이러한 상황 속에 있던 지식인들의 조바심을 이해하기 위해서는 마루
야마 마사오(丸山眞男)의 다음과 같은 말을 음미할 필요가 있다. "「선언하나」
와 「제4계급의 문학」, 그리고 『씨 뿌리는 사람』을 거쳐 프롤레타리아 문
학에 이르는 '창작활동과 조직활동의 관련을 둘러싼 시끄러운 논의"를 이
해하자면 그 "배경에 '혁명'이라는 발소리가 둘레에서 우뢰와 같이 울리
고 있다는 절박감을 감안해야 할 것"71)이라고 그는 말하고 있는 것이다.
김기진은 바로 이 절박감, 조바심을 가지고 고국에 돌아 왔다.
　김기진은 1923년 5월에 '토월회' 연극 공연을 준비하기 위해 서울에 돌

---

69) 김기진, 「한국문단측면사(4)」, 『사상계』, 1956. 11, p.139.
70) 미타케 유키오(三竹行雄)·타케모리 텐유(竹盛天雄) 편, 『近代文學 5』(東京 : 有斐閣, 1977),
　　pp.19~20.
71) 마루야마 마사오, 박준황 역, 『日本の 思想』(서울 : 종로서적, 1981), p.84.

아왔다. 이 귀국의 배경에는 강숙열이라는 한 여인에 대한 그의 열정이 개인적인 이유로 자리 잡고 있었지만, 우리가 여기에서 주목해야 할 점은 그가 이때까지 뚜르게네프의 길과 쏠로민의 길 사이에서 방향을 확실하게 결정하지 못한 상태에 있었다는 사실이다. 그에게 '토월회'는 어디까지나 조선의 민중 혹은 피압박 계급에 이르는 수단이었지 그것 자체가 그의 본질적인 목적은 아니었다. 이론과 실천의 관계를 나름대로 정치하게 정립하지 못한 21살의 젊은이였던 그는 아직 뚜르게네프의 길(문학인으로서의 길)과 쏠로민의 길(사회주의 운동가로서의 길) 사이에서 방황하고 있었다. 이 점은 이영수(가명)라는 원산출신 여학생과의 만남에서 다음과 같은 이야기로 나타난다.

"저는 기진씨를 진심으로 사랑해요. 그러니까 기진씨도 저를 사랑해 주세요. 제 소원은 세 가지예요. 저를 데리고 로시아로 공부를 같이 가주세요. 이것이 안 되겠으면 저를 데리고 일본으로 유학을 같이 가주세요. 이 두 가지가 다 안 된다면 원산에 있는 저의 집으로 같이 가서 바닷가에서 한평생 같이 살아주세요 (……) 이 세 가지가 저의 소원예요!"
그는 이렇게 말하고 뜨거운 눈으로 나를 바라보는 것이었다. 그러나 나는 냉정한 채로 있었다. 그리고서 천천히 대답하였다.
"영수씨 그렇게 나를 사랑하신다니 참 고맙습니다. 그러나 나는 사랑하는 사람이 있습니다. 그래서 한꺼번에 두 사람을 사랑하지 못합니다."
이렇게 말했더니 영수는 눈을 날카롭게 뜨고서 나를 바라보며
"나두 알고 있어요. 이서구(李瑞求) 오빠한테서 죄다 들었어요. 기진씨는 K를 사랑하신다죠? K가 머가 이뻐요? K는 또 기진씨한테 아직도 사랑하겠다는 승낙을 하지 않았다고 하잖아요? 그러니까 기진씬 저를 사랑해 주세요. 네, 네."[72]

이 이야기는 김기진이 동경에서 귀국하여 서울역에 도착했을 때 이서

---

72) 김기진, 「우리가 걸어온 30년(2), 신문예 운동의 전야」, 『사상계』, 458. 9, p.232.

구가 마중 보낸 처녀와의 사이에 있었던 일을 적어 놓은 것이다. 다소 엉뚱한 예문이 되었는지 모르겠으나 필자는 이 이야기 속에서 뚜르게네프와 쏠로민 사이를 오가는 김기진의 방황을 읽고 싶다. 뚜르게네프의 『처녀지』에서 네즈다노프를 버리고 쏠로민을 선택하는 처녀와는 다른 이야기이긴 하지만 우리는 이영수라는 처녀의 말을 통해 당시 김기진의 마음을 읽을 수 있다. 우리는 이 처녀가 밑도 끝도 없이 러시아 유학 이야기를 꺼냈다고 생각할 수는 없기 때문이다. 몇 차례 김기진과의 만남을 통해서 혹은 이서구의 입을 통해서 김기진이 러시아 유학에 대한 어떤 꿈을 가지고 있다는 이야기를 그녀가 들었기에 이런 제의가 가능했을 것이다. 이 점은 김기진이 귀국 당시에 자기 심정을 적어 놓은 "이제 서울로 가서 K한테 편지를 하고서 올라오라 한 후에 K의 승낙을 받아가지고 서울서 같이 살던지…… K를 데리고서 로시아로 공부하러 가든지"[73]라는 구절에서도 알 수 있다. 그리고 김기진이 러시아 유학을 꿈꾸었다면 그것은 당시의 일반적 풍조가 그렇듯이 사회주의 운동에 대한 낭만적 끌림 때문이었다고 볼 수 있다. 사회주의 운동, 즉 쏠로민의 길은 아소 히사시(麻生久)가 그에게 권한 것이었고, 그는 아소 히사시(麻生久)의 권고를 부정할 만한 논리적 근거를 그때까지 가지지 못하고 있었다.

뚜르게네프와 쏠로민의 길 사이에서의, 이와 같은 김기진의 방황을 좀 더 분명하게 엿보기 위해서는 실천운동에 대한 김기진의 태도를 탐색해 볼 필요가 있다. 김기진은 유학 중 두 차례 귀국을 했다. 1921년 여름과 1922년 여름의 귀국이 그것이다. 이때 그가 서울에서 보고 만난 사람에 대해 그는 다음처럼 적고 있다.

---

73) 위의 글, p.229.

　1921년-내가 동경에 건너간 그 이듬해 여름에 방학이 되어서 고국에
돌아와 보니, 서울에는 '청년회연합회'라는 것이 있고, 또 '노동공제회'라
는 것이 생겼다. (……)
　'서울청년회'에는 아는 사람이 하나 있었으니 그 사람이 정백(鄭柏 : 鄭
知鉉)이다. 정은 그전에 내가 동경에 유학가기 전에 고범(孤帆 : 이서구의
호-필자 주)과 함께 안국동에 있던 『서광(曙光)』 잡지사에 찾아가서 만나
본 일이 있었다.
　하루는 전동(典洞)을 지나다가 시천교당(侍天敎堂) 뒤 전차길가에 있는
서울청년회관에 들렀더니 정백은 거기 있었다. 잠간 이야기하는 동안에
정은 나에게 신일용(辛日鎔)을 소개해 주었고 조금 있다가 밖에서 들어온
김명식(金明植)을 소개해 주었다. 모두 나보다 두 살 내지 7, 8세 더 먹어
보이는 선배들이었다.[74]

　김기진이 고국에 돌아와서 본 것은 각종 사회운동단체가 발흥하는 것
이었다. 그러나 1921년도까지는 아직 국내의 사회단체들이 사상적 색채
를 선명하게 드러내기 전이었으며, 상당수 사회단체에서 그 주도권을 민
족 개량주의자들이 장악하고 있었다. 노동공제회와 서울청년회 역시 그러
한 형편에 있었다. 이 상태가 역전되는 것은 1922년 친일파 김윤식 자작
의 장례식 문제를 둘러싸고 논란이 일어나고, 「민족 개조론」 사건으로 이
광수가 집중 성토를 당하면서부터인데, 23년 봄까지는 대부분의 사회단체
가 사회주의자들의 손에 장악된다.[75]
　김기진이 이 시기에 서울청년회의 핵심 간부인 정백, 신일용, 김명식
등을 만났다 하더라도 그것은 사회주의운동에 대한 관심 때문이라기보다
는 친분관계 때문이었을 것이다. 그 이유는 1921년 1월에 조직된 '서울청
년회'는 22년 좌익 무산자동맹이 창립될 때까지 장덕수(張德秀) 등 민족
개량주의자들이 이끌고 있었고, 또 일본에서 귀국한 김기진은 박영희와

74) 위의 글, 『사상계』, 1958. 8, p.203.
75) 서대숙 저, 현대사연구회 역, 『한국공산주의 운동사』(서울 : 禾多, 1985), pp.66~67.

함께 보들레르, 오스카 와일드 등을 탐독하고 지냈기 때문이다. 그러나 분명한 것은 한국사회가 무엇인가 달라지고 있다는 느낌을 그가 받았다는 점이다.

이 느낌이 유미주의자 박영희가 귀국한 후 그로 하여금 사회주의에 대해 적극적으로 관심을 가지게 만드는 어떤 계기로 작용했는지는 확실히 말할 수 없다. 그렇지만 김기진과 '서울청년회' 인물들과의 오랜 친분관계를 생각한다면 21년도의 이 만남은 대단히 인상적인 사건이었음에 틀림없다. 그것은 오랫동안 유아기적 우정관계를 유지해 온 박영희·김복진의 관계와는 다른 관계, 성숙한 어른의 관계로 마주서야 한 사람들이 바로 '서울청년회'의 사람들이었기에 더욱 그러했다.

23년 5월에 다시 귀국했을 때 팔봉은 박영희, 박종화 등 백조파의 인물들과 해후하는 즐거움을 누릴 수 있었다. 그러나 이미 이때의 그들은 조선의 현실과 거리가 먼 문학을 하고 있는, 자신이 설복시켜서 변화시켜야 할 대상이라는 사상적 거리감을 가지고 있었다. 반면에 『신생활』[76]사의 정백, 이성태, 신일용, 김명식, 유진희 등은 사상적 동지로서 그를 반갑게 맞이해 줄 자세를 갖추고 있었다. 김기진은 20년대 초의 한국 문단에 어떤 확실한 사상적 동지도 가지지 못하고 있었기 때문이다. 따라서 23년 7월경 박영희를 완전히 설복시킬 때까지 문인으로서의 팔봉은 외로울 수밖에 없었다. 그는 자신의 이 외로움을 『백조』 3호에 「한 개의 불빛」이란 시로 썼다.

연못아! 오랫동안 너는 담을고 왔다!

아아 그러나, 지금에 이르러

---

76) 1922년도 당시 한국최대의 잡지로 발행부수 일만을 기록함. '서울청년회'에 장악된 잡지였음.

너는 얼마나 큰 이약이를 하느냐

—오늘 이 밤에

　건너 편에 서 있는 한 개의 불빛이

　너에게 열쇠를 준 것이다!—

오오, 너는 얼마나 큰 이약이를 하고 있느냐,

지금

나는 너에게 귀를 기울여—

아아, 들어라 이 크나큰 부르지즘을!

　김기진이 섭렵한 사회주의 문학과 사회주의 이론, 그것을 우리가 여기에서 '한 개의 불빛'이라 상정한다면 그가 혼자 지닌 불빛은 귀국 당시 외롭기 짝이 없는 것이었다. 그의 불빛을 보고 자발적으로 찾아 올 동지도 없었고, 그의 이야기를 귀기우려 들어줄 문인도 많지 않았다. 그러나 이성태는 김기진의 글을 읽고 자발적으로 찾아 왔으며 그를 동지로 반겼다. 뚜르게네프의 길에서는 외롭기 그지없는 그였으나 쏠로민의 길에는 많은 동지들이 그를 반겨주고 있었던 것이다. 21살의 젊은이로서, 치밀하고 세련된 이론으로 무장한 이론가는 못되었지만, 나름대로 식민지 조선의 문제를 포착할 수 있는 안목을 가지고 돌아온 그가 부딪힌 이 풍경 앞에서 그는 당황하지 않을 수 없었다. 그는 한때 쏠로민의 길을 걸으라는 아소 히사시(麻生久)를 은근히 원망하며 내심으로는 쏠로민과 뚜르게네프의 양면을 모두 움켜쥐겠다는 욕심까지 부렸었기 때문이다.

　김기진은 23년 말까지 '토월회'를 통한 민중교화에 정열을 쏟았지만 별다른 성과를 얻지 못했다. 그리하여 그는 "'민중의 교화'니 '신극운동'이니 하고서, 아직 가까운 일본에서도 시험해보지 못한 1막극 4개를 가지고 나온 것"이 무모했다고 생각하며, "'이만한 레벨에는 있으리라'하는 추측으로" 공연을 강행한 것이 잘못이라고 반성한다. 그리하여 "조선와서, 물

론 연출에도 어느 점까지는 불성공하였겠지만, 요모양으로 실패된 것은,
현명한 듯하고도 미련한 민중이 그만한 레벨에도 도착하여 있지 못한 까
닭이다."[77]라는 원망이 섞인 견해까지 토로한다. 그가 최초로 한국 땅에서
열심히 노력했던 뚜르게네프로서의 길에 대한 실망, 그리고 20년대 초반의
퇴폐적인 한국문단 풍토-이런 것들 앞에서 그는 일시적으로 외로운 심정
을 가누기 힘들었던 것이다. 그가 생각하기에 지배와 피지배, 억압과 착취
이런 관계로 얼룩져 있는 한국사회에서 새로운 문학의 씨앗을 뿌려보려는
자신의 포부를 좌절시킬 것처럼 보이는 상황은 그를 몹시 답답하게 만들
었다. 이 땅의 현실과 이 땅의 문학인들을 생각하며 그는 자신의 답답함을
다음처럼 외쳐댔다.

　　　누구나 왔으면…
　　　미친 사람같이 뒤끓는 가슴을
　　　다만 반사라도 진정하려면
　　　어수선한 마음을 잊고 있으련만

　　　아무도 안오나?…
　　　아아 이와 같은 마음 사냥군의 칼에
　　　옆구리를 찔린 이리와 같이
　　　날뛰고 부르짖고 피를 흘리고…

　　　아아 아무나 와다고
　　　미움과 고움과 악함과 착함을 묻지 않고서
　　　허무에 싸인 거치른 벌판인 나의 마음에
　　　미쳐서 달리는 무서운 바람을 잡아 누르겠다
　　　차디찬 달아래
　　　나무 가지엔 바람이 목 메고

---

77) 『백조』 3호, 1923. 9, p.214, "(6호잡기)六号雜記"에서.

　　지금 미쳐서 날뛰는 거치른 마음은
　　오기를 기다린다 무엇이 오기를 은근히 기다린다 —

(「누구나 왔으면」)[78]

　　김기진은 이러한 답답함 속에서 평소 알고 지내던 서울청년회의 사회
주의자들과 점점 더 가까워졌고 쏠로민의 길에 대해 강한 유혹을 느꼈다.
그리하여 그는 직접 밑바닥의 민중들과 어울려서 그들을 계몽시키고, 자
각된 의식으로 사회를 바라볼 수 있도록 하는 작업에 대해 상당한 관심을
가졌다. 그렇지만 그의 이런 관심은 강숙열과의 연애가 급진전되어 서울
에 정착하고, 그의 외침에 동참하는 작가가 늘어나면서 행동으로 발전할
가능성을 상실했다. 그리하여 김기진은 20년대 중반에 수많은 사회주의자
들과 친밀하게 지냈고 또 그들의 영향을 받았지만 그 자신이 실천적 운동
가로서 전면에 나서는 일은 없었다. 이 점과 관련하여 우리는 김기진이
써 놓은 "'일월회(日月會)'가 동경서 조직되어 가지고 서울로 돌아온 뒤에
소위 엠엘당이라는 제3차 공산당이 조직되었을 때에도, 나는 거의 다 그
들과 친하게 지낸 사이였다. 그러나 나는 처음부터 공산당이나 공산청년
동맹에는 전혀 발을 들여놓지 않으려고 작정하였던 것을 그들이 미리 알
고 있었으므로 끝내 나는 무사하였던 것이다."[79]라는 말의 의미를 깊이
음미할 필요가 있다. 이 말에는 문학인의 길을 선택한 팔봉의 성격, 기질,
운명 등이 들어있기 때문이다. 그렇지만 이 문제에 대한 자세한 분석은
일단 뒤로 미루자.

---

78) 『동아일보』, 1924. 1. 14.
79) 김기진, 「한국문단측면사(4)」, 『사상계』, 1956. 11, p.130.

6. 신경향파 문학의 탄생과 팔봉의 역할

신경향파문학, 다시 말해 자연생장기의 프로문학에 대해 알아보기 위해서는 '토월회'와 『백조』에 대한 검토가 필요하다. 김기진과 박영희가 주도한 신경향파 문학은 일반적으로 백조파를 붕괴시키며 나타난 것으로 알려져 있다. 백조파와는 전혀 이질적인 팔봉 김기진이 백조파에 가담하여 이 유파를 와해시키고 신경향파를 출범시켰다는 것이다.

이러한 이야기는 표면적인 문학 현상에 대한 설명으로는 타당하다. 파스큐라의 멤버나 카프의 구성원들을 볼 때 거기에는 다른 어떤 유파보다 백조파의 인물들이 많이 들어 있고, 또 이들의 역할이 크기 때문이다. 1923년 내내 백조파의 사람들이 자기 일처럼 거들어주고 또 직접 참여한 '토월회' 활동은 신경향파와 무관한 것인가, 아니 오히려 파스큐라의 조직은 '토월회'의 연극 준비 과정에서 자연스레 이루어진 결실로 보는 것이 오히려 타당하지 않은가 등의 의문이 제기된다. 또한 백조파의 병적 낭만성이 어떻게 신경향파와 같은 적극적 현실참여의식으로 하루아침에 바뀔 수 있는가, 아무리 김기진 개인의 능력이 뛰어났다고 할지라도 한국 문학 전체의 흐름을 한꺼번에 역류시키거나 뒤집는 일은 과연 가능한 일인가 등의 의문도 야기될 수 있다.

『백조』와 신경향파 사이의 의문을 풀기 위해 우리는 잠시 '토월회'와 백조파의 문제를 떠나 당시의 조선문학에 대해 객관적 고찰을 해 볼 필요가 있다. 우리들은 한국문학의 흐름을 몇몇 동인지 중심으로 보는 데에 익숙해 있다. 1920년대의 문학은 으레 『창조』, 『폐허』, 『백조』 등의 문학동인지 중심으로 생각하는 데에 우리는 익숙해 있는 것이다. 그러나 잠깐 눈을 돌려서 당시의 잡지 발간 상황을 뒤돌아보면 우리는 문학동인지 외에 수많은 종합지들이 있었음을 발견하게 된다. 이들 종합지들은 1년에 1권 정도 간행된 문학동인지보다 훨씬 커다란 영향력을 발휘하던 월간지였다.

그리고 잘해야 3호 정도로 끝난 동인지들에 비해 생명력도 길었다.『청년』,
『개벽』,『공제』,『신생활』,『아성』 등의 종합지들은 물론 문학작품보다는
논문 쪽에 역점을 두고 있었고, 수록된 작품의 수준 또한 문학 전문 동인
지들보다 우수하지 못하다. 그러나 이러한 종합지들이 20년대 초에 수많
은 논문들을 통해 사회주의 사상을 소개하고, 여론을 환기시켜 놓은 사실
은 간과할 수 없다. 당시의 동인지들은 23년도가 끝날 때까지 낭만적 세
계를 방황했지만 독자들의 의식세계는 사회주의 사상의 전파로 말미암아
이미 현실성 있는 문학을 받아들일 충분한 준비가 되어 있었던 것이다.
문제는 언제 어떤 방식으로 사회주의 사상이 일궈 놓은 땅 위에 새로운
문학의 씨앗을 뿌리느냐 하는 것이었다. 다시 말해 각종 논문들이 주장해
온 사회개혁의지를 문학이 이어받아 새로운 문학을 주창해줄 사람을 한
국의 문화계는 기다리고 있었다.

　　이런 말은 좀 탈선 같지마는 군은 민중예술도 말하고 어떤 논문에는
　　로망 로랑의 말을 인증하였음을 보았다. 군이 만일 심장적구배(尋章摘句
　　輩)가 아니요 적어도 학자적 양심을 가진 사람이라면 로망 로랑의 예술
　　을 착실히 완미하였으리라. 따라서 오늘날 민중이 요구하는 예술이 무엇
　　인가를 이해하였을 터인데? 군이여 경건한 양심에 관조하여 보라.[80]

　　군이여 자유라는 말을 아는가 모르는가. 물론 브로조아의 자유와 우리
　　프롤레타리아의 자유가 서로 용납되지 못할 모순을 가진 것을 말하려면
　　너무 근본적인 될 듯하니까 이런 론은 다른 기회로 미루고 다만 군이 말
　　한 바 일종의 기형자유, 불가사의의 자유, 모순의 자유, 비자유의 자유에
　　대하여 군의 독창적 해석을 경청코자 한다.[81]

---

80) 신일용,「춘원의 민족개조론을 평함」,『신생활』, 1922. 6, p.10.
81) 위의 글, p.12.

이 글은 신일용이 1922년 6월에 쓴 「춘원의 민족 개조론을 평함」이라
는 논문의 일부이다. 이러한 글들이 당시 지식청년들의 열광적 지지를 받
았고 이광수의 문학적 권위를 여지없이 실추시켰다. 이광수의 글이 지닌
부르조아계급적 속성을 폭로하면서 새로운 민중문학을 대망하는 분위기
가 성숙해 가고 있었던 것이다.

이러한 점에서 볼 때 김기진이 열성을 기울인 '토월회'는 어떤 의미에
서는 한국의 문화적 분위기를 정확하게 읽지 못한 데서 나온 실패작일 수
도 있다. 23년 동안 김기진은 '토월회'에 주력하는 이외에 별다른 활동을
못하고 있었다. 그는 23년 말에 이르기까지 '토월회'에 매달려 자신의 글
이 발휘할 위력과 독자의 반응을 시험할 기회를 사실상 놓치고 있었다.
그는 이미 마련되어 있는 성숙된 분위기와는 상관없이 '토월회'를 통해
뚜르게네프로의 길을 실험하고 있었던 것이다. 그러면서 그는 연극의 대본
을 「알트 하이델베르히」로 정한 이유를 "아직껏 조선사람이 이와 같은 달
착지근한 것을 좋아하는 사람이 많은 까닭"이라고 설명했다. 그는 아직 조
선의 독자들이 사회주의 문학을 받아들일 준비가 되어있지 않다고 과소평
가한 것이다. 24년과 25년 사이에 김기진의 글이 한국문단에 미친 엄청난
영향력을 생각할 때 23년도의 그의 작업은 지나칠 정도로 소극적이었다.

시커먼 손아귀에 꼭 쥐여 가지고 모가지를 비틀리면서 얼굴을 짓밟히
면서 '예술이다!' '문학이다!' '우리는 예술이 아니면 살 수가 없다'하고
암탉 우는 소리로 부르짖는 이곳이 서울이란다. 협동이니 무어니 하여
가면서 기성문화의 중독한 병안(病顏)을 쳐들어 가며 자기네 계급의 이익
을 도모하는 중산계급자의 활약하는 이곳이 서울이다. 쏘비에트 러시아
의 초롱을 들고서 매석(賣夕)과 유식(遊食)으로 생활 방침을 맨든 일본무
(赤大根)의 무리가 모히여 단이는 이곳이 서울이라고 한다.

그러나 서울이 보고 싶었다. 서울이 그리웠다. 서울이 어디냐? 서울
이 어느 곳이냐?

　　서울은 여기다. 이곳이 서울이란다.[82]

　　귀국 후 김기진이 쓴 것으로 활자화된 첫 번째 글이 바로 이것이다. 이 글 속에는 토월회 연극준비를 하면서 그가 느낀 한국의 문단 풍토에 대한 비애감과 자기 주변에 모인『백조』그룹들의 문학적 경향에 대한 불만이 동시에 숨어 있다. 그러면서 그 자신은 그러한 문학적 분위기에 영합하는 연극을 준비해 나가는 고통을 동시에 겪어야만 했다. 그러나 이러한 비애와 고통은 아직 자신의 글이 일으킬 반응을 시험해 보지 못하고 현상에 대해 선험적으로 판단한 데서 야기된 것이기도 했다. 그는 23년 동안 이러한 수필체 평론을 단 2편 밖에 쓰지 않았던 것이다. '토월회'의 연극 공연과 백조파에 대한 설득작업이 글쓰기보다 더 긴급한 당면과제라고 판단했고 그는 23년 동안 이 작업에 몰두했다.

　　문학이 스스로의 생명력을 유지해 가며 창조적 자기발전을 거듭하려면 문학 자체의 전통 못지않게 현실세계와의 유기적 관계를 유지하는 것이 중요하다. 문학은 끊임없이 자신의 정당성을 사회 속에서 재확인 받아야만 살아남을 수 있기 때문이다. 기반이 되는 현실세계에서 정당성을 인정받지 못한 문학은 소수 엘리트의 고독한 독백으로 전락하여 정당성을 인정해줄 현실세계의 도래를 기다려야만 하는 비참한 운명에 빠지고 만다. 물론 세계는 여러 이해 집단들의 얼크러진 관계로 이루어진 만큼 단순하지 않으며, 어떤 작품을 이해해 주는 사람의 산술적 숫자가 반드시 작품의 수준을 결정짓는 것도, 생명력의 지속성을 보장해주는 것도 아니다. 그러나 우리는 아직까지 당대 독자들의 열망을 배반한 작품이 생명력을 가진 경우를 거의 보지 못했다. 한 작가의 작품이 지속적으로 읽히는 중요한 이유는 대체로 당대 모순의 핵심, 혹은 당대 현실의 본질적 문제점

---

82) 김기진, 「Promeneade Sentimental」,『개벽』, 1923. 7, p.83.

을 작품 속에서 정확하게 형상화하고 있기 때문이다.

신경향파 문학은 외형적으로 볼 때 김기진이란 개인의 역할이 두드러진다. 그러나 그 뒤에는 현실 속에서의 자기확인이라는 좀 더 본질적인 문제가 가로 놓여 있다. 한 문학인 개인의 역할은 아무리 재능이 뛰어나도 언제나 한계를 지니고 있는 법이다. 신경향파 문학이 짧은 시간 내에 그처럼 빠른 속도로 세력을 확장할 수 있었던 데에는 분명히 개인의 힘을 넘어서는 시대적 열망이 뒷받침하고 있다. 그러면 먼저 신경향파 발생 이전에 만들어진 백조파와의 관계 및 당대현실을 검토하면서 이 문제를 좀 더 확실하게 엿보도록 하자.

앞에서 잠시 검토했듯이 많은 사람들이 신경향파의 출발을 백조파의 해체로부터 잡고 있다. 그 이유는 첫째, 백조파의 인물들이 다수 신경향파에 참여했기 때문에 신경향파는 백조파의 일종의 혁명적 자기전신으로 볼 수 있다는 것이다. 둘째 신경향파의 씨앗을 뿌리고 또 주도적으로 이끌어간 팔봉이 『백조』 3호(마지막호)에 동인으로 참가하여 작품을 발표한 것은 붕괴의 계기이자 새로운 출발(신경향파로의 전이)의 계기라는 것이다. 지금까지 많은 사람들은 이렇게 생각해 왔다.

이와 같은 관점의 첫 번째 이유는 그러나 백조파의 비관적 현실인식이 어떻게 순식간에 신경향파의 적극적 현실참여로 변모할 수 있느냐 하는 반론에 부딪힌다. 이 반론에 대해 연구자들은 낭만적 정열의 동질성이라는 근거를 제시하고 있지만, 필자가 보기에 그것은 납득할 만한 합리적 설명이 아니다. 낭만적 정열이란 말이 과학적인 근거를 가지려면 개인의 심리적 차원뿐만이 아니라 세계관적인 차원에서 설명되어야 한다. 그렇지 못하면 신경향파 문학은 부화뇌동의 성격을 띠는 일시적 심리현상으로 간주될 우려가 있다.

두 번째 이유는 김기진 개인의 역할을 지나치게 강조한다는 문제가 있다. 실증적인 측면에서 본다면 그는 분명히 『백조』 3호에 동인으로 가담하여 몇 편의 시와 함께 「떨어지는 조각 조각」이란 수필을 발표했다. 그리고 이 책이 백조파의 마지막 책이 되었다. 그렇지만 사건의 현상에 집착하는 이와 같은 실증주의는 한 인물의 역할을 영웅적으로 드러내는 데에는 기여를 하겠지만 사건의 본질을 밝혀주는 데에는 미흡하다. 현상에 충실한 입장에서라면 23년 9월에 나온 『백조』 3호보다 23년 7월에 나온 『백조』 2호에 더 주목해야 옳을 것이다. 왜냐하면 거기에 이미 「Promenade Sentimental」이란 팔봉의 수필체 평론이 발표되었기 때문이다. 집필 시기에 집착하여 『백조』 3호의 글이 빠르지 않으냐는 반론을 제기하는 꼼꼼한 실증주의자들이 있을 수도 있겠는데, 이런 사람들에게 필자는 오히려 언제 어디에 무엇이 발표되었느냐에 대한 과도한 국지적 집착이 백조파와 신경향파 사이의 단절을 더 깊게 만든다는 말을 해주고 싶다.

드러난 사실 그 자체에만 지나치게 집착하는 것은 어떤 사실과 그 사실에 관련된 개인만을 중요하게 부각시킨다. 그리고 그 사실과 개인을 상황으로부터 분리시켜서 전체적인 의미 파악을 불가능하게 만든다. 팔봉이 신경향파의 출발에 빼놓을 수 없는 중요한 역학을 하고 있지만, 우리는 팔봉이 곧 전체라고 말해서는 안 된다. 그가 부싯돌을 켜서 불을 붙였다고 우리는 땔나무를 준비하고 아궁이를 만든 사람들의 역할을 간과할 수 없다. 그들의 역할을 밑바닥에 깔고 이야기할 때 우리는 비로소 『백조』와 신경향파 사이의 단절을 넘어설 수 있다.

23년 5월 김기진이 귀국했을 때 조선은 이미 사회주의 운동의 열풍에 휘말리고 있는 중이었다. 아직 당은 조직되지 않았지만 당조직의 기반이 될 수 있는 사회주의 운동단체들은 이미 상당수 조직되어 맹렬한 활동을 전개하고 있었다. 하루가 다르게 격변하던 이 당시의 모습을 그는 다음처럼 적고 있다.

1921년-내가 동경에 건너간 그 이듬 해 여름에 방학이 되어서 고국에 돌아와 보니, 서울에는 청년회 연합회라는 것이 있고 또 노동공제회라는 것이 생겼다. 청년회라는 것은 『동아일보』가 생겨난 이후 전국 방방곡곡에서 생겨났고 각지방에서 생겨났고 각지방에 생긴 청년회가 뭉쳐 가지고 서울에 집결된 조직체가 즉 청년연합회라는 것이었다. 청년연합회는 서울지구에 있는 서울청년회가 채를 잡고 있는 것 같았고, 노동공제회는 청년연합회에서 탈퇴해 가지고 나온 사람들이 새로이 만들어낸 사회단체이었다. 나는 그때 노동공제회의 간판만 보았지 아는 사람이라곤 한 사람도 없었다.[83]

이 기록은 귀국하기 2년 전의 한국사회를 회고한 부분인데, 그 내용이 상당히 정확하다. 1920년 12월에 민족개량주의 그룹의 유력한 지도자 중 한 사람인 장덕수는 "한국에 무성하게 발전해 가고 있던 113개 청년조직을 통합하여 조선청년연합회를 설립하였다"[84] 이 때 각 지역 청년회의 결성 소식은 상당히 자세하게 『동아』·『조선』, 양대지에서 보도되었다. 장덕수는 1921년 9월 이후부터 폐간에 이를 때까지 부사장겸 취체역으로 『동아일보』와 뗄 수 없는 관계를 맺었던 사람인 만큼 위의 글에서 팔봉이 『동아일보』와 청년회 운동이 어떤 관계가 있는 것처럼 이야기하는 것은 이 당시의 청년회운동이 '젊은 사회주의자, 공산주의자, 민족개량주의자'들의 불안한 합작형태였고 그 지도자가 장덕수였다는 사실과 관계가 있다. 그러나 김기진이 귀국하기 직전인 23년 3월 말에 이르르면 '서울청년회'의 주도권은 이영과 김사국이 이끄는, 넓은 의미의 사회주의자들 손에 완전히 장악되었다.

'노동공제회'에 대한 팔봉의 회고에는 다소 착오가 있다. '노동공제회'가 일종의 분파주의적 그룹으로 청연회연합회에서 탈퇴한 것처럼 기술한

---

83) 김기진, 「우리가 걸어온 30년(1)」, 『사상계』, 1958. 8, p.203.
84) 서대숙, 『한국공산주의 운동사』, 현대 사회연구회 역(서울 : 禾多, 1985), p.66.

것은 잘못이다. 노동공제회는 그 자체가 독립적으로 결성된 단체이기 때문이다. 그러나 이 단체의 결성과 이후의 회합에 대해 동아일보가 열심히 보도를 했다는 점과 이 단체의 구성원들이 '서울청년회'의 구성원을 겸한 경우가 많았다는 점, 그리고 이 단체의 성격과 헤게모니를 둘러싼 투쟁과정에서 팔봉은 '서울청년회'파 쪽에 기우러질 수밖에 없는 위치에 있었다는 점 등을 고려하면 위와 같은 기술은 충분히 이해가 된다. '노동공제회'는 초기에는 송진우 등을 중심으로 한『동아일보』계열의 민족개량주의자가 주도권을 쥐고 있었으나 점차 윤덕병(尹德炳) 등을 중심으로 한 '북성회' 계열과 차금봉(車今鳳) 등을 중심으로 한 '서울청년회' 계열의 도전을 받게 되고, 드디어는 차금봉 쪽의 '서울청년회' 영향 하에 들어가게 되는 것이다. 이것이 대략 1922년 12월 중순까지의 모습이다.

팔봉은 21년과 22년 여름 방학 동안에 한차례씩 귀국했다. 그리고 23년 5월에 완전히 귀국했다. 이 시기에 그가 가장 가깝게 지낸 단체는 '서울청년회'와 '신생활사'였다. 23년 8월경의 일을 그는 다음처럼 말하고 있다.

"나는 이성태(李星泰)올시다.『개벽』잡지의 논문은 잘 보았습니다"하고 내 방으로 들어왔다. 이야기를 듣고 보니 그는 '서울청년회'의 정백(鄭栢) 신일용(辛日鎔) 김사국(金思國)과 동지인 동시에 김명식(金明植)의 제자와 다름없으나 한편으로는 '노동공제회'의 유진희(柳進熙) 최팔용(崔八鏞) 등과도 가깝고 춘원 이광수와는 상해서부터 친한 사이라는 것이었다. 이같이 처음 만나서 흉금을 털어놓고 이야기를 주고 받은 다음부터는 이성태와 나와는 지기지우(知己知友)가 되고 말았다. 그리고 그 당시 서울청년회관에는 청년회 간판과 함께 신생활사(新生活社)라는 간판이 걸려 있었다. 이성태는 '신생활사' 일을 맡고 있었지만 잡지는 나오다 마다 하는 형편이라 하면서 앞으로 주간 조선지광이라는 것을 발행해 볼 계획이라고 이야기하였다.[85]

---

85) 김기진, 앞의 글, p.235.

우리는 이 글을 통해 이 시기에 팔봉이 가깝게 지낸 사회주의 그룹과 인물들을 짐작할 수 있다. 여기에 나오는 서울청년회, 노동공제회, 신생활 사 등은 이 당시의 이름 있는 사회주의 단체들이며, 이성태, 정백, 신일용, 김사국, 유진희, 김명식 등은 모두 유명한 주의자들이었다.

팔봉은 1920년 3월에 이 땅을 떠나서 23년 5월에 돌아왔다. 그리고 중간에 두 차례 귀국했다. 팔봉이 고국을 떠나 있는 이 기간 동안에 식민지 조선에서 일어난 사회적 변화는 놀랄 만한 것이었다. 떠날 때의 모습을 생각하며 돌아 온 사람에게 조선사회는, 적어도 사상적인 면에서는, 괄목 상대해야 할 정도로 바뀌어 있었다. 이광수와 최남선을 꿈꾸며 유학을 떠난 사람은 자신의 노선을 수정하지 않고는 적응할 수 없을 정도로 조선은 빠르게 변화하고 있었다. 이 기간 동안에 일어난 변화 중 무엇보다 큰 것은 민족개량주의자들에 의해 시작된 각종 청년운동이 초기 1~2년을 거치는 동안 대부분 사회주의자들 손에 장악되었다는 사실이다. 1920년 6월 30일자 『동아일보』는 당시 청년운동의 파급상황을 다음과 같이 보도하고 있다.

> 청년의 모임은 전국에서 하루에 적어도 10여 처씩이오, 현금 서울에서 만도 남녀 청년의 모임은 70여 처나 되어 제각기 활동을 하고 날마다 강연이니 연설이니 하여, 밖으로는 사회의 깊은 잠을 깨우기에 힘쓰고, 안으로는 자체수양에 힘쓰고 있다.

이같이 조직된 합법적 청년운동단체는 1922년 당시 일본경찰 통계에 따르면 3,002개에 달하고 있다. 팔봉이 떠나던 20년말의 통계가 985개 단체로 되어 있는 것에 비하면 놀라운 양적 팽창이라 아니 할 수 없다.

자연발생적·합법적 단계에서의 초기 청년운동은 식민지 치하에서의 민족운동이 대부분 그렇듯이 애국·계몽이라는 포괄적 기치하에서 단결할 수 있었다. 그러나 초기 결성단계를 지나 구체적인 사업문제가 제기되면서 민족개량주의자들과 사회주의자들 간에 대립이 노정되고 주도권 쟁탈전이 벌어지게 되는 것은 피할 수 없는 일이었다. 김준엽과 김창순이 초기 사회주의운동의 가장 유력한 단체로 떠오르게 되는 '노동공제회'와 '서울청년회'의 관계에 대해 초기 결성단계에서는 "사상적 입장으로 말미암아 적대관계에 있기 전에 아직은 다같이 친구이며 동지였던 관계로, 극렬한 사상논쟁이나 분파투쟁을 일으키지 아니하였다. 그들은 오늘 이쪽에 모이면 노동공제회였으며, 내일 저쪽에 모이면 청년회연합회였던 것이다"[86]라고 쓰고 있는 것도 이 당시 청년운동의 애국·계몽적 성격을 말해주는 것이다.

팔봉이 21년과 22년 여름에 한 차례씩 귀국하여 서울청년회와 신생활사를 방문하던 시기는 이 단체들이 내부투쟁을 통해 애국·계몽적 성격을 벗어나 이념적 속성을 선명히 해나가던 시기였다. 그리고 23년에 그가 귀국했을 때, '신생활사'는 한국초유의 사회주의 재판 사건으로 와해되어 버렸지만, '서울청년회'와 '노동공제회'는 『동아일보』 계열의 민족개량주의 노선으로부터 벗어나 이미 사회주의 노선으로 방향을 바꾼 때였다.

일본에서 팔봉에게 일어난 사상적 전환과 국내 사회의 이와 같은 변화를 감안하면서 신경향파 문제를 고찰할 때 우리는 팔봉과 그를 둘러싼 주변 상황을 올바르게 읽을 수 있다. 문학적 테두리 안에서만 팔봉을 읽으면, 팔봉은 백조파와의 인간적 관계에 갇혀버리고 만다. 그러나 우리가 시야를 넓혀 앞에서 검토했듯이 사회운동의 넓은 범위 속에서 팔봉을 읽으면 『백조』와 '신경향파'의 어색한 관계를 넘어설 수 있다.

팔봉은 일본에서 아소 히사시(麻生久)의 이야기를 듣고 뚜르게네프의 길과 쏠로민의 길 사이에서 갈등을 겪었다. 그리고 한참동안 쏠로민의 길로부터 강하게 유혹을 받았다. 그는 자신과 가깝게 지낸 『백조』파의 문학

---

86) 김준엽·김창순, 『한국공산주의 운동사(2)』(서울 : 청계연구소 출판국, 1986), p.107.

적 세계와 사회주의 운동가들의 실천적 세계 사이를 잠시 방황하면서 「백
수의 탄식」에서 시로 썼듯이 자신의 탁상공론적 인텔리 속성을 비판하며
운동가들의 세계를 그리워했다. 그러나 그가 귀국한 고국 땅은 이미 튼튼
한 기반을 구축하고 있는 사회주의 운동가들이 곳곳에 포진하고 있었고,
그 자신은 오히려 그들로부터 한 수 배워야 할 위치에 있었다. 비록 그
자신은 마생구처럼 뛰어난 운동가이자 작가가 되기를 꿈꾸면서, 오로지
운동가가 되라는 아소 히사시의 말을 야속하게 생각했지만 토월회 공
연 준비를 하면서, 또 사회주의자들의 활동을 목도하면서 자신이 두각을
나타낼 수 있는 곳은 문학분야임을 깨달아 가고 있었다. 조선의 현실과
가장 동떨어진 위치에서 현실의 변화를 전혀 따라가지 못하고 있는 것처
럼 보이는 문학분야말로 그가 확실하게 자신의 역량을 발휘할 수 있는 곳
이었다. 이처럼 문학의 세계에서 팔봉이 가능성을 펼쳐보려 결심한 것은
올바른 통찰력과 정확한 자기 진단의 결과라 할 수 있다. 그리고 이미 잘
알려진 것처럼 그가 『백조』를 선택하여 자신의 역량을 펼쳐보려 한 것
또한 친분 관계로 볼 때 당연한 일에 속한다고 할 수 있다.

　문학의 테두리 안에서 외롭게 보인 그의 활동도 전반적인 사회운동의
맥락 속에서는 외롭지 않은 일이었고, 또 현실의 추세가 개인적 의지보다
훨씬 더 큰 힘으로 그를 추동하고 있었다는 사실을 우리는 앞에서 보았
다. 20년대 초기의 지적 허무주의는 어떻게든 바뀌지 않을 수 없는 상태
에 이미 도달해 있었다. 22년 9월에 출현한 염군사(焰群社)는 이와 같은
추세의 구체적 예라고 할 수 있다. 후에 카프를 조직할 때 결정적 역할을
하게 될 인물들이 만든 이 단체는 '해방문화의 연구와 운동의 목적'[87]으
로 조직되었으며, 20년대 초기의 문학 풍토에 대해 반기를 든 움직임이었
다. 그러나 그 구성원들이 문학보다 사회운동에 몰두한 사람들이었기 때

---

87) 임인식, 『문학의 논리』(서울 : 학예사, 1940), p.530.

문에 이 모임은 문학쪽에 별반 알려지지 않았을 뿐만 아니라 문학활동에
서는 지속성을 띠지도 못했다. 그렇지만 우리는 20년대 초기 문학에 대한
반성의 씨앗이 이미 곳곳에 뿌려져서 자라나고 있었다는 것을 이런 예에
서 알 수 있다.

20년대 초기 문학의 흐름을 몇몇 동인지에 국한해서 살피면 『백조』,
『폐허』,『영대』,『창조』 등의 지적 허무주의가 지배적인 것처럼 보이지만
시야를 좀 더 확대해서 순수문학동인지가 아닌 종합지들에까지 눈길을 돌
리면 확연히 변화의 모습을 느낄 수 있다.『개벽』지에 실린 현철(1921년)과
안서(1922년)의 민중예술론,『신생활』에 실린 이성태의 이광수 비판(1922년)
과 신태악의 생활문학론(1922년), 그리고 무명작가들의 작품들이 바로 그
러한 예들이다.

당대의 문학동인지들은 대체로 1호에서 3호 정도의 생명력을 가지고
있다. 따라서 독자들에게 미치는 영향력의 측면에서 『신생활』,『개벽』,
『신민공론』,『공제』 등의 종합지에 도저히 필적할 수 없는 위치에 있었
다. 그 결과 이들 종합지들을 통해 사회주의 사상에 감염된 독자들에게
기존의 문학은 대단히 불만스러운 것이 될 수밖에 없었다. 그렇지만 사회
주의 운동의 열풍 속에서 지식인들은 문학을 변화시키는 일보다는 현실
을 바꾸기 위한 정치운동에 바빴다. 20년대 초기 문단과 현실세계 사이는
이렇게 멀어져 있었는데 이 간극을 메우라고 외치며 나타난 사람이 팔봉
이었다.

그렇기 때문에 필자는 '『백조』→신경향파'의 도식 속에서 팔봉의 역할
을 평가하려는 시도는 문학과 정치의 그릇된 분리에서 나온 발상으로 신
경향파 발생에 대한 올바른 이해를 방해하기 쉽다고 생각한다. 그같은 생
각은 문학은 개인이 하는 것이란 생각에 지나치게 집착함으로써, 20년대
초기 문단이 노출한 문학과 현실세계 사이의 괴리감을 문학이란 이름 아
래 옹호하고 그 괴리감을 극복하려는 신경향파의 움직임을 정치라는 이

름 아래 비난하는 입장으로 고착되어 버릴 우려가 있다. 팔봉은 『백조』파
라는 제한된 문학인 집단 속에서 움직인 사람이 아니며, 문학을 지상과제
로 삼았던 사람도 아니다. 그가 새로운 경향의 문학운동을 시작한 것은
식민지 사회의 전체적인 동향 속에서 자신의 설 자리를 찾고, 또 그 자리
가 가지는 사회적 의미를 가늠하는 행위 속에서 이루어졌다. 그렇기 때문
에 우리는 그의 신경향파 문학운동의 맥락을 20년대 초기문단과의 관계
보다는 당시의 사회운동과의 관계 속에서 이해하는 것이 더 올바르다. 모
든 문학 운동과 마찬가지로 신경향파 역시 기존의 문학에 대해 단절과 연
속의 양상을 가지고 있다면, 우리는 앞의 문학에서 손쉽게 찾아내기 어려
운 연속의 측면을 팔봉을 매개로 당대의 사회주의 운동 속에서 찾아 볼
수 있는 셈이다. 신경향파 문학이 20년대 초기문학의 무정치성·비현실
성을 맹렬히 비판하며 자신의 정체성을 만들어 나갈 때, 정치성과 현실성
을 배워올 수 있는 곳은 20년대 초기의 조선문단이 아니라 일본 문단이
거나 당대 사회주의운동이 될 수밖에 없었던 것이다.

　작가가 써내는 작품이 자연스럽게 그 사회를 발전시키는데 기여하면서
사회를 지배하는 사람들로부터 환영받는 시대는 행복하다. 그러나 다수
민중들의 열망을 대변하는 작품을 작가는 썼지만, 그것이 사회를 지배하
는 사람들로부터 적대시되는 시대는 불행하다. 한 사회의 지배집단이 요
구하는 문학과 작가 자신이 스스로 정직하게 형성한 사회의식이 첨예하
게 갈등을 일으키는 사회는 변화를 요구하는 사회이다. 이런 사회에서는
종종 문학의 상상적 기능은 잊혀지고 계몽적·선동적 기능이 유일한 기
능처럼 부각된다. 이런 사회의 작가는 작품을 통해 변화를 요구하는 민중
들을 만족시키면서 그 자신 역시 미래의 변화된 세계에 부끄럽지 않은 지
식인의 일원이 되어야 한다는 이중의 부담을 지게 된다.

7. 수필체 평론의 세계와 문학인의 임무

팔봉의 수필체 평론은 변화를 요구하는 시대의 소산이다. 그의 글은 식민지 현실을 부정하고 고발하며, 현실에 야합하는 모든 것들을 타매하는 내용으로 가득 차 있다. 그는 단순하고 명쾌하게, 다분히 감정이 배인 목소리로 현실을 격렬히 비판한다. 그렇기 때문에 그의 비판의 목소리는 사람들을 사로잡을 수 있는 요소를 많이 가지고 있지만 충분히 논리적인 것은 아니다. 그의 글은 그 이전에 누구도 그만큼 시원하게 조선의 현실을 슬퍼하고, 잘못된 현실을 고발하지 않았기 때문에 당대 사람들을 감동시킨다. 그렇지만 그의 글은 구체적이기보다 추상적이며 계획적이기보다 즉흥적이다. 팔봉의 이러한 수필체 평론이 가진 호소력은 이런 점에서 성공적인 문학적 형상화나 체계적인 현실비판으로부터 온 것이 아니다. 그의 글이 지닌 호소력은 복잡하게 생각하지 않아도 누구나 알 수 있었던 식민지 조선의 현실로부터 왔다. 다친 아이가 자신의 상처를 보고 울음을 터트리는 것처럼 사람들은 그의 글을 통해 비로소 자신의 감정을 터트릴 생각을 하게 된 것이다.

수필체 평론이란 말은 사실 평론체 수필이라고 해야 좀 더 정확하다. 아니 좀 더 분명히 하자면 이 당시에 그가 쓴 글을 성격별로 구분해서 「지배계급 교화, 피지배 계급 교화」, 「금일의 문학, 명일의 문학」 등의 평론과 「Promenade Sentimental」, 「통곡」 등의 수필로 나누는 것이 더 적절한 구분이다. 그런데 어렵지도, 불가능하지도 않은 이 작업을 필자가 기피하고 애매하게 수필체 평론이란 말을 사용한 데에는 나름의 이유가 있다. 그것은 팔봉의 글이 수필(당시에는 '想華'란 명칭을 사용했음)이란 명칭을 분명히 달고 있는 경우에도 대부분 평론적인 내용을 포함하고 있으며, 현실에 대한 단상형식의 이런 글이 오히려 당대의 어떤 평론보다 효과적으로 사람들을 사로잡았기 때문이다. 딱딱하게 논리적으로 문학적 견

해를 개진하는 것이 아니라 슬쩍슬쩍 스쳐 지나가며 이야기하는 이와 같
은 글들이 훌륭하게 평론으로 읽힐 수 있었던 것은 당대 사회의 분위기도
분위기이지만 그때까지 평론이란 장르가 제대로 안정적인 형태를 갖추지
못한 때문이다. 외국의 문학이론을 어설프게 소개하거나 적당히 번안해놓
은 글 몇 편과 감정적으로 남의 작품을 헐뜯는 인상비평적인 글 몇 편밖
에 없었던 것이 당시 평론계의 실정이었다. 그렇기 때문에 필자는 현재의
시점에서 팔봉의 글들을 수필과 평론으로 분명하게 구분할 수 있지만 여
기서는 불구하고, 수필체 평론이란 명칭으로 묶어서 과도기적 성격에 어
울리는 의미를 부여하고자 한다.

　팔봉은 1922년 12월 22일자 편지에서 이렇게 썼었다. "그런대도 제일
내 머리를 혼란케 하는 것은 조선이다. 나는 근일 조선이라는 말을 입속
으로만 중얼거려도 곧 눈물이 난다"[88]라고 이처럼 논리적인 사고 이전에
눈물로 파악되는 현실, 다시 말해 너무나 명백해서 오직 무엇을 할 것인
가 하는 행동만 생각하게 만드는 현실이 그의 앞에 있었다. "남산이 우리
의 것이 아니고 한강이 우리의 것이 아닌"[89] 조선의 모습을 그는 다음과
같이 격정적으로 묘사했다.

　　혼돈과 오만과 최면의 조선─똑같은 의미의 서울! 서울!─이 그리웠었
　다. 조선이 보고 싶었다. 나를 낳아준 땅뎅이가 보고 싶었다.

　　시커먼 손아귀에 꼭 쥐여 가지고 모가지를 비틀리면서 얼굴을 짓밟히
　면서 '예술이다!' '문학이다' '우리는 예술이 아니면 살 수가 없다'하고
　암탉 우는 소리로 부르짖는 이곳이 서울이란다. (……) 그러나 서울이 보
　고 싶었다. 서울이 그리웠었다.
　　서울은 독가비의 세상이다. 조선이 독가비의 세상이다.

88) 박명희, 「화염속에 있는 서간철」, 『개벽』, 1925. 11, p.123.
89) 김기진, 「마음의 폐허」, 『개벽』, 1923. 12, p.126.

그러나 서울이 보고 싶었다. 조선이 그리웠었다.[90]

팔봉은 식민지 조선을 '도깨비의 세상'이라고 말했다. 그러면서도 구체적으로 왜 도깨비의 세상인가에 대해서는 차분하게 객관적으로 이야기하지 않는다. 남산과 한강을 빼앗긴, 주권을 상실한 피압박 민족의 수난상이 도처에 널려 있는데 구구한 설명이 필요하겠느냐는 생각일 것이다. 그가 임종할 때에도 상당한 긍지와 자부심을 가지고 기억하며 후회하지 않는다고 말했던 다음 글 역시 현실에 대한 객관적 분석이라기보다는 즉흥적 반응으로 이루어져 있다.

> (조선사람 모두가─필자 주) 동일한 피학대 계급인 것을 깨닫고 있으면서도 오히려 소수가 약간의 토지와 금전을 가지고서 생활의식 내지 감정까지도 무산대중과 격리해 가지고 있는 것을 나는 보았다. (……) 그러나 이 사람네들 역시 불과 6, 7년 안에 지금의 무산대중과 소이(少異)도 없는 경우에 떨어지리라는 것은 불을 보는 것보다도 명백한 일이다. 나는 지금 가는 곳마다 불출(不出) 6, 7년에 조선의 백성이 모두가 지금의 무산대중과 똑같아지리라는 전제를 보고 있다. 사실 그와 같이 된 뒤라야 조선 사람의 운동이 통일되고 유력하여질 것이다.[91]

불과 6~7년 안에 조선의 모든 사람이 무산대중으로 전락할 것이라는 생각은 소박하고 단순한 견해다. 그는 이러한 입장에서 조선의 현실을 일본 사람인 지배자 즉 부르조아와, 조선사람인 피지배자 즉 프롤레타리아의 대립관계로 상정했다. 그러면서 다음처럼 이야기했다.

> 그리하야 우리가 가질 생활을 제재와 구속에서 구원할 것이요, 우리가 가질 예술을 제한과 압박으로부터 구할 일이다. 이것은 <u>피학대 계급인</u>

---

90) 김기진, 「Promenade Sentimental」, 『개벽』, 1923. 7, pp.82~84.
91) 김기진, 「금일의 문학, 명일의 문학」, 『개벽』, 1924. 2, pp.49.

<u>푸롤레타리아인 조선 사람의 급무다.</u> 금일의 무산대중과 동일한 생활을 하여라. (……) 그리하여 명일을 위한 금일의 예술해방운동은 그 보조를 이것과 맞추어야 한다. (……) 그러면 당신네들은 조선에서는 프로니 뿌르니 할 여지가 어디 있느냐 할 터이지만은 사실 없어야만 할 프로와 뿌르가 낮간지러웁게도 우리의 조선에 있다는 말이다. 그러니 뿌르에 속하는 백성이 하루 바삐 자발적으로 프로의 경지로 내려와서 협동전선을 더 굳게 맨들고서 <u>정말로 정면에 대하고 있는 뿌르와</u>(일제와 – 필자 주) 대항하라는 말이다.92) (밑줄 – 필자)

위에서 팔봉은 '피학대 계급인 프롤레타리아 조선사람'이란 말로써 당대현실을 표현했다. 그리고 모든 사람이 프롤레타리아 입장에 서서 "정말로 정면에 대하고 있는 뿌르와(일제와 – 필자 주) 대항하라"고 이야기했다. 따라서 여기에서 팔봉이 사용한 프롤레타리아란 말은 사회과학적 용어의 의미를 상실해 버리고 민족 전체의 의미로 확산되고 있다. 이 말은 객관적 계급관계를 드러내는 용어라기보다는 자신의 심리적 믿음을 드러낸 용어로 전환된 까닭이다.

팔봉이 이와 같은 글을 쓰기 1년 반쯤 전에 '조선노동공제회'는 「소작인은 단결하라」는 글을 발표했는데, 거기에 의하면 당시의 농가 총 호수는 2,709,636호이고, 소작농 총 호수는 80%에 달하는 2,106,022호이다. 그리고 이들 소작농은 20% 미만의 지주에게 혈세를 바침으로써 노동의 가치를 대부분 약탈당하고 사망과 질병의 생지옥에서 신음하고 있다고 이 글은 지적한다. 또 당시의 법률, 학술, 문명, 과학 등 모든 것은 지주를 보호하고 소작인을 약탈하는 도구에 불과하므로 지주의 반성과 자각에 기대하는 것은 이리에게 양을 지키라는 것과 동일하다고 말한다. 이 글은 문제를 해결하는 유일한 길은 소작인들의 각성된 단결뿐이라고 말하고 있다.93) 이 글에 제시된 수치가 얼마나 정밀한 조사결과에 근거하고 있는

---

92) 김기진, 「금일의 문학, 명일의 문학」, 『개벽』, 1924. 2, pp.50~51.

지는 불확실하다. 그러나 22년말께 쯤이면 동척과 일본인 및 조선인 지주 소유 토지가 전국토 대부분을 차지하게 된 현실을 감안한다면 크게 틀린 이야기는 아니라고 생각한다.

이와 같은 현실을 앞에 두고 팔봉이 전국민, 전민족을 프롤레타리아라고 생각하는 것은 정서적으로 충분히 이해가 된다. 그렇지만 이 문제의 해결이 앞의 글에서처럼 "뿌르에 속하는 백성이 하루바삐 자발적으로 프로의 경지로 내려와서" 해결되리라고 보는 것은 비현실적인 이야기이다. 팔봉이 이와 같은 이야기를 하고 있다는 것은 그가 아직 마르크스 이론에 투철한 사람이 되지 못하고 있다는 증거이다. 그는 조선 내부의 계급적 갈등과 이 갈등을 해결할 구체적 방안에 대해서는 생각하지 못한 채 감정적으로 마르크스의 계급 이론을 민족간의 대립으로 바꾸어 놓고 있는 것이다.

민족과 계급을 동일시하는 팔봉의 발상은 식민지 치하의 사람들을 계급에 상관없이 폭넓게 포용해 들일 수 있는 이점도 있지만 일종의 환상적인 현실파악이라 비판받을 수도 있다. 다음과 같은 글이 그러한 예이다.

> 경성인구 28만에는 실업자가 20만이라고 한다. 놀래야만 할 일이다. 슬퍼해야만 할 일이다. 모른 척하고 눈감아 버려야만 할 일이냐!?
> 그러나 불출 6~7년에 경성은 빈민의 것이 된다는 전제가 눈 앞에 보인다! 지금의 돈 있는 사람의 돈이 불출 6~7년에 다 없어지리라는 전제가. 사회봉사라는 간판 아래에 또는 유흥비로서, 지금의 돈은 전부가 없어지리라. (……) 그러면 지금의 부유 계급은 6~7년 후의 빈민 계급이다. 빈민 제군들, 그때에는 군들과 동일계급에 설 지금의 부유계급을 그다지 미워할 것은 없다. 그때에는 경성은 빈민의 것이다. 똑같은 의미에 있어서 조선이 빈민의 것이다.[94]

93) 『동아일보』, 1922. 7. 31~8. 3.
94) 김기진, 「경성의 빈민 – 빈민의 경성」, 『개벽』, 1924. 6, p.105.

사회봉사나 유흥비에 의해서 부자들이 돈이 모두 없어지리라고 생각하
는 것은 지금의 우리에겐 희극적인 이야기처럼 들린다. 그리고 팔봉 주변
의 당대 문학인들이 (그들 중엔 군소지주 출신들이 꽤 있는데) 문화사업
이나 유흥비로써 가산을 탕진하고 있는 예가 있었다 할지라도 현실에 대
한 이와 같은 이야기는 지나치게 안이하고 낙관적인 견해이다. 팔봉은 아
마도 마르크스주의의 현실해석 방법에 대한 체계적인 이해보다 마르크시
즘이 제시하는 유토피아적인 미래사회에 더욱 이끌렸기 때문에 이와 같
은 글을 썼을 것이다. 팔봉에 의해 프로문학의 세례를 받은 박영희가 유
물사관을 공부한지 3년 만에 팔봉을 압도하는 이론가로 성장한 사실도
이와 무관하지 않다. 마루야마 마사오의 지적처럼 마르크시즘의 권선징악
적 성격은 유교사상에 곧바로 연결될 수 있는 측면이 있는데, 팔봉 역시
식민지 조선을 절대적인 악에 지배되고 있는 곳으로 파악하여 마르크시
즘 이론을 도식적으로 조선땅에 적용하고 있는 것이다. 그러나 우리는 팔
봉의 글이 지닌 비과학적 현실파악의 문제점에도 불구하고 팔봉의 글이
당대 사람들을 감동시킨 이유를 분명히 기억해야 한다. 그것은 바로 부패
하고 모순에 가득 찬 사회에서는, 그것을 용기있게 증언하는 일 역시 문
학인의 중요한 임무라는 사실이다.

팔봉은 수필체 평론에서 구체적인 인물과 작품을 들어 20년대 초기 문
단을 비난하는 방식을 취하지 않는다. 그는 그렇게 한 것이 아니라 일반
적이고 전체적인 이야기를 통해 20년대 초기 문단을 비판한다. 그렇지만
그 비판의 강도는 대단히 크고 결렬하다. 그가 이런 방식으로 비판을 시
작한 것은 우연한 일이 아니다. 그는 이미 귀국하기 전 박영희와 박종화
에게 쓴 편지를 통해 20년대 초기 문단을 비판했었다. 그리고 귀국 후의
비판 활동도 대체로 그 연장선 상에 있었다. 그가 그때 구체적인 인물, 작
품, 동인지를 들어 이야기하지 않았던 것처럼 수필체 평론도 마찬가지 방
식을 취하고 있다.

팔봉이 당대 문단을 뭉뚱그려 비판한 것은 나름대로 이유가 있다. 그것은 자신이 생각하는 방향으로 조선의 문단을 바꾸려면 동지가 있어야 하고 그 동지는 결국 기존의 문단에서 포섭할 수밖에 없다는 현실인식과 관계가 있다. 그가 일차 포섭대상으로 삼은 사람은 박영희, 박종화를 비롯한 백조파의 사람들이지만 장기적으로는 더 많은 사람들이 자신이 주창하는 새로운 문학에 공명해 주기를 바라고 있었다. 그렇기 때문에 그는 20년대 초기 문단의 표본인 백조파의 인물들을 옹호하면서 『창조』, 『폐허』지의 동인들을 비판할 수는 없었을 것이다. 또 그는 귀국하자마자 백조파 사람들의 도움을 이루 말할 수 없을 정도로 많이 받았다. '토월회'의 연극 공연은 사실 백조파의 도움 없이는 불가능했다고 해도 좋을 정도였다. 그렇지만 이 백조파의 사람들이야 말로 자신이 시작해 보고자 하는 새로운 문학에서는 누구보다 코페르니쿠스적 전회를 해야 할 인물들이었고, 이들을 두둔하는 한 기존문단에 대한 비판은 불가능했다. 이 사실을 팔봉은 누구보다 잘 알고 있었다. 동경에서 외롭게 돌아온 한 청년문학도로서 20년대 문단에 발붙이기 위한 그의 노력이 개인적인 친분 때문에 구체적인 비판으로 나타나지 못하고 전체적인 비판으로 나타나는 것을 이런 점에서 충분히 이해할 수 있을 것이다.

기존문단에 대한 팔봉의 비판은 그 근거를 러시아의 나로드니키 문학에서 얻고 있다. 일본에서 러시아 문학에 대해 비교적 박식했던 아소 히사시(麻生久)로부터 팔봉은 많은 이야기를 들었다. 그리고 그는 도스또예프스키의 『가난한 사람들』, 『백치』, 뚜르게네프의 『처녀지』 등의 작품을 읽었다. 그가 귀국해서 쓴 첫글 「떨어지는 조각 조각」이 이들 작품의 내용을 단편적으로 거론하고 있다는 사실로부터 우리는 이 점을 알 수 있다. 그러나 그를 무엇보다 사로잡은 것은 뚜르게네프의 『처녀지』였으며, 이 작품의 주인공 이름은 그의 글 곳곳에서, 또 그의 감화를 받은 박영희의 글에서 빈번하게 얼굴을 내밀고 있다.

그러나 우리들 중에서 용감(勇敢)한 이와 같은 부르짖음을 들은 일이
없다

(……)

오랫동안 논쟁(論爭)에 피곤(疲困)한 청년(靑年)들이 이같이 모여 앉았으나
마치 50년전(五十年前)의 로서아(露西亞)의 청년(靑年)들과 다름이 없으되
그 중에서, 이를 깨물고, 주먹을 쥐고서, 책상(冊床)을 치면서, 힘있는
소리로

우 나로-드! (V.NAROD!)라고 부르짖는 사람이 하나도 없다

(……)

십년 전의 일본의 시인은 이와 같은 시를 썼었다. 그후 10년이 지난 지금
조선은 우 나로-드!라고 부르짖을 만큼이나 된 단계 위에 섰느냐?! 아 --
서 있지 못하다. 60년 전의 노서아 청년들이 두 팔을 걷어 붙이면서 힘있게
부르짖던, 우 나로-드!는 지금의 조선에는 이직껏 이른 모양이다.95)

오직 황야에서 '처녀지'를 개척하는 사람이라야, 완전한 비너스의 웃음
을 볼 수 있는 것이다. 비너스! 조선을 지나가는 비너스는 대담하여야 하
며, 의지가 굳세야 하며, 반항하는 힘이 강하여야 하며, 권력자에게 굴복
하지 아니하여야 하며, 낙망하지 아니하여야 하며, 희생적이라야 이 땅을
보람있이 지내갈 것이다.

마쉬리나야! 미쉬리나야! 조선을 지나가는 비너스는 오직 이 마쉬리나
야와 같아야 한다. 뚜르게네프의 『처녀지』의 여주인공 마쉬리나야와 같아
야 한다.96)

위의 첫 번째 글은 팔봉이 23년 9월에 발표한 것이고, 두 번째 것은 박
영희가 24년 12월에 발표한 것이다. 첫 번째 글에서 그는 이시카와 다꾸
보꾸(石川啄木)의 「끝없는 논의 뒤에」라는 작품을 빌어 한국 지식인의 무
력함, 한국문학인의 무력함을 비판한다. 그리고 그 비판의 기준이, 비록

---

95) 김기진, 「떨어지는 조각 조각」, 『백조』 3호, 1923. 9, pp.463~464.
96) 박영희, 「조선을 지나가는 비너스」, 『개벽』, 1924. 12, p.123.

관념적인 이해에서 비롯한 것이긴 하지만, 60년전 러시아의 나로드니키 운동에 있다는 사실을 알 수 있다. 그가 민중을 향한 이 지식인 운동에 대단한 감동을 받았다는 사실은 후에 이시카와 다꾸보꾸의 시를 번안해서 「백수의 탄식」이란 시로 새삼스레 다시 발표하고 있는 것에서도 확인된다. 두 번째의 글에서 박영희는 당시의 조선이 필요로 하는 예술, 즉 비너스는 어떠해야 하는가를 『처녀지』의 여주인공에 견주어서 이야기하고 있다. 여기에서도 짜르 전제체제에 대항하는 나로드니키 운동이 핵심적 발상으로 깔려 있음을 우리는 알 수 있다.

팔봉이 이처럼 러시아 지식인들의 민중운동에 감명을 받고, 그것을 빌어 20년대의 기존문단을 비판하는 것은 근본적으로 러시아의 짜르체제와 식민지 조선이 동일하다고 생각했기 때문이다. 팔봉은 1922년에 박영희에게 쓴 편지를 통해 자신을 가장 사로잡고 있는 것은 식민지 조선이라고 말하면서 조선을 위해서 '무엇을 해야만 하는가?'라는 명제를 제기한 바 있다. '무엇을 해야만 하는가?(What is to be done?)'는 체르니셰프스키의 정치소설 제목이다. 이 작품에 나오는 주인공 라크메토프는 러시아가 철저히 체계적으로 개혁되어야 한다고 믿고, 농민을 교육하고 지배자를 각성시키기 위해 순교자적 정신으로 투쟁한다. 팔봉은 조선의 지식인은 모름지기 라크메토프와 같이 이 땅(처녀지)에 혁명의 씨앗을 뿌려야 한다고 생각했던 것이다. 위의 인용문에서 보듯 그 뒤를 박영희 또한 '마쉬리나야! 미쉬리나야!'라 외치며 따라나선 것이다.

팔봉은 24년 1월에 쓴, 당시로서는 본격적 평론이라 할 수 있는, 「지배계급 교화, 피지배계급 교화」란 글을 통해 민중과 지식인의 각성을 동시에 촉구한 바 있다. 이 글에서 그는 지식인들을 향해 "60년 전의 로서아 지식계급의 귀족의 자녀가, 우―나로드를 부르짖던 것을 본받아서" 민중 속으로 용진할 것은 촉구한다. 그는 이 일이야말로 '유일의 명백한 진리'이기 때문에 의심하거나 망설일 필요가 전혀 없다고 말한다. 오직 '가슴 속에 정열과 용기와 인내'만 가지면 된다는 것이다. 여기에서도 우리는 팔봉을 압도적으로 사로잡고 있던 것이 예술가는 사회를 위해서 무엇을 해야 하는가 라는 명제임을 알 수 있다. 여기에 대한 팔봉의 대답은 비교적 단순하면서도 명쾌하다. "예술가의 할 의무가 있다 하면", 그것은 "반도에 오물오물한 백성들의 살림을 오늘에 부활시키는 것"이다. 그는 이와 같은 생각으로 기존문단을 향해 다음처럼 격정적 비난을 퍼붓는다.

> 아 아, 나는 고발한다. 너희의 양심에 고발한다. 구노나 베르디, 슈베르트나 베토벤의 멜로디에 취해서 수음하는 그대들, 그대들은 흉내만 내고 지내가는 것을 명예로 생각하는가? 자기의 생활과 환경을 모르고 다른 사람의 흉내만 내는 예술가는 예술가가 아니다. 저 사람이 지어놓은 멜로디에 취해서 독방에 홀로 앉아 자위하는 예술가는 예술가가 아니다. 수음가다.[97)]

팔봉은 그때까지의 모든 조선예술가들은 "허수아비 모양으로, 사회의 부수물로, 생활의 장식품으로 구중잡혀 다니는 상노 모양으로 존재해" 왔다고 말한다. "대감행차에 사륜교 뒤를 따라다니는 장죽 든 청직이와 마찬가지로 정치적 경제적 특수계급에게 구중잡혀" 온 것이 조선의 예술가들이라는 것이다. 그러므로 '생활과 예술은 일체'라는 관점에서 볼 때 이와 같은 예술가들은 환각 속을 헤매는 사람들이라고 그는 규정한다. 그러나 그는 구체적으로 그때까지의 김동인이, 이광수가, 박영희가 그런 예라고 말하지 않는다. 당대의 모든 예술은 일종의 장식품으로 전락했고, 부르조아의 유희품에 불과하게 되었으며, 예술가들은 자신도 모르게 자본주의와 군국주의 아래서 "저들을 도리어 옹호하고 변호하는 대변자까지 되고" 말았다고 이야기하면서도 누구의 어떤 작품이 그러한 구체적 징표라

---

97) 김기진, 「너희의 양심에 고발한다」, 『개벽』, 1924. 7, p.48.

고 이야기하지는 않았다. 그것은 그가 그때까지는 자기 주변의 지식인들
에 대한 기대를 아직 가지고 있기 때문이다. 러시아의 참회하는 귀족과
지식인들처럼 식민지 조선의 예술가들도 현실을 깨닫고 각성하여 일어서
길 그는 기대하고 있었다.

　20년대 초기 문단과의 관계에서 또 하나 지적할 것은 1919년에서부터
1923년에 이르기까지 팔봉은 조선문단의 구체적 모습을 정확하게 알 수
없는 처지에 있었다는 사실이다. 그는 백조파에 대해서는 박영희를 통해
비교적 소상히 알고 있었으나 여타의 문학운동에 대해서는 동경에 있었
기 때문에 잘 알 수가 없었다. 이러한 단계에서 그가 기존문단을 비판할
수 있는 유효한 방법의 하나는 일반화하는 것이며, 일반화하여 이야기할
때는 부르조아 문학에 대해 마르크스주의적 비판을 얼마든지 손쉽게 사
용할 수 있다는 이점이 있었다. 다음과 같은 글은 이 점을 잘 보여 준다.

　　정치적 부유가 극도에 있었던 과거의 어떤 시대에 사람들은 효용을 떠
　난 유희를 즐거이 해온 일이 있었다. 그리하여 그네들은 유희 자체로의
　독립을 감히 선언하고, 예술은 예술 자체로의 독립을 선언하고, 심한데
　이르러서는, 인생은 예술의 모방이라는 선언까지도 하게 되었다. 몽롱하
　게 인생은 예술의 모방이라고 말해버리면 이러한 말은 여러 가지 견지를
　가지고 능히 따로따로 해석되는 말이나 그러나 예술지상주의자들이 말하
　는 이 말은 지상의 보좌, 절대의 미를 가공해 놓고서 인생은 이것을 모방
　한다는 말에 불과하다. 그 지상 절대의 미는 자기네들의 지어낸 공상인
　것은 명백하다. (……)
　　더구나 이것이 산업혁명 후의 경제조직의 세력을 조장해 가지고서는,
　말할 수 없이 탈선하고 말았다.[98]

---

98) 김기진, 「금일의 문학, 명일의 문학」, 『개벽』, 1924. 2, p.43.

20년대 초기문단이 서구의 다양한 문예사조를 무절제하게 모방함으로써 여러 가지 부정적 폐해를 노출한 것은 사실이지만, 당시 조선문학이 꼭 서구적인 문예사조의 복사판이라고는 말할 수는 없다. 거기에는 한국적 변용과 재창조라고 부를 수 있는 여러 가지 모습이 들어 있다. 그러나 일본에서 갓 귀국했고, 또 시간적으로 지나치게 가까운 거리에서 들여다보고 있는 팔봉의 눈에는 그 모든 것이 서구적인 것의 흉내로만 보였다. 팔봉은 위의 인용문 바로 앞의 부분에서 20년대 초기의 예술가들을 "자기의 생활과 환경을 모르고 다른 사람의 흉내만 내는 예술가"라고 말했었다. 팔봉은 이처럼 우리나라의 문학과 산업혁명 후의 서구문학을 동일시한다. 그리고 예술과 삶의 분리를 비판한다.

그러나 팔봉의 이러한 비판이 전혀 무의미한 것은 아니다. 그의 비판은 당대 예술가들이 스스로에게 부여했던 기괴한 자부심과 오만함, 그리고 사명감을 흔들어 놓기에 충분했다. 질식할 것 같은 식민지 지식인 사회에서 자신들이 하고 있는 문학행위만이 고결하고 의미 있는 것이라고 자부심을 가지던 문학인들은 팔봉의 글로부터 커다란 충격을 받았다. 박종화처럼 보수적인 가문과 튼튼한 경제적 기반을 가지고 있는 사람마저 일시적으로 동요한 사실이 그 좋은 예이다. 박종화는 당시를 이렇게 이야기한다. "이 무렵에 팔봉도 나도 글을 많이 썼지만 팔봉의 수필이라고 하면 기가 막힙니다. 약간의 진보적인 색채도 띠어가면서 통곡을 하는 필치로 호마다(『개벽』잡지를 가리킴-필자 주) 수필을 실었는데 내가 팔봉을 평하기를 수필의 제일인자요 명문이라고 평을 썼습니다. 역시 그때는 문학평론을 쓰는 사람이 없었어요"99)라고. 자신이 발 디디고 서 있는 땅덩어리를 돌아보며 문학을 하라는 팔봉의 외침은 단순하면서도 어떤 기존 문학인의 글보다 강한 호소력을 지녔던 것이다. 명시적이든 묵시적이든 이

---

99) 「'개벽'에 얽힌 회상」, 『신인간』, 1971. 2·3월 합병호, p.73.

말에 대해 정면으로 맞서서 나는 올바른 문학을 해왔다고 장담할 수 있는
사람이 이 당시에 아무도 없었기 때문이다.

—『문예중앙』, 1985, 여름~겨울, 1986, 봄~여름.

제3부

북한문학의
이해를 위하여

북한문학의 이해를 위하여

1. 북한문학의 성격

북한문학과 한국문학은 다르다. 북한문학과 한국문학의 차이는 한국 현대 문학에서 대립적인 것으로 이해되고 있는 어떤 속성이나 경향, 이를테면 내용과 형식, 공리성과 오락성, 예술성과 대중성, 리얼리즘과 모더니즘 등에 대한 강조나 이해의 차이로부터 비롯된 것이 아니다. 그러한 측면은, 북한문학에 관한 한 현상적인 요인이거나 부분적인 요인이지 본질적인 요인은 아니다. 본질적인 요인은 문학의 속성이나 기능, 경향 등에 대한 선택적 강조에 있는 것이 아니라 북한의 정치·경제 체제가 만들어 낸 문학 이전의 조건, 즉 '북한식 사회주의'에 있다.

북한의 문학은 '북한식 사회주의' 체제 하에서 생산된 것이기 때문에 다른 사회주의 국가의 문학, 이를테면 중국과 같은 사회주의 국가의 문학과도 상당히 다를 뿐만 아니라 우리와 같은 자본주의 국가의 문학과는 더

욱 크게 다르다. 그것은 북한 사회에서 작가와 작품의 존재 방식이 경제
적으로는 사회주의에 의해, 정치적으로는 주체사상에 의해 규정되고 있는
까닭이다. 북한에서는 작가의 생존 방식, 작품의 출판과 판매 구조, 작가
와 독자의 관계 등 문학의 생산과 유통에 관계된 많은 부분들이 시장 경
제 체제를 거부하는, 과거 동구권을 비롯한 사회주의 국가들의 경제 구조
를 여전히 답습하고 있다. 그러나 무엇을 어떻게 쓸 것인가 하는 문학적
형상화의 문제, 즉 문학의 정치적·이념적 문제는 주체사상이라는 독자적
인 북한의 사상 노선에 의해 통제되고 있다. 그렇기 때문에 북한의 문학
은 작가와 작품에 대한 정치적 통제가 거의 없어진 중국과 같은 사회주의
국가의 문학과는 같으면서도 다르고, 철저히 시장 경제 체제의 논리에 의
해 규정받는 한국과 같은 자본주의 국가의 문학과는 본질적으로 다르다
고 할 수 있다.

　다시 말하지만 북한의 문학은 '북한식의 사회주의'가 만들어낸 문학이
다. 따라서 북한문학은 '북한식'이라는 정치적 규정과 '사회주의'라는 경
제적 규정을 받는다. 먼저 '사회주의'라는 경제적 규정의 경우부터 생각
해보자. 북한의 작가는 한국의 작가와 생존 방식이 전혀 다르다. 시장 경
제 체제하의 한국 사회에서 문학 작품은 작가 개인이 생산한 상품이다.
한국에서는 작가 자신이 어떻게 생각하건 간에 작품은 시장에서 상품으
로 교환가치를 부여받지 않고서는 독자와 관계가 맺어질 수 없으며 작가
역시 생존할 수 없다. 작가는 자신이 생산한 작품을 독서 시장에 내다 팔
아야 먹고 살 수 있다. 그러나 북한 사회에서 작가는 작품을 내다 팔아야
먹고 살 수 있다. 그러나 북한 사회에서 작가는 작품을 시장에 내다 팔아
서 먹고 사는 사람이 아니라 자신이 쓴 작품으로 인해 체제로부터 봉급을
받아서 사는 사람이다. 쉽게 말하면 북한 사회에서 작가란 체제로부터 인
정을 받아 작가의 지위에 오른, 일종의 공무원이다. 따라서 북한에서 문
학작품의 생산은, 비록 가격표는 책에 붙어 있지만, 사고 파는 상품의 생

산이 아니라 사회와 체제에 봉사하는 방법일 따름이다.

그러므로 북한의 작가들은 우리처럼 독자의 취향이나 평가, 혹은 작품의 판매량에 크게 신경을 쓰지 않는다. 그 대신 그들은 체제와 권력이라는 파트론에 대해 더 신경을 쓴다. 그것은 그들의 삶과 생존을 결정하는 것이 바로 체제와 권력인 까닭이다. 전업 작가가 되느냐 못 되느냐, 등급이 올라가느냐 못 올라가느냐, 작업실을 가질 수 있느냐 없느냐 등과 관련된 문제를 파트론이 결정하기 때문에 그들은 작품의 상업적 성공보다는 파트론의 관심사가 무엇인가에 더 신경을 쓴다. 70년대 이후의 북한문학이 주체사상에 의해, 작품의 주제 선택과 형상화 방법 등, 우리로서는 작가 개인이 결정하는 문제를 권력과 체제로부터 규제받게 되는 것은 이같은 맥락에서 볼 때 지극히 당연한 일이다. 그 구체적 예를 우리는 70년대의 '천리마 운동'과 당시 문학과의 관계에서 찾을 수 있다.

> 이와 함께 천리마의 기세로 질풍같이 내달리며 혁명적 정열로 들끓는 오늘의 위대한 현실과 우리 인민의 보람찬 생활을 생동하게 그리며 남조선 혁명과 조국 통일을 위하여 영용하게 싸우고 있는 남조선 혁명가들과 애국적 인민들의 혁명 투쟁을 잘 형상화하여야 할 것입니다.
>
> (『김일성 저작 선집』, 제5권, p.462)

북한은 이 시기에 『천리마』라는 잡지를 간행하고 이 잡지에 수록된 작품과 비평을 위의 교시문에서 지시한 내용으로 채웠을 뿐 아니라 이 잡지가 아닌 순문학지인 『조선문학』을 비롯한 다른 여러 문학 잡지들에 실린 작품과 비평들도 마찬가지 내용으로 채웠다. 북한에서의 문학활동은, 교시문을 따르는 작품 창작이 줄을 이은 이 같은 사실에서 짐작할 수 있듯이, 그때그때의 정치·경제적 운동에 민감하게 반응할 수밖에 없는, 아니 민감하게 반응해야만 살아남을 수 있는 위치에 있다. 이런 점에서 북한의 문학은 개인이 자유롭게 다스릴 수 있는 자치 영역이 아니다. 북한에서의 문학은 한국처럼 개인의 자치 영역이 아니라 체제와 권력의 직할 영역, 당으로부터 상당한 지도와 간섭을 받는 영역이다.

북한문학은 체제와 권력의 직할 영역이기 때문에 '북한식' 사회주의, 달리 말해 당의 유일 사상인 주체사상으로부터 자유로울 수가 없다. 이 점에 대해 북한의 문학 이론서들은 대체로 다음과 같은 식으로 말하고 있다. "문학 예술 사업에 대한 수령의 유일적 령도를 철저히 실현하고 작가, 예술인들을 당의 유일사상으로 튼튼히 무장시키며 그들을 당의 문예 정책 관철에로 적극 동원하여 당의 유일 사상이 정확히 구현된 문학 예술 작품을 만들어 내도록 하는 것"은 문학 이론에서 가장 중요한 부분이다. 왜냐하면 그것이 바로 "주체사상에 기초한 문예 이론의 가장 중요한 구성 부분을 이루"기 때문이다라고. 북한의 문학 이론서들이 이렇게 분명히 밝혀놓고 있는, 문학에 대한 체제와 권력의 구속을 좀 더 선명하게 이해하기 위해서는 김일서의 교시문에 나오는 다음과 같은 구절을 생각해 볼 필요가 있다.

> 나는 사회주의 건설에 관한 문예 작품과 혁명 투쟁에 관한 문예작품의 창작 비율을 5 : 5로 할 것을 제기합니다.
>
> (『김일성 저작 선집』, 제4권, p.157)

위의 교시문은 김일성이 작가들에게 무엇을 얼마나 써야 할지를 지도한 말이다. 북한이 주체사상을 내세우면서 작가들에게 되풀이해 강조한 것은 김일성 일가의 항일 혁명 투쟁 역사를 반복해서 학습하라는 것과 북한에서 사회주의 사회 건설이 빛나는 성공을 거두고 있다는 사실을 낙관적 전망으로 고취시키라는 것이다. 위의 교시문 역시 이 두 주제를 5 : 5로 절반씩 쓰라고 작가들에게 요청하고 있다. 그런데 앞에서 이미 보았듯이 북한에서의 작가들의 생존 방식을 고려한다면 이 권유는 사실상 권유가 아니라 명령이며, 지침이다. 70년대와 80년대의 북한문학이 대체로 두 가지 주제를 중심으로 절반씩 생산된 사실이 그 사실을 잘 입증해 주고 있다. 작가들이 독립된 개인이 아니라 일종의 공무원인 북한 사회에서 이 교시를 어기고 작품을 쓸 수 있는 사람은 없을 것이기 때문이다.

그러므로 북한에서 '문학이란 무엇인가?' '내가 하고 있는 문학은 과연 바람직한 문학인가?' 등의 질문은 개인이 자유롭게 할 수 있는 영역이 아 니다. 그런 질문과 대답은 주체사상이란 테두리 안에서만 가능한 질문이 다. 문학의 본질과 기능, 바람직한 문학의 형태 등은 개인의 차원을 넘어 서는 정책적인 문제여서 개인이 결정할 수 있는 것이 아닌 것이다. 그것 은 『북한 문학의 이해』라는 책을 쓴 김재용에 의하면 북한 사회는 "항상 당의 문예 정책이 개별 비평가의 판단을 일방적으로 누를 수"(p.13) 있는 사회인 까닭이다. 이런 점에서 볼 때 문학의 본질과 기능이 공식화된 정 책적 표준에 따라야 하는 북한문학은, 독자나 상업적 성공을 노리는 출판 사 등으로부터 암암리에 문학의 본질과 기능에 대한 질문을 사적인 차원 에서 구속당하는 한국문학과 뚜렷한 대비를 이룬다. 우리가 종종 한국문 학과 북한문학의 차이를 개인이 자유롭게 하고 싶은 문학과 할 수 없는 문학의 차이라고 생각하는 것은 바로 여기에서 비롯된 것이다.

2. 주체사상과 주체 문예 이론

70년대 이후, 정확히 말해 1967년 이후 북한은 모든 예술이론을 주체 사상에 근거하는 방식으로 점차 재편하기 시작했으며 시간이 갈수록 그 강도는 더해가고 있는데 문학 역시 여기에서 예외가 아니다. 북한의 사회 과학원 문학연구소가 사회과학 출판사에서 1975년에 펴낸 『주체사상에 기초한 문예 이론』이란 책의 '서장'은 「위대한 수령 김일성 동지께서 창시하신 독창적인 문예 이론은 영생불멸의 주체사상을 구현하고 있는 가장 혁명적이며 과학적인 문예 이론」이라는 긴 부제를 달고 있다. 책의 목차와 '서장' 첫머리에 고딕체로 강조되어 있는 이 말이 북한에서 차지하는 현실적인 중요성은 우리들의 상상 이상이다. 이런 점에서 북한에서 '영생불멸의 주체사상'을 구현하고 있다고 예찬되고, '가장 과학적이고 혁명적인 문예 이론'이라고 찬양받는 '주체적 문예 이론'의 실상을 이해하는 것은 현재의 북한문학을 올바르게 이해하는 관건이라 할 수 있다.

주체 문예 이론을 이해하기 위해서는 잠시 이야기가 빗나가는 것이 될지 모르지만 주체사상에 대한 이해가 먼저 필요할 것 같다. 주체사상은 김일성 어록에 의하면 "한마디로 말하여 혁명과 건설의 주인은 인민 대중이며 혁명과 건설을 추동하는 힘도 인민 대중에게 있다는 사상"이다. 그리고 여기에서 '주체'란 "혁명과 건설의 모든 문제를 독자적으로, 자기 나라의 실정에 맞게 그리고 주로 자체의 힘으로 풀어나가는 원칙"이라고 이야기하고 있다. 주체한 다시 말해 "남을 맹목적으로 따라가거나 남의 힘에 의존하여 살아가려고 하는 것이 아니라 제정신을 가지고 자기 힘으로 살아나가며 무슨 일이든지 자기 실정에 맞게 그리고 자기 나라 혁명에 리롭게 처리해 나가는 립장"이라고 김일성 어록은 설명하고 있는 것이다.

그런데 북한이 이렇게 정의되는 주체사상을 내세워서 정치·경제·문화 등 각 분야에서 '자기 실정'에 맞는 노선, 즉 독자 노선을 강조하기 시작한 것은 크게는 두 가지 요인 때문이라고 할 수 있다. 그것은 바로 김일성에서 김정일로 이어지는 권력 체계를 공고히 하겠다는 발상과 그러기 위해서는 국제 사회의 변화, 특히 냉전 체제 붕괴 이후 일어나기 시작한 사회주의 사회의 변화로부터 북한을 고립적으로 방어해야 한다는 생각이 바로 그것이다. 이와 같은 발상에서 북한은 60년대 말부터 주체사상을 내세우기 시작해서 김일성과 김정일의 지도하에 사회 각 부문에 이 사상을 관철시키기 시작했다. 북한의 독자적 정치 노선, 경제 노선, 문화 노

선을 강조하기 시작한 것이다. 이른바 '북한식 사회주의'라고 이름붙일
수 있는 독특한 이데올로기, 주체사상은 이렇게 해서 나타났다.

그렇다면 주체사상에 의해 재정립된 주체 문예 이론은 종래의 사회주
의 문예 이론과 어떤 차이가 있는 것일까? 같은 것일까, 다른 것일까? 이
점을 이해하기 위해서는 북한에서 문학이 권력(수령) 및 체제(당)와 맺고
있는 관계를 살펴볼 필요가 있다. 주체 문예 이론이 주체사상과 맺는 관
계는 당의 유일 사상 체계를 문학 예술 속에서 철저히 관철시키는 것으로
나타난다. 이 사실은 『주체사상에 기초한 문예 이론』속에 나오는 다음과
같은 구절에 구체적으로 분명하게 강조되어 있다.

> 문학 예술에 대한 수령의 유일적 영도, 당의 유일적 지도를 확고히 보
> 장하고 인민의 자유와 해방을 위한 영광스러운 혁명 투쟁의 불길 속에서
> 수령에 의하여 이루어진 혁명적 문예 전통을 이어받아 문학 예술에서 당
> 의 유일 사상 체계를 철저히 세우는 것은 사회주의적 문학 예술의 당성,
> 로동 계급성, 인민성의 원칙을 철저히 관철하여 당사상 사업의 무기로서
> 의 그 기능과 역할을 높이게 하는 근본 담보로 된다.

그런데 여기에서 우리의 주목을 끄는 것은 문학 예술에 있어서 '당의
유일적 지도'와 '당의 유일 사상 체계를 철저히 세우는 것'과, 일찍이 사
회주의 종주국이었던 소련에서부터 사회주의 리얼리즘이 기본 요건으로
내세웠던 "당성, 로동 계급성, 인민성의 원칙을 철저히 관철하는 것"이
맺는 관계이다. 위의 인용문은 분명히 전자를 '철저히 세우는 것'이 후자
의 성패를 좌우하는 '근본 담보'가 되고 있다고 말하고 있다. 그렇다면 후
자보다 전자가 더 본질적인 것이라는 이야기임에 틀림없다. 이처럼 북한
의 주체 문예 이론은 과거 사회주의 국가들이 내세웠던 문학 예술론의 일
반적인 원칙들보다 "수령에 의해 이루어진 혁명적 문예 전통을 이어받아
문학 예술에서 당의 유일 사상 체계를 철저히 세우는 것"을 훨씬 우위에

놓고 있다. 이것은 현재 북한의 문예 이론이 실제 창작을 지도해나가는 데 있어서 마르크스주의 미학의 원칙이나 과거에 커다란 영향을 미쳤던 소련의 사회주의 예술론보다 주체사상의 관철에 더 큰 관심을 쏟고 있다는 사실을 말해주고 있다.

그렇기 때문에 이와 같은 방식으로 주체사상에 입각해서 전개되는 주체 문예 이론은 우리가 일반적으로 생각하고 있는 사회주의 문예 이론과는 상당히 다르다. 북한의 주체 문예 이론은 마르크스-레닌주의 미학을 이어받아 그것을 김일성이 창조적으로 계승·발전시켰다고 주장하지만, 실제로는 마르크스-레닌주의 미학의 정통성으로부터 크게 벗어나 있을 뿐만 아니라 스탈린 이후 소련의 예술 이론과도 커다란 차이가 있다. 주체 문예 이론이 북한에서 마르크스-레닌주의 미학과 어떻게 다른 모습으로 나타나는지 아래에 간략히 요약해 보면 다음과 같다.

첫째, 주체 문예이론에서는 인간의 육체적 생명보다 사회 정치적 생명을 강조한다. 그리고 그것은 인간이 자주적 존재이기 때문이라고 이야기한다. 그 이유는 김일성이 내놓은 새로운 공산주의 인간학이 "사람이 모든 것의 주인이며 모든 것을 결정한다"는 것을 가르쳐 주었고, 여기에서 '자주성을 옹호하는 문제에' 대한 '예술적 해답'을 찾을 수 있기 때문이란 것이다. 그렇지만 북한의 주체 문예 이론은 인간의 자주성이 물질적 토대와의 어떤 관계 속에서 성립되는 것인지에 대한 설명은 하지 않고 있는데, 이것은 아마도 김일성의 주체사상이 마르크스 사상을 뛰어넘어 한 단계 더 발전한 것이라고 주장하는 그들의 논리와 무관한 것이 아닐 것이다.

둘째, 주체 문예 이론에서는 문학 예술 작품에서의 성과를 보장하는 결정적 조건은 사상 의식이라는 것을 강조한다. 사회 정치적 생명을 강조하는 입장이 낳은 자연스러운 귀결이라고도 할 수 있는 사상 의식의 강조는 자연스럽게 '수령의 혁명 사상을 확고한 지도 지침'으로 받아들일 것을 요구하게 된다. 그리고 예술인들로 하여금 '당의 로선과 정책, 혁명적 세계관으로 튼튼히 무장'할 것을 요구하게 된다.

셋째, 주체 문예 이론에는 종자론과 속도전 이론이 큰 영향을 미치고 있다. 이 이론은 다른 어떤 것들보다도 북한 사회 특유의 문예 이론이라고 할 수 있는 것인데, 그것은 이 이론이 북한 사회가 움직여나가는 특수한 정치적 현실과 관련된 이론이기 때문이다. 종자론은 김정일이 만들어낸 것으로 북한에서는 '인류 역사에서 불의 발견에 맞먹는' 위대한 사건으로 이야기되고 있다. 김정일은 지금가지의 어떤 문예 이론에서도 일찍이 언급하지 못했던 '종자', "문학 예술 자품의 본질적 특성과 창작 과정의 합법칙성에 대한 심오한 통찰에 기초하여 문학 예술 작품이 핵을 이루며 그 사상 예술적 가치를 규정하는 데서 근본적 의의를 가지는 종자"를 찾아내서 언급했다는 것이다. 물론 이와 같은 이야기는 말 그대로라기보다는 김정일 자신의 정치적 위상 구축과 어떤 관련성이 있는 이야기임에 틀림없다. 그렇지만 어쨌건 종자론은 예술은 물론이고 정치·철학 등의 다른 여러 분야에도 김정일의 부상과 표리 관계를 이루면서 폭넓게 적용되고 있다. '종자를 바로잡아야' 모든 것이 성공할 수 있고, 그러기 위해서는 주체사상에 의한 무장이 필요하다고 하는 말 속에는 문학이 아니라 정치의 맥락이 개입되어 있는 것이다.

다음으로 속도전 이론은 문예 이론이라기보다는 북한의 경제 건설과 관계된 현실적 요구가 만들어낸 창작 방법론이라 할 수 있다. 그것은 이 이론이 "인민 대중과 혁명 위업을 위하여 적극 복무하는 훌륭한 문학 예술 작품을 더 빨리, 더 많이 창작해 낼" 것을 요구하는 이론이기 때문이다. 북한의 문예 이론에서는 작가들이 '높은 정치적 자각과 창조적 열의'로 주체사상에서 요구하는 '주인다운 태도'를 가질 때 이 문제를 해결할 수 있다고 주장하고 있다.

넷째, 주체 문예 이론에서는 수령 일가가 지닌 혁명적 전통, 특히 항일 무장 투쟁기에 수령 일가가 겪은 고난에 대한 학습과 창작을 적극 권장하고 있다. 그리하여 김일성의 부모인 김형직과 강반석을 비롯해서 김일성과 김정숙 부부, 그리고 아들 김정일 등은 창작의 주요 대상이 되며, 가까운 친척들과 외척들도 종종 창작의 대상으로 떠오르고 있다. 특히 항일무장 투쟁기의 김일성의 삶은 주체사상의 근간을 이루는 고전적 전범으로 설정되어 학습과 창작의 각별한 대상이 되고 있다. 아마도 그것은 자라나는 새로운 세대들에게 김일성이 어려운 환경 속에서 어떤 애국적 정열로 고난을 헤쳐나왔는가를 강조함으로써 북한이 처해 있는 어려운 국내외적 상황을 타개하고 수령 일가에 대한 존경심을 유지하겠다는 목적과 관계가 있을 것이다. "온 사회를 위대한 김일성 동지 혁명 사상으로 일색화하기 위하여서는 모든 사회 성원들을 수령님께 끝없이 충직한 참다운 혁명 전사로 만들어야 한다"라는 주장은 그러한 맥락에서 이해할 수 있는 이야기이다.

주체사상이 보여주는, 그 이전의 마르크스―레닌주의 문예 이론과 뚜렷한 대비를 이루는 이와 같은 차이는 그런데 필자가 보기에 대단히 중요한 것이다. 왜냐하면 이 점이야말로 주체사상 이전의 이론과 이후의 이론, 주체사상 이전의 작품과 이후의 작품들을 구별 짓는 기준이 되는 동시에 70년대 이후에 숱하게 창작된, 김일성과 김정일 부자를 중심으로 한 혁명 가족을 예찬하는 작품들에 대한 이해의 열쇠가 된다고 생각하기 때문이다.

3. 주체사상 이전의 문학과 이후 문학의 차이

주체사상 이후의 문학이 지닌 정치적 특징을 분명하게 이해하기 위해서는 그 이전이 문학에 대한 간략한 이해가 필요할 것 같다. 북한의 문학은 주체사상 이전까지는, 다시 말해 60년대 중반까지는 사회주의 사회

건설에 대한 이상적인 꿈과 낙관적 전망으로 충만해 있었으며 그 의도 역시 비교적 순수했다. 작가들은, 비록 체제와 권력의 지시에 따라 작품을 쓰긴 했지만, 그것을 일방적인 지도나 명령이라고만 생각하지 않았으며 스스로 자발적으로 북한 사회의 미래를 꿈꾸며 나아간다고 생각했던 것이다. 그래서 주체사상 이전의 작품들은 정치적 의도보다는 천진난만하다고 할 정도로 이상적인 꿈에 지배당하고 있다. 따라서 이 시기의 작품들은 현재 북한에서 생산되고 있는 주체사상 이후의 작품들과 상당한 거리가 있지만, 그렇기 때문에 오히려 우리에게는 비교적 이질감이 덜한 작품들이다.

예컨대 구체적으로 60년대 초반에 씌어진 강복례의 「수연이」와 하정희의 「생활」, 그리고 김병훈의 「길동무들」이란 단편소설을 예로 들어 이야기한다면 이렇다. 이 세 작품은 모두가 적극적인 자기 희생을 통해 이상적인 사회주의 사회 건설에 참여하는 인물들을 그리고 있는 소설들이다. 벽지에서 헌신적으로 의료 활동을 펼치는 두 인물을 그려놓고 있는 「수연이」, 어떤 난관 속에서도 어렵게 살고 있는 인민들에게 물고기를 공급하겠다는 사명감으로 양어 사업에 몰두하는 인물들을 보여주는 「길동무들」, 자신의 사사로운 안락보다는 동료들과 힘들게 더불어 사는 데에서 행복과 즐거움을 찾는 여주인공을 설정하고 있는 「생활」, 이 작품들에는 하나같이 어떤 의심이나 갈등도 스며들어 있지 않다. 이들 작품 속의 주인공들은 아무리 어려운 상황이 닥쳐도 타인을 미워하거나 자신의 능력에 대해 좌절하지 않는다. 이들의 곁에는 항상 이들의 고난을 이해하고 도와주게 되는 공산당 간부들이 있으며, 그들 역시 주인공들과 마찬가지고 선량한 의지로 충만해 있다. 따라서 문제는 해결되기 위해, 난관은 극복되기 위해 거기에 있다.

따라서 우리는 작품을 읽을 때 이 같은 인물들이 현실적으로 있을 수 있을까 하는 의심을 당연히 가지게 된다. 그러나 그런 의심에도 불구하고

이들 소설에는 근래에 쏟아져 나온 주체사상 시기의 소설들에서는 느낄
수 없는 찡한 감동이 있다. 그것은 앞에서 예로 든 소설 작품 속에 인간
의 순수한 영혼, 맑고 깨끗한 이타심을 자연스럽게 느낄 수 있는 매력이
있기 때문이다. 소설 기법상으로 볼 때 별로 세련되지 못한 이들 소설이
주는 이 같은 자연스런 감동의 의미는 정치적 의도가 선명하게 느껴지는
주체사상 이후의 작품들과는 다른 것이다. 그리고 이 시기의 소설들이 지
닌 이러한 미덕은 온갖 수법으로 흥미를 창조하기에 급급한 우리 남쪽 소
설들을 반성적으로 고찰하는 데에도 유익한 실마리가 될 수 있다.

주체사상 이전의 작품이 이렇다면 주체사상 이후의 작품은 어떤 특징
을 보여주고 있는 것일까? 주체사상 이후에 씌어지는 북한의 문학 작품들
은 앞에서 잠시 언급했던 것처럼 대부분의 작품들이 어떤 방식으로건 김
일성·김정일·김정숙 등 수령일가의 생애와 관계를 맺고 있다. 그들과
그들을 따르는 혁명 전사들의 변함없는 충성심이 직접적이건 간접적이건
작품 속에 삽입되어야만 작품 창작이 가능하게 되어버린 것이다. 그리하
여 북한에서는 김일성의 생애를 기록한『불멸의 역사』를 몇 번 읽느냐가
훌륭한 작가가 되느냐 못 되느냐의 기준이라는 이야기까지 나올 정도가
되었다.

이 점에 대해 북한의『조선 문학 개관』은 이렇게 설명하고 있다. 67년
이후의 북한문학에서 소설 문학의 특징으로는 "특히 총서『불멸의 력사』
를 비롯하여 위대한 수령님과 친애하는 지도자 동지를 형상한 작품들, 수
령님의 혁명적 가정을 형상한 작품들이 전례없이 새롭게, 왕성하게 창작
된 것"을 들 수 있으며, 이는 "이 시기 소설 문학 발전과 그 성과를 특징
짓는 특기할 사변"이라고 말이다. 또한 시문학이 특징으로는 '1970년대와
1980년대에' 나타난 '송가의 전면적인 발전'을 들 수 있으며 송가 양식이
란 "우리 인민이 수천년 력사에서 처음으로 맞이하고 높이 모신" "어버이
수령님과 친애하는 지도자 동지의 위대성과 불멸의 혁명 업적, 고매한 덕

성과 우리 인민의 다함없는 흠모와 끝없는 찬양의 감정, 불타는 충성의 마음"을 열렬히 예찬하는 것을 장르적 성격으로 삼고 있는 장르라고 이야기하고 있다. 우리는 이와 같은 이야기를 통해 북한의 문학 작품들이 주체사상 이후에 어떤 방식으로 창작되고 있는지 그 한 단면을 엿볼 수 있다. 이를테면 88년 12월호 『조선 문학』에 실린 「자세」라는 소설에는 그 끝부분에 다음과 같은 내용이 들어 있다.

> 녀성의 몸으로 장군님을 따라 조국 광복의 성전에 나서 세운 그 불멸할 공적으로 보면 녀사(김정숙 : 필자 주)에게는 진정 금실로 짠 외투를 해드린대도 아까울 것 없다. 또 자신이 바라면 좋은 외투를 해 입을 수도 있었다. 그러나 녀사께서는 고쳐 지은 군인 외투를 입고 불편한 몸으로 걸어서 병원으로 가시였다. 오늘도 발목이 부어 있는 것을 사람들에게 보이지 않고 공사장으로 나가 사람들을 새 조국 건설에로 불러일으키며 누구보다도 더 많은 땀을 흘리시였다. 이것은 옥심이로 하여금 언제나 자신은 소박하고 평범하게 살며 오직 인민을 위해 헌신하는 데서 생의 락을 찾는 녀사의 자세를, 삶의 자세를 똑똑히 보게 하였다.

해방 직후의 북한을 작품의 시간적 배경으로 설정하고 있는 이 작품은 잘못된 오만한 자세를 가지고 있던 옥심이라는 처녀가 약혼자의 충고에도 불구하고 자세를 바꾸지 않다가 김정숙의 행동에 감동해서 그 자세를 바꾼다는 내용으로 되어있다. 그러므로 이 이야기는 인민을 지도하고 이끄는 김일성 일가가 얼마나 헌신적으로 인민을 위해 아낌없이 그들의 모든 것을 바치고 있는가를 은연 중에 암시하고 있는 소설이라 할 수 있다. 반면에 89년 12월호 『조선문학』에 수록된 「렬사의 후손」은 인민들이 김일성 일가를 위해 얼마나 헌신적으로 자신들의 삶을 바치고 있는가를 보여준다. 이 작품에는 다음과 같은 대목이 나온다.

내가 사적 발굴 사업을 하면서 강하게 느낀 것은 해방 전 우리의 혁명
가들은 한결같이 어버이 수령님에 대한 충성심이 대단했고 일신의 명예
에 대해선 티끌만치도 생각지 않는 사람들이었다는 것입니다. 그 전날
만주에서 옥중 생활을 하다가 해방이 되어 조선으로 나온 어떤 혁명가는
세상을 떠나는 림종의 시각에까지도 혁명 투쟁을 한 자신의 자랑스러운
경력을 자식들에게 숨기고 어버이 수령님께 충성을 다하라는 오직 하나
의 유언만을 남겼습니다. 그들은 모두 그런 사람들이였지요.

이 소설에서 혁명 열사의 후손인 공철규는 철도 다리 건설에 종사하는
젊은이다. 그는 자신이 열사의 후손이란 것을 숨기고 있는데, 윤세훈이란
작가가 할아버지의 이야기를 쓴 것을 보고 그를 찾게 된다. 그리고 윤세
훈이 혁명 열사들의 삶을 학습하는 모습을 통해, 그리고 할아버지가 걸어
간 자신이 미처 몰랐던 생애를 알게 됨으로써 많은 것을 깨닫는다. 위의
인용문에서 분명하게 드러나듯이 이 소설은 김일성과 같은 항일 혁명 투
쟁기의 세대들과 지금 세대들을 비교하면서 자신들 세대가 어떻게 살아
야 할지를 새롭게 각성하는 주인공을 설정하고 있다.

주체사상 이후 모든 문학 작품들이 이렇게 씌어지는 것은 아니겠지만
대다수의 작품들이 위에서 예시해 보인 방식들을 어떤 식으로건 따르고
있다. 따라서 우리가 보기엔 북한문학 작품들은 사람들의 가슴 속에 김일
성 일가와 인민들의 관계를 어버이와 자식들의 관계로 느끼게 만들어서
사랑과 희생이라는 정서적 최면을 걸고 있는 것처럼 생각된다. 이 정서적
최면은 필자가 보기에는—북한의 문예 이론이 비록 사회 정치적 생명을
강조하고 있긴 하지만—사회 정치적 생명이 아니라 봉건적 유교 이데올
로기이다. 그것은 필자에게는 북한은 20세기의 가부장제 국가이며, 그 속
에서 사람들이 가져야 할 덕목은 일종의 혈연 의식과 충효 사상처럼 생각
되는 까닭이다.

4. 한국문학에 대한 북한 쪽의 시각

우리는 지금까지 북한에서 한국문학을 대상으로 한 연구가 어느 정도의 관심 속에 얼마만한 업적을 내면서 이루어져 왔는지 잘 모르고 있다. 현재 우리가 알고 있는 것은 북한에서 가장 역사가 있고 권위 있는 문학 잡지인『조선문학』과, 89년부터 나오기 시작한『통일문학』에 한국의 반체제 문학, 민중문학, 노동 문학 등이 가끔씩, 후자의 경우는 매호마다, 소개되었다는 사실과 한국문학을 다룬,『남조선에 유포되고 있는 반동적 문예 사상의 본질』(1961 : 이하 a로 지칭함)과『남조선 민중문학의 발전과 특징』(1992 : 이하 b로 지칭함) 등의 단행본이 출간되었다는 정도이다(실제로 이것들 외에 더 많은 소개와 관심이 있었다는 증거도 별로 없다). 그러나 이것들만으로도 우리는 북한에서 한국문학을 바라보는 관점과 연구하는 태도 정도는 충분히 짐작할 수 있다고 생각한다. 정책적인 측면과 긴밀한 연관을 맺고 있는 북한문학에서 한국문학을 바라보는 북한의 공식적인 입장을 확인하는 데에는 그렇게 많은 자료가 필요하지 않은 까닭이다.

한국문학에 대한 북한 연구자들의 정책적 시각에서 가장 두드러진 문제점으로 지적할 수 있는 것은 첫째, 없는 사실을 마치 있는 일처럼 만들어 놓는 것이며, 둘째, 작가와 작품 자체에 대한 불충분한 이해에서 비롯된, 혹은 고의에 의한 작품 해석이고, 셋째, 작가나 작품에 관련된 사항을 일부분만 자의적으로 편리하게 자신들의 문맥 속에 재배치하는 왜곡이다. 이것들을 다음에서 구체적인 예를 들어 이야기하면 이렇다.

먼저 없는 사실을 있는 사실처럼 만들어놓는 경우를 보자. 대체로 이 경우는 북한의 정치적 현실과는 아무 상관없이 진행된 한국문학의 어떤 현상이나 창작을 마치 상당한 관련이 있는 것처럼 이야기하는 경우이다. 그렇게 함으로써 북한 쪽의 연구자들은 그것을 한국 사람들이 김일성과

김정일, 혹은 두 사람으로 상징되는 북한 체제, 아니면 북한문학에 대해
상당한 선망을 가지고 있는 증거로 삼고 있다.

> 특히 민중문학 작품들에는 남조선 인민들이 백두산에 가보고 싶어하
> 는 심정이 열렬하게 반영되어 있다.
> 물론 그것은 자연의 백두산을 보고 싶어하는 그런 심정만이 아닐 것이
> 다. 백두산은 예로부터 이름난 조종의 산이다.
> 하지만 북에는 유명한 금강산도 있고 경치 수려한 묘향산도 있다. 그
> 런데 하필 백두산을 열렬히 보고 싶어하는 그 마음의 근저에는 보다 의
> 미 깊은 것이 있을 것이다.
> 백두산은 혁명의 성산이다. 이 산에는 위대한 수령님께서 이룩하신 항
> 일의 혁명 전통이 깃들여 있고 친애하는 지도자 동지께서 탄생하시어 혁
> 명의 슬기를 키우신 뜻 깊은 역사가 아로새겨져 있다. 때문에 조선 인민
> 은 물론 세계 수억만 인민들도 백두산을 우르러 거기에 깃든 불멸의 사
> 적을 가슴 뜨겁게 받아 안는 것이다.
>
> (b, pp.203~204)

위의 설명은 황지우의 「꽃 피는, 삼천리 금수강산」이란 작품을 「삼천
리 금수강산」이란 제목으로 약간 변개시킨 후에 붙여놓은 설명이다. "지
금 남조선 인민들의 마음은 자주적이며 창조적인 생활이 꽃피는 북녘 땅
으로 줄달음쳐오고 있다"고 하면서 "그와 같은 심정을 노래한 작품이 바
로 시 「삼천리 금수강산」"이라고 한 후 위와 같은 설명을 붙여놓고 있는
것이다. 그러나 실제 황지우의 시는 위 예문의 설명과는 아무 관련이 없
으며, 특히 백두산의 김일성 혁명사적에 대한 그리움이나 북한 체제에 대
한 선망과는 더욱 관련이 없다. 황지우의 시가 '영변 약산'과 '은율 광산'
과 '마천령 산맥'과 '금강산'을 열거한 사실에서 알 수 있듯, 이 시에는
단지 갈 수 없게 된 북녘 땅 전체에 대한 그리움과 갈 수 없는 정치적 상
황에 대한 (남북의 체제에 대한) 은근한 불만이 숨어 있을 따름이다. 이

같은 점은 다음과 같은 북한 연구자의 진술에서도 마찬가지이다.

　　민중문학이 사실주의 창작 방법에 의거하고 있고 진보적 성격을 가지
고 있다고 하여 사회주의적 사실주의의 기치를 들고 있는 것은 물론 아
니다.
　　그것은 이 문학이 당과 수령의 영도 문제, 공산주의자의 전형 창조 문
제 등 사회주의적 사실주의의 요구를 이러저러한 사정으로 하여 실현하
지 못하고 있기 때문이다.
　　그러나 민중문학은 지난 시기 남조선 진보적 문학에서는 찾아볼 수 없
는 혁명적인 요소들이 적지 않다.
　　그것은 남조선 민중문학이 영생불멸의 주체사상의 구현인 자주적 리
념(삼민주의)을 기초로 하고 작품 창작에서 자주적 지향과 요구를 반영하
고 있기 때문이다.

(b, pp.27~28)

　　이상에서 보는 바와 같이 민중문학은 위대한 수령님과 친애하는 지도
자 동지에 대한 남조선 인민들의 뜨거운 흠모의 감정과 공화국 북반부에
대한 그들의 열렬한 동경심을 밑바닥에 깔고 조국을 자주적으로 통일하
는 데 대한 사상 주제를 올바르게 선택하고 그것을 실현하고 있다.

(b, p.116)

　　위의 설명은 한국의 민중문학 일반에 대한 설명인데, 한국 민중문학 전
체가 마치 주체사상의 영향을 크게 받고 있는 것처럼 이야기 하고 있다.
그러면서 정치적인 여건 때문에 그 영향을 겉으로 드러내놓고 있지는 못
하다고 함으로써 실제 사실과의 괴리를 적당히 넘어가려 하고 있는 경우
이다.
　　다음으로 작가와 작품 자체에 대한 불충분한 이해에서 비롯된, 혹은 고
의에 의한 작품 해석의 경우를 보자. 이 경우는 대체로 부분적인 사실을
전체인 것처럼 이해하거나 아무 상관이 없거나 별 상관이 없는 작가, 혹은

작품을 마치 논의하는 주제와 깊이 관계된 것처럼 이야기하는 경우이다.

> 그의 작품의 주인공들은 모두가 현실 세계와 떨어져서 자의식의 동굴
> 속에서 헤매며 관능적인 세계를 향락하는 성격 파산자들이며 무위의 타
> 락자들이다. 리상의 작품들이야말로 모든 인간 심리와 행동을 지배하는
> 원동력을 '리비도' 즉 성욕이라고 한 프로이트의 사상의 가장 로골적인
> 예술적 구현이다.
>
> (a, p.101)

한국문학이 이상을 중요한 작가로 평가하는 사실을 비난하면서 이상을
자기 나름으로 재규정하는 위의 글은 이상의 일면을 지나치게 확대 해석
한 감이 있다. 이상의 작품을 전적으로 성욕의 표현이라 규정하기 위해서
는, 그리고 현실 세계와 완전히 단절된 것으로 규정하기 위해서는 좀 더
치밀한 이론적 근거와 작품에 대한 독서가 필요하다고 생각한다.

> 오늘 남조선에서 문학 예술 분야에 침투한 아메리카니즘은 실존주의
> 미학이다. (……)
> 그러나 실존주의 미학은 이것만을 설교하지 않았다. 한걸음 더 나아서
> 이제는 현실은 불합리할 뿐만 아니라 '아무것도 없는 것'이라고 역설하
> 고 '나' 이외에는 과거도 미래도 없는 것이라고 역설하면서 '니힐리즘'을
> 고창하였다. 그리고 더 나아가서 오늘 전세계 인류의 심장을 파악하고
> 민족 해방의 참다운 길을 밝히고 있는 과학적 종산주의의 억센 파도를
> 가로막고저 '객관적 진리'는 없으며 진리는 오직 '주체적 진리'뿐이라고
> 죽음에 직면한 목소리를 늘어놓았다.
>
> (a, p.23)

이 인용문이 보여주는 것은 한국의 실존주의에 대한 불충분한 이해이
다. 50년대와 60년대 한국의 실존주의는 미국보다 프랑스와 깊이 관계된
것이며, 반드시 니힐리즘으로 귀결된 것은 아니었다. 오히려 그 반대로

위 글의 필자가 상당한 의미를 부여한 바 있는 '참여 문학'이 실존주의의
앙가주망에서 상당 부분 영향을 받았다는 사실을 우리는 기억할 필요가
있다. 우리는 여기에 덧보태서 사르트르의 저작들이 한때 한국에서 금서
로 되었다는 사실도 기억할 필요가 있을 것이다.

> 소설은 여기에서 끝나지만 조영구가 공해상에서 그들과 그들이 타고
> 온 현대적인 어선들을 부러운 눈길로 바라보거나 북녘에 있는 안해와 아
> 들의 행복상을 꿈결에나마 그려보는 데서 공화국 북반부에 대한 열렬한
> 동경심을 표현하고 있다.
> 작가는 비록 괴뢰들의 검열과 탄압 때문에 공화국 북반부에 대한 남조
> 선 인민들의 동경심을 전면에 놓고 그릴 수는 없었지만 가슴속에서 끓어
> 오르는 그 심정을 도저히 감출 수 없었던 것이다.
> 헤어진 혈육에 대한 그리움을 그리면서 공화국 북반부에 대한 동경심
> 을 밑바닥에 진하게 깐 것은 단편소설 「겨울 할미새」(『현대문학』, 1984.
> 5), 「사라진 사흘」(『현대문학』, 1985. 1), 「난세일기」(『현대문학』, 1985. 1)
> 등 적지 않은 작품들에서도 찾아볼 수 있다.
>
> (b, p.97)

위의 예문은 연구자가 고의로 작품을 확대 해석한 예라고 할 수 있다.
북한에 대한 동경과는 상관없는 것을 억지로 마치 상관있는 것처럼 해석
해 놓고 있는 것이다. 양선규의 「난세일기」를 생각하면 이 사실은 분명해
질 것이다.

마지막으로 작가나 작품에 관련된 사항을 일부분만 자의적으로 편리하
게 자신들의 문맥 속에 배치하는 왜곡의 경우를 보자. 이 경우는 민중문
학과 아무 관련이 없는 한국 작가들, 예컨대 이문열·이하석·장정일·임
철우·박석수 등을 상당히 관련이 있는 것처럼 임의로 자신의 문맥 속에
배치하거나 이 같은 사람들이 쓴 글 일부를 임의로 자기 문맥 속에 배치
해서 왜곡하는 경우이다. 전자의 예는 "이 시에는(이하석의 시를 가리

킴 : 필자 주)'잘난 미군'이란 표현에서 보듯이 놈들에 대한 야유와 조선 여성을 노리개감으로 삼고 있는 미제 침략군 놈들에 대한 은근한 비난이 깔려 있다. 장정일의 「햄버거에 대한 명상」 역시 이러한 부류에 속하는 시다"(b, p.88)와 같은 것이며, 후자의 예는 다음과 같은 것이다.

> 남조선의 한 문학평론가(박덕규)는 이에 대하여 다음과 같이 쓰고 있다. "미 제국주의 침략이 조국분단을 초래했으며 그 주둔군이 남은 이상 조국 분단은 극복되지 않는다는 이들(진보적 시인들)의 인식은 미국이 처음 이 땅에 주둔할 당시를 거듭 반추하게 되고 그 침략, 주둔이 오늘날까지 존속되어 있다는 시적 설명으로 발현된다."
>
> (b, p.89)

위의 경우는 평론가의 이름을 밝힌 드문 예인데 민중문학과는 전혀 상관이 없는 박덕규라는 평론가를 은근히 대단히 전투적인 민중문학자인 것처럼 느끼게 만들어 놓고 있다. 박덕규의 논리와는 상관없이 거두절미해서 자의적으로 인용한 결과이다. 고전 문학에 대한 다음과 같은 예도, 강도는 조금 덜하지만, 자의적으로 인용해서 배치한 경우라고 할 수 있다.

> 모 반동 평론가는 우리의 고전 작가들 가운데는 "자기 자신의 기질과 성격 그리고 활력을 동원하여 '자유'를 수호하는 리념에 혼신을 다해서 노래할 수 있는 적극적인 의지는 거의 없었"으며, "한국 지식인의 생활 철학이 고대로부터 무신념의 경지만을 지속해왔다"고 떠벌리기를 서슴지 않으며 심지어 조선의 지식인은 '고급한 미개인의 위치'를 넘어서지 못했다고 폭언하기에 이르렀다. 주지하는 바와 같이 (……) 우리의 고전 문학가들은 우선 작가이며 시인이기 전에 인민과 조국의 리익의 대변자였으며 시대 정신의 체현자였다.
>
> (a, p.75)

이 밖에도 북한에서의 한국문학을 바라보는 시각이 지닌 문제점은 여러 가지가 더 있다. 필요할 경우 누가 쓴 글인지도 모를 문장을 '김모라는 평론가는' '한 작가는' '어떤 사람은' 등의 애매한 지칭으로 인용함으로써 자기 주장의 근거로 삼으려는 태도라든가, 원문을 그대로 인용하기 않고 임의로 변개시키는 태도라든가, 그리고 문학적 성취도가 낮은 반미 작품과 반체제적 작품을 대단한 작품인 것처럼 추켜올림으로써 스스로 신뢰성을 떨어뜨리는 태도 등이 바로 그런 예이다. 그러나 여기에서는 일일이 다 거론하지는 않겠다.

북한에서 한국문학을 연구하는 의도는 분명하다. 그것은 북한이 자기 체제의 상대적 우월성을 대내외적으로 과시하기 위해서인 것이다. 다시 말해 한국의 문예사조, 소설과 시 작품, 순수 문학론, 민족 허무주의, 염세주의, 형식주의, 내면화 경향, 숭미 사대주의, 분열주의 등이 지닌 '반동성'과 '퇴폐성' 등을 격렬하게 공격하는 한편 체제 비판적인 민중문학, 통일 지향의 문학 등을 적극 옹호하고 부추김으로써 자기 체제의 정당성을 대내외적으로 확신시키기 위해 연구를 수행한 것이다. 그 같은 목적하에서 체계적·조직적 독서가 전제되지 않은, 정치적 목적이 일방적으로 선행된 결과를 우리 앞에 함부로 내놓고 있는 것이 북한의 한국문학 연구 현황이다.

5. 북한문학에 대한 새로운 접근 방향

이와 같은 사실 때문에 북한문학에 대한 우리의 접근은 성급한 사람들에게는 사실상 무의미한 것으로 간주되기 쉽다. 그런 사람들에게 북한문학에 대한 관심이란 북한의 문예 정책에 대한 가벼운 관심으로 충분히 대치될 수 있는 까닭이다. 그런 사람들에게 북한문학은 표면을 지배하는 주체사상, 계획된 창작 프로그램, 노동당의 검열이 전부이며, '그럼에도 불구하고'란 단서는 무의미한 것이다. 그러나 필자의 생각은 그렇지 않다. 필자의 생각으로는 북한문학에 대한 우리의 연구는 '그럼에도 불구하고'로부터 시작해야 한다는 것이다. 그럼에도 불구하고 북한문학은, 대부분 제약된 개인이긴 하지만, 개인이 쓴 것이며, 따라서 그 속에는 미미하나마 교시문의 언설을 넘어서는 문학적 전통과 작가들의 심리가 배어들어 있다. 따라서 앞으로의 북한'문학'에 대한 연구 방향은 표면을 지배하며 창작의 방향을 규정해 나가는 주체사상의 뒷면에 어떤 문학적 전통과 미묘한 내면의 정서가 잠재되어 있는가를 탐색하는 것이 되어야 한다. 필자는 이 방법의 가능성에 대해 다음과 같은 예문을 들고자 한다.

　서정시란 인간의 내면 세계를 직접 밝히는 것을 특성으로 하고 있다. **인간의 내면 세계를 파고들어** 혁명과 시대에 대한 그들의 견해와 정열, 숭고한 감정과 통감을 그려냄으로써 시대에 대하여 이야기하는 데 서정시의 과제가 있다. 그런데 일부 현실 주제의 서정시들은 **인간의 내면 세계에 파고들어 시대의 특징과 시대의 본질을 보여주지 않고** 나타난 긍정적 현상, 생산을 많이 했다든가, 사회주의가 얼마나 좋은가 하는 것만 피상적으로 보여주며 투쟁의 결과인 성과에 경탄을 표시하는 데 그치고 있다.

(엄호석, 「혁명적 시문학의…」, 『조선문학』, 1972. 3, p.98)

　서정시는 언제나 **하나의 발견이어야** 하며 독창적이어야 한다. 그러므로 그것은 하나의 혁신으로 되며 다른 시들과 비슷하지 않는 **유일적인 자기의 시 구조를 가져야** 한다. **류사성을 없애고 두드러진 개성과 자기특성을 강화하기 위하여** 서정시에서 일반적인 설명과 해설을 없애야 한다.

(엄호석, 같은 글, p.102)

　위의 글 속에는 북한에서 대량으로 생산되고 있는, 비슷비슷한 정책적인 작품들에 대한 불만이 고딕체에서 느낄 수 있듯 은밀한 방식으로 표출되어 있다. 물론 위의 인용문도 앞뒤에 교시문을 배치함으로써 자신을 확실하게 보호하면서 은밀하게 불만을 표출하고 있긴 하지만, 거기에는 엄호석의 말을 빌리면 "예술성을 무시하고 혁명적 구호를 생경하게 외치거나 와와 고아대는 경향"(p.99)에 대한 명백한 반대가 숨어 있는 것이다. 또한 서정시의 장르적 특성에 대한 인식 역시 우리가 가진 생각과 별다른 차이가 없다는 사실도 위의 인용문은 보여주고 있다.

이처럼 형상적 반영인 문학 속에 담긴 북한 사회와 그곳 사람들의 생각은 직접적 반영 수단인 신문기사, 교과서, 각종 홍보물 등에 담긴 모습과 일치하면서도 미묘한 차이가 있다. 또한 북한문학이 어쨌건 '문학'으로 시·소설·희곡·수필 등의 장르를 이용하는 한 거기에는 정치적인 이념이 쉽사리 변개시킬 수 없는 문학적 전통의 흐름이 있게 마련이다. 그러므로 북한문학에 대한 연구는 수많은 관용어의 수사 아래에 숨어 있는 이 미묘한 차이와 연속성을 읽어낼 수 있는 것이 되어야 한다. 특히 북한처럼 폐쇄된 사회인 경우 '문학'을 통해서만 읽어내는 것이 가능한 이 차이들은 각별한 중요성을 지닐 수도 있다.

그렇지만 필자는 이 글에서 이러한 접근 방향보다는 현재 북한문학의 실상을 보여주는 데 주력했다. 그것은 북한문학에 대한 우리 쪽의 연구가 제대로 이루어지지 못한 상태에서 먼저 사실 자체를 정확히 이해시키는 것이 더 중요하다고 생각했기 때문이다. 그럼에도 굳이 필자가 이 글의 마지막에서 북한문학에 대한 연구 방향을 제시해 보인 이유는 지금까지 북한문학에 대한 우리 쪽의 관심이 대부분 천편일률적인 비판으로 귀결될 수밖에 없는 이유를 적시하고, 그러한 한계를 벗어날 수 있는 대안을 간략하게나마 제시해 보일 필요성을 절실히 느꼈기 때문이다.

—『문학의 새로운 이해-문학의 문턱을 넘어서』, 문학과지성사, 1996.

통일문학사와 정통성의 장벽

-카프 처리 문제를 중심으로-

1.

한국 현대 문학사를 문자 그대로의 의미에 있어서 '한국 현대 문학사'로 쓰는 일은 가능할 것인가? 다시 말해, 비록 아직까지 통일은 되지 않았지만, '하나의 국가'에 상응하는 '한국' 현대 문학사의 서술은 정치적 통일에 앞선 문화적 통일로서 가능할 것인가? 현대 문학사만을 두고 던진 듯이 보이는 이 질문은 그러나 남·북한의 고전 문학사가 시각의 차이에도 불구하고 상당한 동질성을 유지하고 있다는 사실을 감안할 때 사실상 통일된 민족문학사가 가능할 것인가라는 질문과 거의 맞먹는 질문이 된다. 그리고 단도직입적으로 말해 이 질문에 대한 대답은 지금 현재로서는 부정적이다. 최근 몇 년 사이에 조성된, 일련의 긍정적인 여건과 분위기에도 불구하고 그것은 아직까지는 먼 훗날에나 가능한 희망 사항으로 생각될 따름이다. 한 민족 두 체제의 현 상황마저 공식적으로는 서로 인정하지 못하고 있는 지금 현재의 시점에서 남·북한 어느 쪽의 문학사가든 그 같은 시도를 하기 위해서는 학문 내외적인 여러 가지 위험 부담을 안아야 하기 때문이다.

아주 단순하게 말해서 학문 내적인 차원에서 볼 때 아무리 무모한 용기를 가지고 있는 문학사가라 할지라도 분단 40년 동안 전혀 다른 길을 걸어온 남북한의 문학을 두고, 거기에다 상대방의 문학에 대한 정확한 정보가 제대로 없는 상태에서 하나의 민족문학사를 서술하겠다고 덤비는 것은 일종의 만용이 될 것이다. 또한 학문 외적인 차원에서 볼 때도 문학사 서술은 창작이나 비평 행위와는 달리 민족 단위, 혹은 국가 단위의 문학 전체를 대상으로 의미 있는 줄기를 잡아나가는 행위(이 줄기를 잡아나가는 행위가 통치 이데올로기 쪽에서 볼 때는 정통성의 맥을 잡아나가는 행위로 보인다)이기 때문에 당대의 통치 이데올로기로부터 민감한 감시의 대상이 될 수밖에 없는 것이다.

그렇다면 이 문제를 해방 이전의 현대 문학사라는 구체적인 사안을 중심으로 좀 더 생각해 보자. 그것은 분단 이후의 남·북한문학사를 하나의 문학사로 서술하는 작업이 현실적인 제반 여건상 도저히 불가능하다는 현실을 일단 인정하더라도 분단 이전의 현대 문학사에 있어서는 그래도 어느 정도 민족문학사의 서술이 가능하지 않겠는가 하는 생각을 가져볼 수 있을 것이기 때문이다.

그러나 문자 그대로의 의미에 있어서 '한국 현대 문학사'를 서술하는 작업은 분단 이전의 현대 문학사를 쓰려고 시도하는 경우에도 결코 쉽지 않아 보인다. 비록 몇 년 전에 이루어진 납·월북 작가와 재북 작가들에 대한 전면 해금이 분단 이전의 문학사를 총체적으로 서술하는 것에 대해 낙관적 전망을 어느 정도 심어주고 있긴 하지만 아직도 미묘한 문제는 산적해 있다. 필자는 다음에서 이 미묘한 문제를 카프라는, 남·북한문학사에서 더욱 미묘하게 다루어지고 있는 대상을 중심으로, 소략하게나마 몇

가지 각도에서 진단해 볼 생각이다. 그것은 그래도 카프가—지금 현재로
서는 남·북한의 현대 문학사에서 미미한 흔적으로 밖에 남아 있지 않지
만—양쪽의 문학사를 만나게 해줄 수 있는 일종의 연결고리인 동시에 양
쪽의 체제가 문학사에 요구하고 있는 정치적 시각의 차이를 비교적 선명
하게 보여주기 때문이다.

2.

　필자가 앞에서 제기한 것처럼 우리가 하나의 '한국'에 대응하는 하나의
'현대 문학사'에 대한 기대를 가진다는 것은, 그러한 기대를 가지는 것 자
체가 이미 불온하기 짝이 없는, 위험한 발상에 지나지 않는 것일까? 이
질문으로부터 일단 카프라는 미묘한 문제에 대한 접근의 실마리를 풀어
보기로 하자. 그런데 이 질문에 대한 대답은 생각보다는 아주 분명하다.
그것은 그렇지 않다는 것이다. 아니 현실적 상황에서 불온하게 취급당할
지 몰라도 명분상으로는 절대로 그렇지 않다는 것이다. 그것은 왜냐하면
남쪽과 북쪽, 어느 쪽도 지금까지 현대 문학사를 '남한 현대 문학사'라든
가, '북한 현대 문학사'라는 명칭으로 부른 적이 없기 때문이다. 이 점에
대해서는 문학사의 내용에서는 양쪽이 모두 분단을 현실적인 것으로 인
정하고 각자 자신들의 입장에 서서 문학사를 기술하고 있지만, 정작 '한
국문학사'나 '조선문학사'라는 명칭의 차원에 있어서만은 통일된 하나의
'문학사'에 대한 명분을 한번도 포기한 적이 없다는 사실이 그것을 뚜렷
이 입증해주고 있다.
　이러한 점에서 볼 때 하나의 '현대 문학사'에 대한 기대를 가지는 것은
'한국(조선)문학'에 대한 이념을 포기하지 않는 한 명분상으로는 언제나
정당하다. 그것은 남쪽과 북쪽이 서로의 체제를 인정하더라도, 아니 더

나아가 별개의 국가임을 인정하게 되더라도 하나의 민족이라는 역사적 경험과 의식을 유지하며 통일된 민족국가에 대한 이상을 포기하지 않는 한 거기에 상응하는 민족문학사로서의 '한국(혹은 조선) 현대 문학사'에 대한 열망은 명분상으로 도저히 포기할 수 없는 이상인 까닭이다.

우리가 한국 현대 문학사에서 카프를 어떻게 수용할 것인가하는 문제를 다루는 것은 위에서 이야기한 현실적인 상황 및 명분의 문제와 밀접히 관련되어 있다. 분단 40여 년 동안 남쪽과 북쪽은 상황에 따라 현대 문학사의 서술 내용을 조금씩 혹은 대폭적으로 바꾸어왔지만 명분만은 조금도 바꾸지 않았다. 그것은 아마도 하나의 민족문학사라는 명분만은 바꿀 수도 바꿀 필요도 없었기 때문일 것이다.

그래서 카프를 '한국(현대) 문학사'나 '조선(현대) 문학사'에서 포함시키는 방식으로 기술을 하건 배제하는 방식으로 기술을 하건 간에 사실상 명분만은 조금도 바뀌지 않는다. 바뀌는 것은 다만 기술된 내용일 따름이다. 어떤 식으로 카프를 다루건 간에 남쪽과 북쪽은 모두가 자신들의 현대 문학사를 표면상으로는 유일하게 정통성이 있는 올바른 문학사라고 내세워왔고, 내세울 것이기 때문이다. 다만 변하는 것이 있다면 어떻게 현대 문학사를 서술해 놓는 것이 좀 더 그럴듯해 보일 것인가, 혹은 체제의 유지에 도움이 될 것인가 하는 등의 상황에 따른 시각의 변화와 서술의 내용(강요된 인식의 변화와 서술 내용까지를 포함해서)일 따름이다.

이 점은 적절한 비유가 될지 모르겠지만(문학사를 관점에 의해 재구성되는 형태로 간주한다면 과정이 결과적인 모양을 만들어내는 것이기 때문에 다음 비유는 적절하지 않은 비유일 수도 있다), 예를 들면 다음과 같은 경우에 유사하다고 할 수 있다. 여기에 아직 살아서 생성 활동을 계속하고 있는 산(山)이 하나 있다고 가정해 보자. 그 산은 분명히 한 개이다. 그러나 산의 모양은 보는 방향에 따라 다르며, 산에 오르는 길 또한 다양하다. 그리고 계곡은 깊고 복잡해서 곳곳에 위험 표시가 붙어 있다. 이 산

에 오르는 길로는 남쪽의 등산로와 북쪽의 등산로가 개방되어 있고, 그
길들은 사람들이 비교적 많이 오르내려서 가장 안전한 길로 알려져 있다.
남쪽의 경우 등산로가 비교적 다양하고, 그런만큼 가끔씩 등산로를 이탈
해서 새로운 길을 모색해보는 사람들도 있긴 하지만, 그렇다고 모든 등산
로가 완전히 자유롭게 개방되어 있는 것은 아니다. 그렇게 하려고 할 경
우 그들 역시 북쪽길의 등산객과 마찬가지로 산불의 위험을 내세운 관리
인들로부터 경고를 받는다. 남쪽의 등산로가 북쪽의 등산로에 비해 조금
더 다양하다는 것은 어디까지나 상대적인 차이일 따름이다. 우리 문학사
를 서술하려는 사람들이 처해 있는 사정은 비유하자면 대체로 이와 같다.

　지금 우리는 우리 쪽에서 기술되는 문학사를 '한국 현대 문학사'라고
부른다. 반면에 북쪽에서 나온 문학사를 '북한(현대) 문학사'라고 부른다.
이 사정은 북쪽의 경우도 마찬가지여서 자신들의 것을 '조선(현대) 문학
사'라고 부르면서 우리 쪽의 것을 '남조선(현대) 문학사'라고 부른다. 이
런 점에서 볼 때 명칭상으로는 서로가 분단을 인정하지 않고 자신들의 문
학사만을 정통성이 있는 통일 문학사로 간주하고 있는 셈이다. 그러나 실
제로는 어느 쪽의 문학사건 똑같이 분단 문학사에 지나지 않는다. 그럼에
도 오로지 자기 쪽의 방향에서 오르고 답파한 산의 모양만을 내세워놓고
그것이 산의 총체적인 모양이라고 이야기 하는 오류를 되풀이하고 있는
것이다.

　그렇기 때문에 우리가 카프 문제를 올바르게 다루기 위해서는 현실적
인 상황과 하나의 문학사가 되어야 한다는 명분, 이 두 문제가 이루는 관
계를 먼저 냉정하게 들여다볼 필요가 있다. 우리가 카프를 객관적으로 연
구하는 데 장애가 된 것들은 표면적인 차원에서는 거의가 현실적인 상황
과 관련된 것들이었고, 명분의 문제는 은밀한 곳에 추상적인 형태로 숨어
있었다. 지금 우리가 서 있는 이데올로기적인 기반이라든가, 당대 정치
권력의 속성이라든가, 문제가 된 인물들의 행적과 같은 것들은 현실적인

제약으로 나타났다. 그것들은 직접적으로 혹은 간접적으로 어떤 억압적인 상황을 구성하면서 연구자를 압박하고 있었던 것이다. 그럼에도 불구하고 상당수 연구자들은 그 같은 상황 속에서 카프에 대한 연구를 계속해왔다. 그것은 무엇 때문일까? 이 점에 대해 카프 연구에 관한 한 선구적이고 독보적인 위치에 있는 김윤식 교수는 다음처럼 고백한 바가 있다.

> (……) 다만, 이기영·한설야·송영·박세영·이태준·김남천 등을 논한 글을 발표하기에 앞서 설정식론을 내세운 것은 나를 에워싸고 있는 글쓰기의 긴장감의 최하위에 그가 있었던 탓, 설정식은 이미 처형되지 않았던가. 나머지는 당시로서는 아직도 북조선의 고위층으로 있거나 적어도 그와 관련 있거나 불확실한 탓이기에 감히 논할 수 없었던 것. (……) 『한국현대문학비평사』(1982)를 내었다. 이 역시 여지없이 판금 조치에 취해졌다. 월북작가 이름이 들어 있고 또 그들을 논의했다는 것. (……) 그 무렵 내가 갖고 있는 월북·재북 작가들의 책 영인본을 자진 협조 명목으로 당국이 압수해갔다. 그럼에도 나는 도서관에 묻혀 월북·재북 작가 연구에 몰두하였다. 아니 정확히는 근대문학을 조사·발굴하였다. 그 속에 다만 월북·재북 작가도 끼어 있었다. 무호동중이작호(無虎洞中狸作虎)라, 염상섭·채만식·청록파 등이 터무니없이 높은 평가를 받았다. 나는 발표될 수 없는 재북작가들에 관해 연구랍시고 원고를 썼다. 거듭 말하지만 내가 연구한 것은 근대문학이지 재북·월북 작가가 아니었다.

우리는 1948년 남·북한 단독 정부가 수립된 이후의 문학을 일반적으로 분단 문학이라고 이야기한다. 그러나 그것은 실증적인 차원에서 정치적인 분단을 구획점으로 삼아 분단문학을 이야기한 것이고, 자료의 해석에 영향을 미치는 분단문학까지를 염두에 둔다면 그 시기는 20년대의 카프 시기에까지 소급된다(물론 그 이상일 수도 있다). 왜냐하면 현재 속에 위치한 국문학 연구자는 자신이 위치하고 있는 현재적인 분단 상황으로부터 제약을 받으며 과거를 해석할 수밖에 없고, 카프의 해석 문제는 남북한 모두에게 현대 문학사의 정통성 문제와 관련된, 대단히 민감한 부분이기 때문이다. 분단 이후 비정치적 문학의 정통성을 내세운 남쪽 문학사의 경우나 김일성 일가의 문학활동을 정통으로 내세운 북한문학사의 경우 모두 카프 문제를 현재적 상황과 무관한 단순한 과거사로 볼 수 없는 까닭이다.

이러한 사실을 두고 남쪽의 경우를 먼저 한번 생각해 보자. 얼마 전까지만 하더라도 북한 정권이 수립된 이후의 북한문학에 대한 연구는 물론이고, 카프 작가와 납·월북 작가들을 본격적으로 연구하는 것은 대단히 거북한 일이었다. 그것은 학자적 양심 너머의, 남쪽 정권의 정통성과 관련된 문제였다. 분단상황은 분단 이후에만 영향을 미치는 것이 아니라 분단 이전의 연구에까지 영향을 미치고 있었던 것이다. 앞에서 김윤식 교수가 "거듭 말하지만 내가 연구한 것은 근대문학이지 재북·월북 작가가 아니"라는 식으로 표나게 학문적 태도를 내세우는 것에서도 이 점은 은연 중에 느껴진다. 그러면서 그는 그 같은 상황을 '내 전공의 운명스런 멍에'라고까지 이야기하고 있는 것이다. 이 이야기를 필자가 조금 바꾸어 본다면, 그는 자신이 연구한 것은 분단 이후의 북한문학이 아니라 민족 단위의 문학이 가능했던 시기에 대한 연구, 다시 말해 우리의 근대문학에 대한 연구이다. 학자인 자신은 그것을 회피할 수 없는 운명으로 생각한다는 식으로 이야기하고 있는 셈이다. 다시 말해 그는 현실적인 상황이 아무리 연구와 해석에 제약을 가하더라도 민족단위의 문학이 엄연하게 지속되고 있었던 '근대문학' 시기에 대한 연구는 국문학 연구자라면 도저히 포기할 수 없는 것이라는 자기 설득 논리를 분단 이전 근대문학의 민족문학적 성격에서 찾고 있었던 셈이다.

그렇다면 북한 쪽의 경우는 어떤가? 자세한 사정은 알 수 없지만 북한의 공식적인 문학사라고 할 수 있는 『조선문학사』에서는 카프가 김일성이 조직 전개한 항일 무장 투쟁의 지도 밑에 있었다는 것을 분명히하고, 김기진·박영희·임화·김남천 등의 주도적 역할을 제거해버림으로써 분단 이후 북한정권의 정통성을 과거에까지 확대 소급시키려는 의도를 보여주고 있다. 예컨대 다음과 같은 서술이 그렇다.

> 위대한 수령 김일성 동지께서 조직령도하신 항일혁명투쟁의 혁명적
> 영향 밑에 일어난 로동자·농민을 비롯한 광범한 근로인민대중의 앙양
> 된 반일투쟁의 복잡하고 다양한 현실과 그러한 현실적 특성을 체현하고
> 있는 인간들의 다양한 성격은 시대와 인간생활을 보다 폭넓고 깊이있게
> 반영하는 큰 형식의 문학작품들을 창작할 것을 절실하게 요구하였다.
> 바로 현실발전의 이러한 특성과 요구를 반영하여 이 시기 문학에서는
> 작은 형식의 문학작품들과 함께 현실생활을 폭넓고 깊이있게 반영하는
> 장편소설과 같은 큰 형식의 작품들(이기영의 『인간수업』과 「봄」, 송영의
> 「신임 리사장」과 「황금산」 등을 가리킴—필자 주)이 창작되었다.
> (……)
> 이것은 일제의 반동공세가 강화되고 있는 어려운 조건하에서도 프롤
> 레타리아 작가, 진보적 작가들이 위대한 수령 김일성 동지께서 조직전개
> 하신 항일무장투쟁에서 힘과 신심을 얻고 자기의 계급적 립장과 민족적
> 량심을 지켜나갔다는 것을 말하여 주고 있다.
>
> (pp.355~357)

이처럼 북한 현대 문학사의 경우는 체제 쪽에서 자신들이 생각하고 있
는 명분을 문학사 속에 소급시키는 방식으로 관철시켜 나가고 있다. 다시
말해 개별 작가들의 문학활동 상층부에 그것을 있게 한 항일 무장 투쟁이
라는 가설적 상황을 부여하고 그 현실이 작가들을 지배한 것으로 서술하
고 있는 것이다. 이 경우 앞에서 본 김윤식 교수의 경우에서와 같은 개인
적인 갈등과 소신이 개별 서술자를 통해 그 속에 어떤 형태로 도사리고
있는지 필자로서는 짐작할 길이 없다. 다만 판단할 수 있는 것은 북한의
현대 문학사 역시 하나의 민족문학이란 명분을 포기하지 않고 있지만 그
것을 구성하는 핵심은 현 체제의 정통성이라는 점이며, 그것이 과거를 거
꾸로 재구성하게 만들고 있다는 사실일 따름이다.
  이 같은 양쪽의 카프 접근 방식을 통해 우리는 하나의 문학에 대한 명

분과 현실적인 상황이 체제 쪽에서 생각하는 문학과 다른 의미를 띠고서 부딪힌 남쪽의 경우와 체제의 명분을 문학의 명분으로 삼아 일관되게 관철시키려고 하는 북쪽의 경우를 본다. 따라서 필자는 여기에서 이러한 명분과 상황이 민족문학사 서술과 맺는 관계를 개인적인 차원의 딜레머와 체제적인 차원의 딜레머가 동시에 작용하는 남쪽의 경우와 체제적인 차원의 딜레머가 결정적 인자로 작용하는 북쪽의 경우로 구분해서 생각할 필요가 있다고 생각한다. 그리고 다음에서 필자는 판단이 용이한 남쪽의 경우만을 좀 더 고찰해 보기로 하겠다.

　필자가 생각하기에 우리 쪽의 경우 적어도 체제적인 차원에서는, 카프에 대한 자유로운 연구를 허용해놓은 지금이건 그렇지 못했던 과거이건 간에 하나의 문학사에 대한 명분은 조금도 바뀌지 않았다고 생각한다. 그 때나 지금이나 민족사의 정통성이 남쪽에 있다는 신념과 '한국 현대 문학사'에서 '한국'이 남쪽만을 지칭하는 것이 아니라 한반도 전체를 지칭한다는 생각은 근본적으로 바뀌지 않았고, 다만 그것을 고수해 나가는 방법만이 변화한 것으로 판단되기 때문이다. 바뀐 것은 오로지 반공의 논리가 절대적인 명제로 제시되는 방식을 취하느냐, 아니면 상대적인 비교를 통해 입증되는 방식을 취하느냐 하는 태도의 차이일 따름이다. 그 같은 태도 아래 체제 쪽의 입장에서는 반공의 논리를 보다 튼튼하고 설득력있게 유지해 나가기 위해서는 이제 방법을 바꿀 필요가 있다고 생각했고, 그러한 방법의 일환으로 카프에 대한 접근금지를 해제했을 것이다.

　그러나 개인의 경우에는 조금 뉘앙스가 다르다. 앞에서 김윤식 교수의 경우에서 보았듯 그는 학문의 객관성과 가치 중립성을 '근대문학'이란 이름 아래에 은밀하게 감추고 있다. 그가 카프에 관심을 가진 것이나 여러 가지 형태로 가해진 억압 속에서도 카프를 연구해온 것은, 반공의 논리를 설득력 있게 보강해주기 위해서도 아니고, 카프에 대한 특별한 호기심이 있어서도 아니다. 그것은 단지 민족 단위의 지속성을 지닌 '근대문학'의 올바른 모습에 대한 학자적 양심일 따름이다. 그 구체적 예로 그는 카프가 거세된 자리에서 기형적으로 과대평가된 염상섭과 채만식과 청록파의 경우를 든다. 그러므로 김윤식 교수와 같은 연구자들이 상정하는 '근대문학(민족문학)' 속에는 남쪽의 정통성이라든가 북쪽의 정통성이라든가 하는, 체제와 관련된 정통성의 의미는 들어 있지 않다. 그 대신 그 자리에는 사실의 진정한 모습과 거기에 대한 의미 있는 해석을 찾는 연구 자세가 들어 앉아 있다.

그렇다면 이와 같은 양자의 차이는 실제로 카프를 연구하고 해석하는 일에 어떻게 작용할 것인가? 그리고 더 나아가 하나의 문학사를 서술하는 일에 어떤 영향을 미칠 것인가. 이 문제에 대한 대답은 납·월북 작가와 재북 작가들에 대한 해금이 이루어진 과정을 돌이켜보면 어느 정도 확실한 해답을 찾을 수 있을 것 같다.

카프와 관련된 작가들에 대한 전면적인 해금이 이루어지기전에 해금을 주장하는 사람들의 논리적 근거는 대략 다음과 같은 것이었다고 할 수 있다. 그것은 첫째, 카프에 대한 사람들의 관심과 신비화를 없앨 수 있는 길은 접근을 금지하는 방식으로서가 아니라 공개하는 방식에 의해서 효율적으로 달성될 수 있을 것이라는 점, 둘째, 카프 작가들은 공식적으로 해금이 이루어지지 않았다는 것뿐이지 대학과 같은 학술 연구 기관에서는 영인본과 복사본 등을 통해 사실상 이미 해금된 상태나 다름없게 되어 있다는 점, 셋째, 지금의 한국문학은 카프를 전면적으로 해금하더라도 별다른 충격을 받지 않을 정도의 수준에 도달해 있다는 점, 넷째, 한국문학사의 불구성을 보완할 수 있으리라는 점 등이다.

물론 이러한 주장 외에도 카프에 이데올로기적이거나 노동문학적인 차원에서 훨씬 적극적으로 의미를 부여한 사람들도 없지 않지만 그러한 경우가 해금을 이루게 만든 대세는 아니었다. 해금을 단행하게 만든 기본적인 동인은 어디까지나 학술적인 차원에서의 설득력 있는 요구와 정부 당국의 자신감이 접합점을 찾은 결과였다.

그렇기 때문에 이 결과는 카프를 연구하고 문학사를 서술하는 데 있어
서 가시적인 장애물은 제거했지만 보이지 않는 장애물까지 제거한 것은
아니었다. 그렇다기보다는 상당수의 연구자들이 이제부터는 자발적으로
'한국(조선이 아니라) 현대 문학사'의 정통성을 보여주어야 할 보이지 않
는 책임을 떠맡은 것이다. 왜냐하면 해금을 주장한 논리 속에는 그럼으로
말미암아 남쪽의 한국 현대 문학 연구가 오히려 더욱 튼튼하게 정통성을
확보할 수 있으며, 문학이라는 부문은 이제 문학과 관계된 사람들이 자율
적으로 처리해 나가겠다는 보이지 않는 약속한 것이 되는 까닭이다.

따라서 개인적인 연구자가 추구하는 카프의 진정한 모습에 대한 탐구
와 '한국 현대 문학사'의 정통성이라는 보이지 않는 명분은 최소한 현대
문학사를 서술하는 데 있어서만은, 만약 양자가 상호 대립적일 경우 일정
한 타협점을 찾는 방식으로 해결될 수 밖에 없을 것이다. 예컨대 김윤식
교수가 책임 편집한『한국 근대리얼리즘 작가 연구』의 서문에 나오는 다
음과 같은 대목을 한번 보자.

> 우리는 남북 분단과 함께 국토와 동족의 반을, 민족적 정통성과 정신
> 활동의 반을 잃음과 동시에, 우리의 귀중한 문화적 유산과 더불어 우리
> 의 문화적 전통의 반을 상실했다. 그것은 이념적 금기와 더불어 현실적
> 상황으로 말미암아 자칫 영원한 실종 상태로까지 진행되었고 그리하여
> 억압의 식민지 체제에 대해 창조적인 언어로 맞서 싸운 우리의 상당수의
> 작가들도 문학사의 미아로 팽개쳐진 불행한 결과를 가져왔다.

이 대목을 통해 우리는 '민족적 정통성'을 회복하고 과거의 '문화적 유
산'을 보존하려는 노력의 일환으로 '영원한 실종 상태'에 놓인 카프 계열
의 작가들을 연구한다는 이야기를 들을 수 있다. 그런데 여기에서 우리의
주목을 끄는 것은 정통성의 절반이라는 구절이다. 필자는 이 구절이 어떤

구체적 근거에서 나왔는지 모른다. 그러나 분명한 것은 절반 이상을 잃었다고 서문에 쓸 수는 없었을 것이라는 사실이다. 카프는, 앞으로 좀 더 연구되어야 판단이 가능하겠지만, 정통성의 절반 이상일 수도 이하일수도 있다. 그러나 결과가 어떻든 대한민국에 살고 있는 연구자가 정통성의 절반 이상을 거기에 부여하는 데에는 상당한 심리적 갈등을 겪을 것이다. 그러므로 정통성의 절반은 타협점의 마지노선인 셈이다.

3.

이상에서 필자는 하나의 현대 문학사를 서술하는 문제를 카프 문제를 구체적인 케이스로 삼아 현실적인 상황과 체제의 정통성과 관련하여 몇 가지 각도에서 나름대로 분석해 보았다. 이제 마지막으로 이 문제에 대한 필자의 견해를 밝히면 다음과 같다.

과거나 현재나 우리는 통일 국가에 대한 이상을 포기할 수 없었던 것처럼 하나의 민족문학사를 서술하려는 이상 역시 마찬가지로 포기할 수 없을 것이다. 이런 점에서 볼 때 카프는 한국 현대 문학사가 진정한 의미에서 '한국 현대 문학사'가 되기 위해 필연적으로 부딪쳐야 할 사실이며, 해석을 기다리는 대상이다. 그것은 이데올로기적인 어떤 입장 때문에 외면하거나 회피할 수 있는 것이 아니다. 또 그 같은 입장에서 필요에 따라 부분적으로 선택되고, 부분적으로 버려질 그런 대상도 아니다. 현실적인 상황과 그 상황의 배후에 있는 민족사적 정통성의 명분이 어떠하건 학문적으로는 객관적으로 탐구되고 기술되어야 할 대상이다. 그것은 북한에서 나온 『조선문학사』의 왜곡된 기술을 바로잡고, 김일성 일가의 과장된 문학활동을 부정하기 위해서도 아니며, 우리 쪽에서 의미를 부여하고 있는 비정치적 문학의 정통성을 부정하기 위해서도 아니다. 그것은 오로지 분단 상태가 지속되고 있는 지금 진정한 의미에서의 '한국 현대 문학사'를 기술하기 위한 노력과 자기 점검의 일환으로 그렇게 되어야 할 따름이다.

그러기 위해서는 필자가 보기에는 먼저 현실적인 상황과 하나의 민족 문학이라는 명분이 적절한 의미 속에서 조절되고 만날 필요가 있을 것 같 다. 하나의 민족문학이라는 명분은 자기 체제의 이기적 발상에서 비롯된 것일 때 남한 문학이나 북한문학의 대명사에 지나지 않을 것이다. 그리고 거기에 카프가 설 자리는 없을 것이다. 반면에 하나의 문학이라는 명분은 이기적 발상에 의한 오염을 적절히 방지하면 상호간의 이질적인 체제에 도 불구하고 서로간의 문학적 통로를 가능하게 만들어주는 중요한 연결 고리가 될 수 있을 것이다. 또 그 같은 명분을 뒷받침해 줄 수 있는 현실 상황의 유연성 있는 변화가 이루어진다면, 우리는 카프에 대한 개방적이 고 구체적인 연구를 사례로 삼아, 하나의 민족문학에 대한 꿈을 실현 가 능한 것으로 상정해 볼 수 있을 것이다.

따라서 필자에겐 카프를 대한민국의 문학사에서 어떻게 비판적으로 수 용할 것인가 하는 식의 명제는 하나의 문학사를 지향하는 입장에서는 그 리 적절한 것도 달가운 것도 아니라고 생각된다. 그것은 이미 우리 체제 의 건강성을 보강하기 위해서라는 전제를 깔고 있고, 그 전제는 어떤 식 으로건 카프에 대한 연구와 기술을 필연적으로 제약할 것이기 때문이다. 학문적인 탐구에는, 그 결과가 나중에 현실적인 차원에서 어떻게 받아들 여지건, 미리 일정한 전제를 두는 일이 없어야 한다. 카프는 지금 우리에 게 '해외문학파'나 '시문학파' 등에 대한 연구가 아무런 심리적 억압감 없 이 자유롭듯 그런 차원의 자유로움 속에서 연구될 필요가 있다. 그러한 자유로움에 바탕을 두지 않은 현대 문학사는 정통성 문제의 망령에 늘 시 달릴 것이다.

—『문학과 사회』 10호, 1990, 여름.

북한문학사에 대한 관견

　최근에 활발하게 간행되기 시작한 북한 학술 서적의 틈바구니에는 북한의 문학사도 끼어 있다. 인동출판사와 진달래출판사에서 동시에 간행한 『조선문학개관』이 바로 그것이다. 그리고 조만간 북한의 가장 권위 있는 문학사인 『조선문학사』도 곧 간행될 것이라는 이야기가 들려오고 있다. 이러한 문학연구서류의 출판은 북한문학에 대한 정확한 이해와 본격적 연구를 위해 바람직한 일이다. 풍문에 세간 사람들이 휩쓸리는 일을 막고 객관적인 인식을 형성할 수 있을 것이기 때문이다. 그러나 그렇게 되기 위해서는 먼저 이들 연구서적들이 어떤 자료를 근거로 어떤 입장에서 그같은 서술을 하고 있는지에 대한 검토가 전문가들에 의해 다각도로 이루어질 필요가 있다. 그렇게 하지 않고 결과적인 현상, 이를테면 1930년대 문학을 전적으로 김일성의 항일유격투쟁으로 점철해 놓은 것 같은 현상을 두고 이분법적 판단을 하는 것은 풍문을 종식시키는 게 아니라 호오의 구조를 반복하는 것이 되기 때문이다. 그러므로 우리가 문제 삼아야 할 것은 남북 중 어느 쪽이 우월하다는 체제 비호적 결론이 아니라 어느 쪽이 더 신뢰할만한 객관적 연구 자세를 갖추고 있느냐 하는 것이다.

'북한문학사'라는 용어는 필자에겐 무척 당혹스러운 용어다. 필자의 이 당혹스러움은 북한이라는 말을 들을 때 우리 쪽 사람들이 본능적으로 느끼는 어떤 경계심 때문이 아니라 이 용어가 뜻하는 바 의미가 무엇일까 하는 것 때문이다. '북한문학사'라는 말은 필자의 생각으로는 '북한에서 씌어진 문학사'라는 의미이거나 '분단 이후의 북한문학에 대한 문학사'라는 의미로 정의해야 할 용어가 아닌가 싶다. 그런데 필자가 언뜻 검토해본 『조선문학개관』은 어느 의미에도 적합하지 않아 보였다. 그 이유는 첫째 전자의 경우는 북한에서 씌어진 문학사라는 중성적 의미가 강한데, 실제 문학사는 북한이라는 별개의 국가(남쪽과 구별되는 별개의 체제)가 고수하고 있는 이념으로 말미암아 그러한 중성적 접근을 애초에 거부하고 있었기 때문이다.

다음으로 후자의 경우는 『조선문학개관』과 같은 문학사류가 고전문학 부분을 포함하고 있기 때문에 근원적으로 성립될 수 없는 의미라고 할 수밖에 없다. 따라서 '북한문학사'라는 말은 어떤 가치판단이나 이념적 색채를 분명하게 전제하지 않고는 도저히 성립할 수 없는 용어라고 할 수 있다. 그러면 '북한문학사'라는 용어에서 느낀 이 당혹스러움을 『조선문학개관』이라는 책을 통해 구체적으로 확인해 보기로 하자.

『조선문학개관』은 총 7백70여 페이지 분량의 문학사인데, 1983년에 만들어진 이진우의 『월미도』란 영화까지를 다룬 것으로 보아 가장 최근에 씌어졌거나 증보된 문학사로 간주할 수 있다. 그런데 이 책에서 먼저 주목을 끄는 것은 분량상의 문제이다. 즉 고대 가요에서부터 구한말 의병투쟁까지를 다룬 부분이 총 3백 페이지 정도인 데 비해 구한말 의병투쟁 이후 부분이 4백 70페이지나 된다는 부조화이다. 그렇다면 지금 우리가 일반적으로 근대문학 혹은 현대문학이라고 부르고 있는 부분이 이처럼 강

조된 것은 무슨 연유일까? 고전 문학의 주요 작품들이 대부분 유실된 데
비해 근대문학(혹은 현대문학) 작품들은 상대적으로 풍부하게 남아 있다
는 이유 때문만은 아닐 것이다.

그 이유는 『조선문학개관』이 다루고 있는 근대문학작품의 수가 극히
제한적이라는 데서 잘 드러난다. 이 책의 목차 정도를 살펴본 사람이라면
누구나 느낄 수 있는 사실이지만, 이 책은 상대적으로 풍부한 근대문학
작품을 충실히 다루기 위해 근대문학 이후 부분의 비중을 높인 것이 아니
다. 그렇다기보다는 김일성의 뛰어난 영도력을 문학사적으로 뒷받침하고
그가 나타나게 된 필연성을 제공하는 신용비어천가적 성격을 강화하기
위해 그렇게 만든 것이다. 예컨대 다음과 같은 부분을 보자.

> 항일혁명문학은 우리나라 반일민족해방운동의 탁월한 지도자이신 김
> 형직 선생님과 열렬한 공산주의 혁명투사이신 강반석녀사의 문학에 력사
> 적 터전을 두고 창조, 발전하였다. (……) 강반석녀사께서는 위대한 수령
> 김일성 동지를 혁명의 태양으로 안아키우시며 김형직 선생님께서 몸소
> 지으신 혁명적인 노래들을 들려주시었으며 친히 「하늘은야 높고」, 「만경
> 대에 봄은 와도」등 혁명시가들을 지어 어리신 원수님께 불타는 애국정신
> 과 혁명적 신념을 키워주시었다.
> 이렇듯 김형직 선생님과 강반석녀사께서는 혁명활동을 벌리시면서 많
> 은 혁명적 시가들을 창작하시었으며 그것은 항일혁명문학 이전 시기 가
> 장 애국적이며 혁명적인 문학으로 되고 있다.

김일성의 부모까지를 문학사의 중심부에 위치시키는 이러한 서술방식
은 적어도 북한의 근·현대문학사 서술이 어떤 목적 아래 씌어졌는지를
가늠하게 해준다. 그것은 불세출의 영웅이자 민족의 지도자라고 떠받드는
김일성의 출현을 합리화하기 위해서이다. 그래서 김형직이 지었다고 주장
하는 「자장가」와 강반석이 지었다고 주장하는 「하늘은야 높고」는 이렇게
드높이 평가된다.

이 시가들에는 아드님께서 조국광복 위업을 대를 이어 완수할 민족의
영웅으로, 문명하고 부강한 새 조선을 건설할 걸출한 영재로, 한없이 숭
고한 도량과 인품을 지니신 위대한 인간으로 자라나기를 바라시는 높은
뜻과 크나큰 넘원이 진실하게 반영되어 있다. 시는 그 주체사상적 내용
의 특성에 맞게 친근하고 다정한 정서 속에 숭고한 사랑과 낭만적 기백
이 뜨겁게 굽이치고 있다.

『조선문학개관』 제2권은 1920년대 후반기부터 1980년대 전반까지를
다룬 것으로 돼 있는데 이 책의 첫 부분은 이처럼 1910년대 김일성 부모
의 행적에 대한 용비어천가로부터 시작하고 있다. 그리하여 김일성의 출
현 이후부터는, 다시 말해 1926년 이후부터는 김일성은 '불후의 고전적
명작'들을 직접 창작한 작가로서, 가장 본질적인 문예이론을 제시한 이론
가로서, 뛰어난 예술작품의 창작대상으로서 문학사를 온통 지배하게 된
다. 이 같은 사실에서 볼 때 이 책의 서문이 다음처럼 씌어져 있는 것은
결코 예사롭지 않다.

> 위대한 수령 김일성 동지의 령도밑에 창조 발전된 항일 혁명문학의 탄
> 생은 우리 인민의 유구한 문학사에서 일대전환을 가져온 력사적 사변이
> 었다. 항일 혁명문학이 탄생함으로써 조선문학은 진정한 인민의 문학, 참
> 으로 혁명적인 로동계급의 문학으로 발전하였으며 그 고귀한 터전 우에
> 서 새 조선의 찬란한 문학예술은 꽃펴났다. 위대한 수령 김일성 동지와
> 친애하는 지도자 김정일 동지의 현명한 령도 밑에 오늘 우리 문학 예술
> 은 일대전성기를 맞이하였다. (……)

여기서 우리는 '력사적 사변'이란 말에 특별히 주목할 필요가 있을 것
같다. 김일성의 출현을 "우리인민의 유구한 문학사에서 일대전환을 가져온
력사적 사변"으로 간주하지 않고서는 어떻게 한 나라 한 민족의 문학사를
서술하면서 그 절반 이상을 개인에게 봉정하는 형태로 쓸 수 있겠는가!

필자는 이번에 간행된 『조선문학개관』이 북한사회에서 얼마나 공신력이 있는 저작인지 알지 못한다. 어느 사회에나 다소간의 아부와 충성심을 권력자를 향해 드러내는 저작은 있게 마련이고, 그런 만큼 필자는 이 책이 그런 책의 일종이기를 바라는 마음 간절하다. 그러나 기우이기를 바라는 필자의 바람은 그야말로 기우가 될 가능성이 많아 보인다.

필자는 앞에서 『조선문학개관』 근·현대문학사 부분의 서술은 김일성 개인에 대한 '봉정'이라고 썼다. 분명히 그렇다. 이 부분의 서술은 학문적인 객관성에 대한 관심을 거의 전적으로 배제한 채 어떤 정치적인 필요성에만 오로지 지배당하고 있는 것처럼 보인다. 예컨대 곳곳에 등장하는 다음과 같은 방식의 서술이 그렇다.

> 서사시 「우리의 태양 김일성 원수」는 위대한 수령 김일성 동지의 탄생 57돐 즈음하여 수령님께 삼가 드리는 우리 인민의 다함없는 충성의 노래로 창작된 작품으로서 여기에는 반세기에 걸치는 경애하는 수령님의 영광찬란한 혁명력사와 만대에 길이 빛날 불멸의 혁명업적이 웅대한 서사시적 화폭으로 그려져 있다.

이와 같은 식의 서술은 어떤 특정한 시기에 각별한 문학사적 의미를 띠는 인물을 객관적으로 부각시키는 작업이 아니다. 이를테면 '세익스피어' 이전과 이후의 영문학을 구분한다거나 반제·반봉건 투쟁기에 '노신'이 차지하는 의미를 특별하게 중국문학에서 취급하는 것과는 판이하게 사정이 다른 것이다. 여기에는 문학적 형상화 이전에 이미 한 인물의 위대함이 움직일 수 없는 당위로서 자리 잡고 있어서 문학사가가 자신의 몫을 찾을 여지가 거의 없어 보인다. 객관적인 자료와 그것을 해석하는 문학사가 사이의 대화는 이미 선험적으로 주어져 있는 '봉정'의식 때문에 거추장스러운 장애물로 전락해 버렸다는 느낌이다. 예컨대 다음과 같은 부분을 보자.

1장 「인민의 수령」에서는 억눌리고 천대받던 우리 인민에게 광복된 조
국을 안겨 주시고 자주적이며 창조적인 생활을 마련하여 주신 경애하는
수령님의 숭고한 혁명가적 풍모를 끊임없는 흠모의 정을 담아 정중하게
노래하고 있으며 어버이 수령님의 한없이 자애로운 품속에서 행복을 누
리며 세상에 부럼없이 사는 우리 인민의 끝없는 기쁨과 행복을 소리높이
구가하고 있다. 2장 「불멸이 자욱」에서는 만대에 길이 빛날 영광스러운
혁명전통을 창시하시고 백전백승의 우리 당과 주체의 사회주의 조국과
일당백의 혁명무력을 창건하신 위대한 수령님의 영원불멸할 혁명업적에
대하여, (……)

사실 이러한 작품설명은 작품에 대한 구체성 있는 설명이라기보다는
공식적인 관용구의 나열에 불과한 것이다. 「우리의 태양 김일성 원수」라
는 집단창작의 서사시가 있건 없건 이 같은 작품설명은 이미 가능한 것으
로 주어져 있다는 이야기이다. 『조선문학개관』의 필자들은 이러한 「송가
적 서사시」들을 독립된 장르로 다루면서 이런 작품은 "시인의 심오한 체
험과 느낌, 그에 기초한 열렬한 칭송이 기본이 된다"라고 쓰고 있다. 그러
나 필자의 생각으로는 이런 작품들은 '열렬한 칭송'은 보여줄 수 있지만
'시인의 심오한 체험과 느낌'을 보여주는 일은 원천적으로 불가능하다.
도대체 어떻게 해서 이미 정해진 "대상의 위대성, 업적과 풍모 등에 대한
최대한의 칭송을 목적으로" 하면서 동시에 '시인의 심오한 체험과 느낌'
을 기대할 수 있겠는가?

『조선문학개관』을 읽은 필자의 느낌은 무척 당혹스럽고 착잡하다. 지
금 필자는 이 당혹스러움과 착잡함이 북한사회를 진정하게 이해하려는
노력이 부족한 상태에서 비롯된 일시적인 감정이기를 바라는 마음 간절
하다. 그리고 북한의 학문풍토가 개인에 대한 주관적 환상의 그림자에 얽
매어 있는 것이 아니라 나름대로의 과학적 인식을 튼튼하게 가지고 있기
를 바라는 마음 간절하다. 만약 그렇지 않다면 우리는 북한의 학술서적들
을 읽으면서 함께 나눌 수 있는 이해의 기반을 다지기보다 단절의 장벽만

을 새삼스럽게 재확인하는 비극적 결과에 도달하는 까닭이다.

  우리는 북한과의 정치적 단절과 대립을 현상적인 것으로 시인하면서도 객관적인 사실에 기초한 학문연구는 어느 정도 공유할 수 있는 영역이 분명히 있다고 생각해 왔다. 그리고 이 영역을 기반으로 이해의 폭을 넓혀 나갈 수 있기를 바랐다. 그런데『조선문학개관』은 이 영역마저 그다지 넓지 못하다는 것을 보여주고 있다. 물론 이것이 북한에서의 모든 학문연구를 단적으로 보여주는 대표적 예로 판단할 상태에 우리는 와 있지 않다. 그러나 분명한 것은 우리 현대사의 여러 문제에 대한 연구의 경우 학문분야에 있어서도 의외로 단절의 벽이 높으며, 이 벽 앞에서 절망하지 않을 각오를 미리 가다듬어야 한다는 사실이다.

—『월간중앙』, 1989. 1.

북한의 리얼리즘 논쟁

1.

우리 문학의 논쟁사를 돌아보면 가장 끈질기게 지속적으로 등장할 논쟁의 테마가 리얼리즘 문제였음을 알 수 있다. 아무런 관형사가 붙지 않은, 주로 모더니즘에 대응하는 의미를 지닌 리얼리즘이라는 용어로부터 시작해서 변증법적 리얼리즘, 비판적 리얼리즘, 사회주의 리얼리즘, 심리적 리얼리즘, 객관적 리얼리즘 등에 이르기까지의 여러 명칭을 사용해 가면서 여러 차례 이 논쟁은 되풀이 되었던 것이다.

그런데 현장비평의 성격을 띠고 있고 별로 아카데믹하지 못한, 우리에게 비교적 잘 알려져 있는 이와 같은 일련의 리얼리즘 논쟁과는 달리 상당히 심도 있고 체계적인 리얼리즘 논쟁이 이 땅의 다른 한 쪽에서 있었다는 사실을 기억하는 사람은 그리 많지 않다. 그것은 바로 북한에서 있었던 리얼리즘 문제에 대한 대토론이다.

북한에서는 1957년에서부터 1963년 초에 이르는 기간 동안에 조직적으로 리얼리즘 문제에 대한 학술 대토론을 '사회과학원 어문연구소' 주최로 가진 바 있다. 그리고 그 결과를 『사실주의에 관한 논문집』이란 책자로 59년에, 『우리나라 문학에서 사실주의의 발생, 발전』이란 책자로 63년에 간행했었다. 이 시기에 북한에서 있었던 사실주의에 대한 토론의 결실은 이후 더 이상 발전하지 못하고 60년대 말부터 시작된 주체사상운동에 의해 차단되어 버리지만, 적어도 60년대 전반기까지에 있어서는 이 문제에 관한한 학문적인 수준에 있어서 우리 쪽을 앞서 있었던 게 틀림없다. 물론 지금 현재 우리가 가지고 있는 리얼리즘에 대한 이해의 수준에서 본다면 숱하게 많은 문제점을 발견할 수 있는 주장들이긴 하지만 말이다.

북한에서의 리얼리즘에 대한 토론은 '사회과학원 어문연구소'라는 공식적 기관에서 주관했고, 기기에 참여한 사람들이 상당한 학문적 소양을 갖춘 사람들이었기 때문에 우리 쪽에서 벌어진 현장비평적인 '논쟁'과는 성격이 상당히 다르다. 우리 쪽에서 '논쟁'들이 종종 그랬던 것처럼 근거 없는 감정적 '논쟁' 차원으로 떨어지지 않고, 학술적인 '연구'의 차원에서 토론이 진행되었던 까닭이다. 따라서 약 7년간에 걸쳐 조직적으로 연구되고 토론된 북한에서의 성과는 그것이 비록 많은 오류와 시행착오를 지닌 것임에도 불구하고 우리들에게 던져주는 시사점이 적지 않다. 그 대표적인 예가 우리의 전 문학사를 일관되게 리얼리즘적인 시각으로 꿰뚫어 보려는 시도이다. 이런 시도들은 현장 비평적인 논쟁이 지니고 있는 일과성의 한계를 넘어 객관적 연구의 형태로 진행된 것이기 때문에, 우리는 그 결과가 실패였건 성공이었건 간에 일정한 시사를 받을 수 있다.

그래서 필자는 다음에서, 이 토론에서 가장 문제된 것들이 무엇이며 그것이 왜 문제가 되었는가 하는 것을 간략하게 정리하는 형태로 검토해 볼 예정이다. 독자들의 입장에서는 언뜻 보기에 리얼리즘 문제를 특집으로 다루는 마당에 왜 이런 이야기를 끌고 들어 왔느냐고 의아하게 생각할지 모르겠으나. 필자로서는 한번쯤 북한에서의 리얼리즘 문제를 지금 우리의 시각에서 점검해 보는 것도 지금 이 곳에서의 리얼리즘 문제에 대한 반성과 발전을 위해서 나름대로 유익한 점이 있을 것이라고 생각해서 이 같은 식으로 리얼리즘 문제에 접근하는 것이다.

2.

북한에서의 리얼리즘 문제는 크게 나누어 두 가지 방향으로 논의되고 검토되었다. 원론적인 측면에서 접근과 구체적인 대상에의 적용이란 측면이 바로 그것들이다. 그리고 전자는 다시 리얼리즘의 개념에 대한 문제. 비판적 리얼리즘의 개념과 발생에 대한 문제, 마르크스, 엥겔스, 고리키 등이 리얼리즘에 대해 제시해 놓은 전범적 견해의 참뜻이 무엇인가에 대한 문제 등으로 나뉘어서 이야기 되었고, 후자는 주로 우리 고전문학에서 리얼리즘이 언제 누구의 어떤 작품에서부터 비롯되었으며 그 근거는 무엇인가 하는 문제와 리얼리즘의 그러한 발생과 발전이란 시각에서 우리 문학을 설명하는 문제(문학사의 문제)로 나뉘어 이야기되었다. 그러나 이러한 구분은 필자가 설명의 편의상 도식적으로 해 본 것이며 실제에 있어서의 논의는 거의가 원론적 차원의 이론과 실제적 차원의 작품분석을 병행하는 방식으로 이루어졌다.

그러면 먼저 엥겔스의 편지와 관련하여 원론적인 측면에 대한 이야기를 간단히 검토하고 문학사문제에 대한 이야기로 넘어 가겠다. 우리 쪽에서 리얼리즘문제를 이야기할 때 가장 논란거리가 되는 문제 중의 하나는 아마도 마르크스와 엥겔스가 문학 작품에 대해 피력한 짤막한 견해들에 대한 해석문제가 아닌가 한다. 이른바 '직킹겐 논쟁'으로 불리는 마르크스와 라살레 사이의 편지와 '리얼리즘의 승리'로 불리는 엥겔스와 하크니스 사이의 편지 등이 바로 그것들이다. 이것들은 문학작품에 대한 본격적인 분석이라기보다는 마르크스와 엥겔스가 일종의 교양 있는 문학 독자로서 피력한 간단한 '견해'이기 때문에 참뜻이 무엇인가에 대한 시비가 여러 시각에서 일어난 것이다.

그런데 이 자리에서 잠시 다소 엉뚱한 이야기를 한다면, 우리는 아무리 교양인이었다 하더라도 어쨌건 문학에 대해서는 아마추어들에 지나지 않았던 이 두 사람이 왜 리얼리즘 문제의 핵심에 놓여야 하는지부터 생각해 볼 수 있다. 그런 사고의 태도부터가 교조적인 것이 아니냐고 말이다. 그리고 그 같은 의심의 근거로 게오르그 비스츠레이 같은 사람이 지적해 놓은 것을 들 수도 있을 것이다. 그에 의하면 마르크스와 엥겔스가 피력한 문학적 관점들은 '독창적인 것'이라기보다는 '헤겔미학의 영향'을 받은 것이다. 또 '19세기 후반의 리얼리즘에 대한 독일과 프랑스의 비평적 관점'들을 이어받으면서 '철저한 절충주의와 종합주의 사이'에서 만들어진 것이다. (그는 그 근거로 '객관성, 전형, 무도덕화(non-moralization)와 같은 용어가 19세기 전 기간 동안 논쟁적 비평의 공통된 관심사'였다는 사실을 비롯해서 몇 가지를 제시하고 있다.)

어쨌건 다시 원래 이야기로 돌아와 보자. 우리 쪽에서 마르크스와 엥겔스가 한 이야기가 부동의 전범적인 권위를 자랑하면서도 실제로 그 이야기를 어떻게 해석하고, 받아들이느냐에는 사람마다 자신이 서 있는 입지점에 따라 여러 가지 다른 시각을 노출하는 것처럼, 60년대 전반 이전의 북한에서도 실정은 마찬가지였던 것 같다. 그리고 이 같은 다양한 시각의 해석이 존재했었다는 바로 그 점에서, 이 시기 북한의 리얼리즘 토론은 지금 우리에게 일정하게 시사해주는 바가 있고, 또 검토해 볼 가치가 있는 것이라 생각한다.

그러면 이제 이 시기에 북한에서는 리얼리즘 문제와 관련하여 마르크스와 엥겔스의 견해를 어떤 의미로 해석했는지를 한번 간략히 살펴보기로 하겠다. 이 자리에서 이 두 사람의 모든 편지와 북한에서의 이해방식 전체를 검토한다는 것은 불가능한 일이므로, 일단 엥겔스의 편지 하나를 중심으로 간략하게 몇 가지 문제된 요점만 살펴보기로 하자. 동근훈은 「사실주의에 관한 맑스, 엥겔스의 견해와 조선문학에서의 사실주의 발생, 확립 문제」란 글에서 다음처럼 이야기하고 있다.

조선문학에서 사실주의와 비판적 사실주의 발생, 발전의 문제, 특히 그 발생 시기 확정에 관한 문제가 복잡하게 논의된 기본원인은 논자들에 따라서 사실주의에 대한 엥겔스의 정식화를 각이하게 해석하며 또 그를 적용함에 있어서 구체적인 문학현상을 각이하게 평가하고 있는데 있다.

주지하는 바와 같이 엥겔스는 하크네스의 작품 『도시의 처녀』를 읽고 1888년 작자에게 보낸 편지에서 "사실주의란 디테일의 진실성 외에 전형적 환경 속에서 전형적인 성격들을 진실하게 전달하는 것"이라고 말하였다.

사실주의 문제를 논의함에 있어서 이 정식화가 방법론적 기초가 되어야 한다는 것은 두 말할 필요도 없다.

문제는 혹자가 엄밀한 의미에서의 사실주의라고 하면서 엥겔스의 명제에 철저히 입각할 것을 주장하는데 반하여 혹자는 이 명제의 기본사상을 보다 확장하여 사용하고 있는 데 있다.

필자는 사실주의 개념을 대체로 두 가지 측면에서 이해하는 것이 옳다고 생각하는 바, 그 하나는 사실주의에 관한 맑스와 엥겔스의 사상, 특히 상기 엥겔스의 명제에 철저히 입각할 때의 엄밀한 의미에 있어서의 사실주의(이것은 곧 비판적 사실주의로 된다)이고, 다른 하나는 사실주의에 관한 맑스와 엥겔스의 사상으로부터 출발은 하면서도 그 사상을 보다 확장하여, 사실주의란 생활에서 전형적이며 본질적인 것을 포착하여 그것을 생활 개연적인 형식으로 객관적으로 진실하게 반영할 것을 요구하는 창작방법이라는, 즉 보다 넓은 의미의 사실주의이다.

이와 같은 동근훈의 논지를 이해하기 위해서는 먼저 간단히 엥겔스의 편지 원문을 이해하는 작업이 필요할 것 같다. 엥겔스는 하크니스에게 보낸 편지에서 자신은 "당신께서 순수하게 사회주의적인 소설을 쓰지 않았다는 점에서, 혹은 이를테면 우리 독일 사람들이 작가의 사회적, 정치적 견해를 기리기 위해서 만들어낸 바로 그 '경향소설'을 쓰지 않았다는 점에서 오류를 찾는 것과는 거리가 멀다"고 전제했다. 그러면서 그는 그녀가 쓴 『도시의 처녀』라는 작품이 '서술된 한에서는 충분히 전형적'이지만, 성격들을 둘러싸고 '그들로 하여금 행위 하도록 하는 상황'은 엥겔스 당대 현실과 견주어 보았을 때 충분히 전형적이지 못하다고 말했다. 그것은 그녀의 소설이 당시로부터 50년 전에나 알맞는 상황, 다시 말해 노동자 계급이 수동적인 대중에 머물러 있었을 때에나 알맞은 상황을 그려내고 있기 때문이란 것이다. 이때에 그가 한 이야기의 한 대목이 위의 인용문의 핵심이 되어 있는, "제 생각으로는 리얼리즘은 세부(디테일)의 충실성 이외에도 전형적 상황에서의 전형적 성격들의 충실한 재현을 의미합니다"라는 말이다.

그렇다면 이와 같은 엥겔스의 이야기에서 그의 참뜻은 무엇이었을까? 필자가 보기에 엥겔스의 편지는 논자에 따라 다음과 같은 해석상의 문제를 야기할 수 있을 것으로 생각된다. 첫째, 엥겔스가 쓴 것이 편지라는 양식임을 고려할 때 의례적인 측면이 가미될 수 있지 않았겠느냐는 관점이다. 그렇다고 생각한다면 그가 '리얼리즘은 세부의 충실성 이외에도'라고 한 말은 그저 의례적으로 하크니스의 작품을 추켜 준 말이 되고 실제로 중요한 말은 그 다음에 나오는 '전형적 상황에서의 전형적 성격들의 충실한 재현'이 된다. 만약에 그렇지 않다고 생각한다면 엥겔스의 이야기는 '세부의 충실성 외에도'라는 말에서 느낄 수 있듯이 세부의 충실성이 상당한 핵심적 문제이고 그 밖에도 그에 못지않게 중요한 것으로 '전형적 상황에서의 전형적 성격'의 문제가 있다는 말 정도로 읽힌다. 그런데 동근훈은 후자 쪽에 가까운 전자의 입장이라는, 다소 애매한 절충적 자리에 서 있다. 그는 전형적 환경의 문제를 무엇보다 강조하면서도 디테일의 중요성을 간과해서는 안 된다고 주장하기 때문이다. 이 점은 그가 한 다음과 같은 이야기에서 분명하다.

> (……) 그러면 사실주의 문제와 관련하여 이들 문헌에서 도출해 낼 수 있는 맑스, 엥겔스의 사상은 어떠한 것들인가?
> 그것은 사실주의 문학에서 무엇보다도 먼저 전형적 환경이 제시되어야 한다는 것을 들 수 있다.
> 엥겔스는 자기의 정식화에서 명백히 '사실주의란 디테일의 진실성 외에……'라고 말하였다. 이것은 디테일이 있어도 좋고 없어도 좋다는 정도의 곁가지로 덧붙인 명명이 결코 아니다.
> 그런데 일부 동지들은 이 명제의 '본질'을 운운하면서 (……) 디테일 문제를 차요시하거나 왕왕 무시하기까지 하고 있다. (……)

둘째, 엥겔스의 편지는, 마르크스의 편지들도 그렇지만, 리얼리즘이라는 것을 어떤 범주의 개념으로 파악하는지가 애매모호하게 되어 있다는 점이다. 다시 말해 리얼리즘을 어떤 특정한 시기와 관련되어 있는 역사적 개념으로 파악하는지 그렇지 않고 특정한 창작방법으로 파악하는지가 불분명하다는 점이다. 엥겔스에게 있어서 리얼리즘이 전자의 경우로 파악되는 것이라면, 19세기 발자크의 작품을 '리얼리즘의 승리'라고 지칭한 바가 있으므로, 당연히 19세기적인 역사적 상황의 제약을 받는 한정적인 개념이 되고 그 이전의 시기에는 리얼리즘이 있었을 수가 없다. 그러나 후자로 파악한다면 세부의 충실성과 함께 전형적인 상황에서 전형적 성격이 나타난 모든 작품은 리얼리즘을 구현하고 있는 것이 된다.

앞에서 길게 인용한 동근훈의 글에서 그가 '엄밀한 의미에서의 사실주의'와 '보다 넓은 의미의 사실주의'라는 두 가지의 개념을 설정하고 있는 것도 이 때문이다. 엥겔스 편지의 모호한 점을 자기 나름으로 확대 해석해서 두 가지 개념을 부여하고 있는 것이다. 그가 '엄밀한 의미에서의 사실주의'를 '맑스, 엥겔스의 견해에 엄격히 입각'한 것으로 규정하여 '비판적 사실주의'라고 명명하고 보다 넓은 의미의 사실주의를 "생활에서 전형적이며 본질적인 것들을 포착하여 그것을 생활 자체의 개연적인 형식으로 객관적으로 진실하게 반영하는 창작 방법"으로 규정하여 그냥 '사실주의'라고 부르는 것이 그 점에 대한 증거가 된다.

셋째, 엥겔스의 편지는 위에서 검토한 개념 문제를 안고 있기 때문에 당연히 리얼리즘의 발생문제에 대한 논란도 야기하게 된다. 바로 앞에서 필자가 지적했었지만, 동근훈은 넓은 의미의 리얼리즘을 일종의 창작 방법적 차원으로 이해하여 '리얼리즘'이란 명칭으로 부르고, 좁은 의미의 리얼리즘을 엥겔스의 정식화를 엄격히 적용시켜 '비판적 리얼리즘'이라 불렀다. 이럴 때 리얼리즘의 발생을 전자의 차원에서 찾아야 하느냐 후자의 차원에서 찾아야 하느냐는 문제가 파생되는 것은 피할 수 없는 것이다. 동근훈이 앞에서 길게 인용한 글의 첫머리에서 "조선문학에서 사실주의와 비판적 사실주의의 발생, 발전의 문제, 특히 그 발생 시기 확정에 관한 문제가 복잡하게 논의된 기본원인은 논자들에 따라서 사실주의에 대한 엥겔스의 정식화를 각이하게 해석하며 또 그를 적용함에 있어서 구체적인 문학현상을 각이하게 평가하고 있는 데 있다"고 한 말은 이 같은 사정을 고백한 것이라 할 수 있다. 그리고 이응수가 「사실주의 논의의 본질과 그 발생설의 역사적 경위에 대하여」란 글에서 다음과 같이 이야기하는 것 역시, 동근훈의 관점을 비판하는 관점에 서 있긴 하지만, 그 같은 사정을 잘 말해 준다.

이와 결부하여 또 하나 지적하게 되는 것은 논자들이 이 일정한 역사적 단계를 상하로 이동함에 있어서 그때마다 다 그 근거를 맑스주의 고전에서 찾는다는 사실이다. 즉 사실주의 창작원칙, 창작방법이 인류의 아득한 고대에 발생한다고 말할 때에도 맑스가 희랍신화를 높이 평가한 사실, 고리키가 희랍신화를 사실주의적이라 말한 사실에 의거하여 신화적 사실주의를 말하였으며 문예부흥기에 끌어내릴 때에는 역시 엥겔스가 문예부흥기를 "인류가 그때까지 체험한 변혁 중에서 최대의 진보적인 변

혁"이라 말하고 (……) 셰익스피어 문학을 사실적이라 평가한 사실들에
근거하였다.

이렇듯 우리는 엥겔스의 짧은 편지를 어떤 관점에서 어떻게 해석하느
냐에 따라 사실주의에 대한 상이한 결론들이 도출될 수 있다는 사실을 알
수 있다. 그리고 이 같은 문제점은 사회주의 리얼리즘 문제를 이야기할
때 자주 전범으로 등장하는 마르크스, 엥겔스, 레닌, 고리키 등의 단편적
인 언급과 그것들에 대한 해석을 치밀하게 상호 비교한다면 얼마든지 찾
아낼 수 있다.

따라서 다른 사회주의 국가들과 마찬가지로 당 문예 정책의 근간을 리
얼리즘에 두고 있었던 북한에서는 이 문제를 여러 논자들의 상이한 해석
속에 언제까지나 방치해 둘 수는 없었을 것이다. 이런 점에서 볼 때 리얼
리즘 문제에 대한 대토론을 개최하게 된 배경에는 아마도 앞에서 본 것처
럼, 상이한 해석들을 낳을 수 있는 부분들에 대해 의견을 조정하고 제압
할 수 있는, 권위 있는 해석의 텍스트를 마련하자는 의도가 숨어 있었던
것 같다. 그러나 사정이 어쨌건 간에 이 시기까지의 북한 학자들은 마르
크스, 엥겔스 등의 전범적인 발언을 교조적인 방식으로 해석하거나 강요
된 획일적 방식으로 읽지 않을 수 있는 자유를 가지고 있었기 때문에 리
얼리즘 문제에 대해, 시행착오도 많았지만, 흥미 있는 해석들을 보여줄
수 있었던 것이다.

북한에서 리얼리즘 논의에 참가한 사람들은 원론적인 차원에서 개념과
발생 시기에 대해 많은 관심을 쏟은 것 못지않게 실제적인 차원에서 문학
사의 정리 문제에도 많은 관심을 쏟았었다. 그것은 구체적인 우리 문학작
품들에 의한 뒷받침 없이는 그러한 이론적 차원의 문제들을 해결할 수 없
다는 것을 깨닫고 있었기 때문일 것이다. 어떤 작품의 어떤 점이 리얼리
즘, 혹은 비판적 리얼리즘을 올바르게 구현하고 있는가를 사람들에게 제

시하고, 그러한 작품의 출현이 언제 어떻게 이루어졌으며 당대문학의 일
반적 흐름과의 관계는 어떠한 것이었는지를 보여줄 수 있을 때, 이론적
논의는 비로소 설득력을 지닐 수 있으니까 말이다.

북한에서 리얼리즘 문제와 관련하여 제기된 문학사 정리문제에서 가장
시끄러운 논란거리가 된 것은 발생시기의 문제였다. 이 문제가 시끄러운
논란거리가 될 수밖에 없었던 근본적인 이유는 이미 앞에서 본 것처럼 엥
겔스의 편지에 있었다. 엥겔스의 편지를 해석하는 데에서 나타나는 일견
사소해 보이는 차이는 그렇지만 문학사에서 그 발생 시기를 획정하는 구
체적인 작업에서는 엄청난 차이를 가져오기 때문이다.

리얼리즘의 발생설에 대해서는 고정옥으로 대표되는 9세기 발생설과,
안함광, 한용옥 등으로 대표되는 12~14세기 발생설과, 김하명으로 대표
되는 18~19세기 발생설과, 엄호석, 이응수 등으로 대표되는 비판적 리얼
리즘 발생설 등이 있다. 이들은 모두 엥겔스의 명제에서 자신들 주장의
근거를 찾았지만 동근훈이 이야기한 것처럼 '엥겔스의 정식화를 각이하게
해석하여' 서로 다른 결론에 도달한 것이다.

그 각각의 예를 들면, 먼저 9세기 발생설을 주장하는 사람들은 리얼리
즘을 '전형적 본질적인 것을 객관적으로 진실하게 반영하는 창작방법'이
라고 생각하여 아주 포괄적인 범위를 설정하고 있다. 그리고 그러한 창작
방법을 구현하고 있는 작품으로 최치원 등의 작품을 들고 있다. 12~14세
기 설을 주장하는 사람들 중 안함광은 상당히 파격적으로 "엥겔스의 명제
내용은 한 나라에서의 리얼리즘 문학의 발생문제를 규정할 수 있는 기준
으로는 될 수 없다"고까지 전제하면서 진실한 묘사, 객관적 원칙, 전형성
의 요구 등을 그 기본으로 하는 것이 리얼리즘이라는 해석을 내린다. 그
리고 이규보, 이제현, 이곡 등의 작품을 거기에 해당하는 작품으로 본다.
18~19세기 설을 주장하는 사람들 중 김하명은 넓은 의미의 리얼리즘은
고리키적 개념이고 좁은 의미의 리얼리즘은 엥겔스적 개념이라고 보면서

전자는 리얼리즘이라기보다는 '리얼리즘적'이라고 해야 마땅하다고 주장한다. 그러면서 그는 엥겔스의 정식에 의한 리얼리즘이 18~19세기에 연암과 다산 등의 소설에 의해 형성되었다고 이야기하여 상당한 논란을 야기하고 있다.

마지막으로 비판적 리얼리즘 발생설은 엥겔스의 명제를 가장 엄격하고 좁게 해석하여 준용하려는 견해인데, 시대구분 문제와 관련이 있다. 문학의 발전, 진보 문제와 관련되어 있는 리얼리즘의 발생설 문제는 당연하게 문학사의 시대 구분 문제에도 막대한 영향을 미칠 수밖에 없는 까닭이다. 리얼리즘에 입각한 창작방법, 혹은 리얼리즘에 요구되는 전형적 환경과 성격의 출현을 따지는 문제는 리얼리즘의 발생을 따지는 문제일 뿐만 아니라 곧 시대 구분의 문제이기도 하기 때문이다. 이 점에 대해서는 다음과 같은 이야기를 참고할 필요가 있다.

> 이와 같이 사실주의 문제를 토론하는 모든 동지들이 다 엥겔스와 고리키의 명제를 그대로 올려다가 자기의 문학개론, 자기의 사실주의 발생설을 논하였다. 그런데 사실주의라는 것은 17세기 감상주의, 18세기 낭만주의와 같이 19세기에 발생한 엄연한 역사적인 문학사조였다. 이에 대해서는 아무도 부정하지 못하며 아무도 의심하지 않는다. 때문에 고리키도 '19세기에서 20세기에 흘러 넘어 온 사실주의'라고 말하였던 것이다. 그러므로 이 입장에 설 때 사실주의 발생설이란 근본 최초부터 성립할 수 없으며 따라서 19세기 사실주의의 엄격한 자기위치에 설 때 박연암 발생설도 완전한 형성설로는 논의 될 수 없다. (……)

이응수는 위의 인용문에서 보듯 19세기 비판적 리얼리즘만을 오직 유일하게 진정한 리얼리즘으로 간주하는 입장에 서 있기 때문에 세계문학사에서 '17세기 감상주의', '18세기 낭만주의', '19세기 사실주의'라는 (도식적이긴 하지만) 시대 구분을 받아들이고 있다. 그러면서 그는 리얼리즘의 발생을 위로 끌어올리려는 시도를 완강하게 반대하는 것이다.

이처럼 리얼리즘의 발생 문제를 둘러싼 복잡한 논쟁과 이야기들은 시대 구분 문제에 있어서 다음과 같은 무리를 낳기도 했던 모양이다.

　　그리고 보니 두 레일선 체계는 2500년 동안 고대 신화적 사실주의, 중세 논리적 사실주의, 고전주의, 감상주의, 비판적 사실주의, 사회주의적 사실주의 하여 도합 여섯 번 사회 역사적으로 구체화한 것으로 되었다. 다만 1953년 이전 '문학개론'에는 논리적 사실주의가 계산되었으나 1953년 이후 '문학개론'에는 그것이 계산되지 않은 차이가 있었다. 나는 이상 여섯 개의 사회 역사적 구체화를 두 레일선 체계의 비유에 적응하게 여섯 개 참목의 체계라고 부른다.

위의 인용문에서 이응수가 열거해 보인 것처럼 우리의 경우 과연 그러한 사실주의들이 역사적으로 존재했던 것일까. 그렇다면 우리의 경우 단군신화는 신화적 리얼리즘이라는 시대 구분의 범주 속에 소속되는 셈이 된다. 그런데 리얼리즘의 문제를, 비록 창작방법의 관점에 서서 아무리 폭넓게 해석한다손 치더라도, 이처럼 확대시켜 버리면 사실상 리얼리즘이라고 부를 의미가 없어져 버릴 것이다. 이 지구상에 존재하는 모든 문학 작품은 현실을 어떤 방식으로건 다소간 '전형적으로 모방해 낸' 것들이므로 리얼리즘 아닌 것이 없어져 버리고 리얼리즘에 입각한 정리와 구분은 특정한 관점의 의미를 상실할 것이기 때문이다.

3.

필자는 이상에서 리얼리즘에 대한 문제를 북한의 경우를 예로 들어서 간략하게 살펴보았다. 북한에서의 이러한 리얼리즘 논의는 약 30년 전에 있었던 것으로 이후의 사회주의 리얼리즘 선포의 발판이 된 것이다.

그런데 북한에서의 이 같은 논의는 지금 우리가 보기에 어떤 면에서는 유치해 보이고, 사소해 보이는 측면 또한 적지 않으나 당대의 그들에게 있어서는 무척 진지한 문제였다는 것을 반드시 기억할 필요가 있을 것 같다. 왜냐하면 그때 그들의 입장은 우리 문학의 이론과 실제를 새롭게 리얼리즘적인 입장에서 정초해 나가는 처지에 있었기 때문이다.

따라서 우리는 언뜻 보기에 실패한 작업으로 보일지도 모를 이들의 작업 속에 담겨 있는 깊은 의미와 진지한 모색의 자세를 거울로 삼아 우리 문학의 풍요로움을 일구는 데 유용하게 사용할 필요가 있다. 그것은, 구체적으로 예를 들면, 앞에서도 언급했듯이 일관되게 우리문학의 흐름 전체를 리얼리즘적인 시각으로 읽어보려는 노력이 그 경우이다. 이 시도가 비록 숱하게 많은 문제를 낳았고, 또 납득할 수 없는 어떤 결실을 우리 앞에 내 놓고 있다 할지라도, 그 같은 일관된 시각이 꿰뚫고 있는 문학사는 아무런 시각이 없이 자료만을 나열하고 있는 우리 쪽의 몇몇 문학사에 비해서는 논리적 체계에서 우월하다고 볼 수 있기 때문이다.

더구나 이 시기까지의 북한에서의 학문연구는 비교적 폭넓은 해석의 자유를 허용 받으면서 학문적 객관성을 유지하려고 애쓰고 있는 것들이어서 우리 쪽 리얼리즘 논의와의 비교검토도 충분히 가능하다. 그런 만큼 이 소략한 글의 문제점을 보충해 줄 관심들이 앞으로 늘어나기를 바라면서 여기에서 맺는다.

—『동서문학』, 1989. 9.

카프와 주체사상의 관계

1.

필자는 북한의 예술관계 최근 잡지들을 잠시 검토해 본 적이 있다. 조선 작가동맹 중앙위원회 기관지인 『조선문학』을 위시해서, 『조선예술』, 『조선영화』, 『철학연구』 등이 바로 그것들이다. 88~90년 전반기에 진행된 이 잡지들을 읽으면서 필자에게 떠오른 일관된 생각은 주체사상은 사람들로 하여금 정말 주체적으로 사고하게 만드는 것인가, 아니면 예속적으로 사고하게 만드는 것인가라는 의문이었다. 이를테면 89년 4월호 『철학연구』에 실린 안만희의 「인간의 존엄과 가치를 최상의 경지에 올려 세운 것은 주체철학의 력사적 공적」이란 논문은 "주체 철학에 의한 자주성의 발견은" 인간으로 하여금 "자신이 세계를 지배하는 가장 권위있고 귀중한 존재로서 최상의 존엄과 가치를 가진다는 것을 깨닫게" 만들었다고 쓰고 있었다. 그러나 앞의 안만희를 포함해서 이들 책에 실린 어떤 필자

도 자주적·주체적으로 사고하는 것처럼 보이지 않았다. 예컨대 90년 4월
호『조선문학』에 실린 윤종성의 평론은 그 첫머리를 이렇게 시작하고 있
었다.

> 70~80년대 우리의 소설문학은 새로운 인간전형을 창조함으로써 우리
> 문학의 대 전성기를 이룩하는 데 이바지 하였을 뿐만 아니라 인류의 현대
> 문학 발전에서 본질적 의의를 가지는 심각한 시대적 문제를 제기하였다.
> 위대한 수령 김일성 동지께서 최근에 높이 평가하신 장편소설들인『빈
> 터우에서』(김보행작),『철의 신념』(김리돈작),『뜨거운 심장』(변희근작),
> 『빛나는 아침』(권정웅작) 등은 그러한 문제작의 대표적 실례로 된다.
> 이 소설들이 공산주의 인간학의 훌륭한 모범으로 되는 요인은 무엇인가?
> 친애하는 지도자 김정일 동지께서는 다음과 같이 지적하시였다.

이렇듯 이들 잡지에 실린 모든 글들은 김일성이 개척하고 김정일이 계
승한 주체사상 노선의 주석 혹은 해설적 위치를 벗어나지 못하고 있었다.
필자가 모든 글이라고 감히 쓴 이유는 그같은 글쓰기의 방식이 논문이나
비평적인 글에만 국한된 것이 아니라 시, 소설, 수필 등의 문학작품에까
지 깊이 침투해 있었기 때문에 하는 이야기이다. '위대한 수령'과 '친애하
는 지도자'라는 말은 문학작품의 이곳저곳에서도 이미 뺄 수 없는 관용어
로 되어서, 아니 단순한 관용어가 아니라 전 부면을 지배하는 주제어가
되어서 작품을 제약하고 있었다.

필자가 읽은 이들 잡지로 짐작컨대 김일성과 김정일이 노선을 제시하
는 방식은 두 가지 종류로 갈라지고 있었다. 첫째는 김일성과 김정일의
추상적 어록을 글을 쓰는 사람 자신이 자기 글의 정당성을 입증하는 전제
로 삼기 위해 스스로 따온 경우이다. 이 경우는 그래도 글을 쓰는 사람의
자주성이 조금은 보장될 수 있다. 둘째는 앞에 인용한 경우처럼 구체적인
사실에 대한 지적이나 평가를 따오거나 직접 지시를 받는 경우이다. 이

경우는 글을 쓰는 사람의 자주성은 이미 선험적으로 평가된 사실에 철저히 종속당한다. 90년 2월호『영화예술』에 실린, 김정일이 '백두산'이란 영화 촬영장에 나타나 지시한 것을 구체적 사례로 들면 이렇다.

앞으로는 영화촬영가들이 백두산의 해돋이를 많이 찍도록 하여야 하겠습니다.
백두산 해돋이를 많이 찍자면 촬영기 다리를 세우고 찍어야 합니다. 10배즈므로 하여 찍으면 좋습니다.

여기에서 보듯 김일성과 김정일은 만능의 해결사로서, 오류없는 선도적 실천자로서, 신화적인 선구자로서 지침을 제시하고 문제를 해결해 나가는 사람들이다. 왜냐하면 이들의 "고매한 공산주의적 덕성은 비범한 예지와 결합되어 있"으며, 이들은 "사상리론적 예지와 과학적 예지, 문학예술적 예지를 비롯한 모든 예지를 다같이 지니고 계시는 세기의 위인"들이기 때문이다. 촬영기 다리를 세우고 10배줌으로 찍으라는 것까지 시시콜콜 지시하는 최고 지도자를 보라! 그러니까 인민들은 의심없이 그 뒤를 따른다는 결론이 나온다(적어도 공간된 모든 글에서는 그렇다). 그것도 단순히 따르는 게 아니라, 89년 12월호『조선문학』에 실린 리기주의 글에 의하면, "우리 문학은 위대한 수령님의 교시와 당의 정책을 한갓 의무로 써만이 아니라 커다란 기쁨과 영광으로 받아 안고 그것을 관철하기 위한 투쟁에 나서"는 방식으로 따른다. 그리고 "수령님의 사상과 의지대로만 사고하고 행동하며 수령님의 혁명로선을 관철하는 그 길에 크나큰 영광"과 '삶의 보람'이 있다는 것을 배운다.

2.

필자가 북한문학사 속의 카프를 검토하는 마당에 북한문학의 한 측면을 간략히 요약해 보인 것은 북한의 최근 문학사 역시 마찬가지의 입장에서 있다는 생각을 가지고 있기 때문이다. 필자가 보기에 북한의 문학사는 60년대 중반 이후 거의 전면적으로 개편되면서 앞에서 이야기한 범주의 틀을 별로 벗어나지 않는 형태로 재구성되었다. 따라서 북한문학사에서 카프를 다루는 방식도 60년대 말로 추정되는 주체사상의 대두를 그 분수령으로 하여 크게 변화한 것으로 볼 수 있다. 우리는 그 구체적인 증거를 주체사상 대두 이전과 이후의 문학사가 카프를 다루는 데 있어서 현저한 차이를 보여준다는 사실에서 찾을 수 있다. 이 같은 점 때문에 우리는, 지금부터 살펴보고자 하는 북한문학사의 카프 인식 문제에서 주체사상 대두 이전과 이후를 구별해서 볼 수밖에 없다.

북한문학사를 주체사상 대두 이전과 이후로 구별했을 때 우리 눈에 분명하게 드러나는 사실은, 카프 문제를 포함한 현대문학 분야의 거의 대부분이 이후의 책보다 이전의 책에서 훨씬 객관적으로 서술되었다고 점이다. 뒤에 좀 더 구체적인 언급을 하겠지만 주체사상 이후의 문학사는 김일성의 항일혁명투쟁이 차지하는 비중이 너무나 커서(이 비중은 첫머리에서 이야기한, 80년대 말에서 90년 초에 걸친 잡지에서 지배적인 것으로 보아 점점 커지는 추세에 있는 것으로 판단된다) 지금 우리가 지닌 학문적 입장으로서는 납득하기 어려운 점이 너무나 많다. 이 점은 문학뿐만 아니라 역사, 철학 등 인문과학의 모든 부면에서 마주칠 수 있는 모습이기도 한데, 이 같은 '위대한 수령'과 '친애하는 지도자'의 천재적인 '예지' 앞에서 우리는 당혹스러움을 금할 수 없는 것이다.

주체사상 대두 이후의 문학사는 '위대한 수령'의 활동이 시작되는 1926년 10월을 현대문학사의 새로운 전환점으로 삼으면서 서술의 중심에 그

를 위치시키고 있다. 그러면서 카프의 활동을 주체사상 대두 이전의 문학
사들에 비해 훨씬 주변적인 것으로 만들어 놓았다. 그것은 북한 당국(북
한의 문학사는 남쪽처럼 서술자 개인의 관점이 투영되어 서술될 수 있는
것이 아닌 만큼 '북한 당국'이라 지칭하겠다)의 설명에 따르면 1926년 10월
17일은 김일성이 '타도제국주의 동맹'을 결성한 날로 주체사상의 시발점
이기 때문이다. 북한의 『문학예술사전』과 『철학사전』에 의하면 "김일성
동지의 주체사상은 력사적 뿌리를 가지고 있"는데, 그 뿌리는 '혁명투쟁
의 첫 시기'에까지 소급되는 것이다. 그래서 주체사상이 대두된 이후의
문학사는 주체사상의 역사를 새롭게 찾아내고 재인식하게 되었다는 명분
하에 그 이전의 문학사를 폐기처분 시킬 뿐만 아니라 서술의 내용까지도
바꾸게 만들고 있다.

3.

북한은 1967, 8년 경부터 당면한 대내외적 위기를 극복하기 위한 방법
으로 주체사상을 전파하기 시작했다. 필자가 접할 수 있었던 제한된 자료,
다시 말해 북한의 『철학사전』에 기술된 내용으로 추정해보면 주체사상은
67년 6월 '경제건설과 국방건설을 병진시키'기 위한 '룡성기계공장'에서
의 김일성의 지도, 67년 11월 제4기 최고인민회의에서 김일성이 내놓은
"국가 활동의 모든 분야에서 자주, 자립, 자위의 혁명정신을 더욱 철저히
구현하자"라는 공화국 정부정강, 그리고 68년 1월에 있었던 미국의 정보
수집함 푸에블로호 나포 사건 등과 밀접한 관계를 맺고 있다. 이로 미루
어 보건대 북한은 대내적인 경제문제와 대외적인 고립상황을 타개해 나
가기 위한 나름의 방책으로 사회 전 분야에 걸쳐 김일성의 영도를 더욱
확고하게 할 필요를 느꼈고, 그것이 주체사상으로 나타난 것이 아닌가 생

각한다.

그 결과 북한의 문학사 역시 커다란 변화를 겪게 되는데, 필자가 확인할 수 있는 한에서는 1966년도의『조선문학사』를 마지막으로 크게 달라지고 있는 것 같다. 1966년도의『문학신문』에 실린 윤기덕의 서평에 의해 실체가 확인되는 이 문학사를 마지막으로, 적어도 현대문학 분야에 관한 한, 북한의 문학사는 이전과는 완전히 다른 문학사로 바뀌는 것이다. 이 점은 김하명, 안함광, 리응수 등이 참가해서 기술한, 약 10권 정도에 달하는 이 문학사의 시대구분이 주체사상 대두 이후의 문학사와 현저히 다른 데에서 잘 알 수 있다. 그러면 다음에서 먼저 주체사상 이전의 문학사가 어떻게 카프를 다루고 있었으며, 그것은 이후의 문학사와 어떤 차이가 있는 것인지 부터 알아보기로 하자.

주체사상 이전의 북한문학사는 대체로 19세기 말에서 1945년까지를 하나의 시대구분으로 삼아 서술하는 게 일반적인 경향이었다. 주체사상 이전의 문학사에는 아직 1926년 10월 김일성이 타도제국주의동맹을 결성한 것이 문학사의 시대 구분점으로 등장하고 있지 않으며, 따라서 이 시기의 문학사 서술에 있어서도 김일성의 항일무장투쟁이 국내의 카프활동을 압도하는 것으로까지 서술되어 있지는 않다. 김일성의 활동은 중요하게 취급되고 있긴 하지만 어디까지나 문학사의 작은 한 장(章)을 차지하고 있는 것이 이 시기 문학사의 특징이었다. 이를테면 윤세평이 58년에 쓴『해방전 조선문학』과 잡지『문학』에 게재되었다가 교육도서출판사에서 출판한『조선문학사』는 현대문학 부분을 그러한 시대구분 하에 아래와 같은 목차로 기술하고 있다(괄호 안의 것은 후자의 목차이며, *표친 목차는 45년 이후의 목차를 필자가 앞으로 옮겨온 것임).

* 19세기 말~1945년 문학
- 문학개관(19세기 말~1945년 문학개관)
- 항일무장투쟁 행정에서 창작된 혁명문학(김일성 원수의 항일무장 투쟁 행정에서의 혁명적 군중문학 예술)
- 라도향(라도향과 그의 창작)
- 김소월(김소월과 그의 시문학)
- 리상화(리상화와 그의 시 창작)
- 최서해(최서해와 그의 창작)
- 조명희(조명희와 그의 창작·단편소설 「락동강」)
- 리기영(1. 리기영의 생애와 창작활동. 2. 장편소설 「고향」. *1. 해방 후 리기영의 창작활동. 2. 장편소설 「땅」 제1부. 3. 장편소설 「두만 강」 제1부)
- 한설야
- 송영(송영과 그의 해방 전 창작 활동)
- 박팔양(*박팔양 시선집 「진달래」)
- 박세영(*박세영 시선집 「산제비」, 「나팔수」)
- 엄흥섭
- 리북명(리북명 단편 「로동일가」)
- (강경애와 장편소설 「인간문제」)

이와 같은 시대구분과 목차가 말해주는 것은 주체사상 이전의 문학사에 있어서는 김일성의 활동보다는 카프 작가들 쪽에 훨씬 더 무게 중심이 놓여 있었다는 사실이다. 김일성의 활동은 '항일무장투쟁 행정에서 창작된 혁명문학'이라는 제목 하에 작은 한 장을 차지하고 있을 뿐이다. 그런데 주체사상 대두 이후의 문학사에서는 이 장이 엄청나게 비대해지고 세분화되면서 다른 모든 것들을 압도해 버린다. 이 사정을 구체적인 자료를 바탕으로 간략하게 추적해 보면 이렇다.

주체사상 이전의 북한문학사에서 중요하게 취급된 작가들은 이상화, 조명희, 이기영, 송영, 한설야, 박팔양, 박세영, 엄흥섭, 이북명, 강경애 등 카프 계열 작가들이다 (목차에는 없지만 윤기정의 평론도 상당한 의미를 부여받고 있다). 이로 미루어 우리는 카프 계 작가들 중에서도 특히 해방 후에 '프로예맹'을 주도했던 한설야, 이기영, 송영, 윤기정 등의 인물들이 현대문학사의 대부분을 차지하고 있었음을 알 수 있다. 이들이 이처럼 북한 현대문학사의 대부분을 점유할 수 있었던 데에는 필자의 생각으로는 대체로 세 가지 정도의 이유가 작용한 것 같다. 그 첫째는 '프로예맹' 쪽 인물들은 '조선문학건설본부'쪽 사람들보다 먼저 서울을 버리고 월북하여, 북한에 머물러 있던 이북명, 안함광 등 소수의 명망 있는 문인들과 손잡고 북한문단의 주도권을 장악했다는 사실이다. 둘째는 53년 휴전협정이 맺어지면서 남로당 계에 속했던 임화, 김남천, 이태준, 이원조 등 거물급 카프 계 인물들이 대부분 거세되었다는 사실이다. 따라서 자연스럽게 50년대와 60년대에 걸친 북한의 현대문학은 '프로예맹'계의 인물들이 주도할 수밖에 없는 정치적 환경이 만들어졌다고 할 수 있다. 셋째는 이 시기에는 아직 김일성의 헤게모니가 확립과정에 있었기 때문에 문학 분야와 같은 주변 분야는 어느 정도 독자성을 유지할 수 있었으리라는 점이다. 위의 목차에서 보듯 개별적인 인물로서도 이기영의 활동이 김일성의 활동보다 더 큰 비중으로 다루어지고 있는 것은 문학 분야와 같은 데에까지 헤게모니를 관철시킬 이론적 준비가 아직 되어 있지 않다는 것을 말해주고 있다. 이 마지막 사실과 관련하여 윤세평 문학사의 한 부분을 잠시 주목하면 이런 대목을 볼 수 있다.

> 연극은 「혈해」, 「경축대회」 기타 많은 작품들이 상연되었는 바 그 대본들이 완전히 수집되지 않아 구체적으로 언급할 수 없으나 「혈해」와 같은 것은 유격대원의 가족들에 대한 야수적 일제군경의 학살을 취급하면서 가정적 비극을 극복하고 복수에 궐기한 혁명투사의 불굴의 형상을 보여주었다.

58년에 윤세평은 항일 유격지구에서의 김일성의 문학활동에 대해 "그 대본들이 완전히 수집되지 않아서"라고 쓰고 있다. 또 59년에 안함광은 자신이 쓴 문학사에서 연극의 대본에 대해 몇 가지 '바리안트(이본)'가 있다고 쓰고 있다. 그리고 60년에 교육도서출판사에서 나온 『조선문학사』는 유격지구에서는 "무대가 없고 준비된 대본도 없고 전문적인 연출가도 없었다." 따라서 "유격대원들은 집체적 토의와 기억되는 대사들을 종합하여 종이에 써서 대본을 만들었으며"라고 쓰고 있다. 주체사상 이전의 문학사가 항일무장투쟁 시기의 문학활동을 이렇게 서술할 수 있었던 사실로 미루어 보아 50년에서 60년대에 걸친 북한문학사는 그때까지는 김일성 헤게모니로부터 결정적인 피해는 입지 않고 있었던 것으로 판단된다. 다시 말해 정체가 불분명한 「혈해」와 같은 작품을 김일성의 개인 창작 『피바다』로 만들어서 문학사를 메우고, 국내의 카프 문학을 김일성의 지도하에 이루어진 문학운동으로 전락시킬 준비가 이 시기까지는 아직 이루어지지 않았던 것 같다.

북한문학사에서 카프에 대한 평가는 김일성 일가의 문학활동평가와 반비례의 관계를 이루고 있다. 김일성을 중심으로 김형직, 강반석의 문학활동에 대한 비중을 높여가면서(최근 평론에는 김정일의 시작품에 대한 이야기가 나오기 시작하는 것으로 보아 곧 문학사에 편입될 것으로 예상된다) 점차 그 중요성을 상실해 나갔기 때문이다. 그 단적인 예를 든다면 주체사상 이후의 문학사에는 카프 쪽 인물들의 이름이 문학사의 목차에 전혀 채용되지 못하고 있다는 점과, 전체 페이지에서 차지하는 비중도 김일성 일가가 차지하는 비중의 3분의 1 정도에 지나지 않는다는 점을 들 수 있다.

주체사상 이전의 문학사는 20년대와 30년대 문학에 대한 서술을 어떤 점에서는 거의 전적으로 카프 중심으로 하고 있었다고 해도 과언이 아니다. 그러나 카프를 서술하는 방식에 있어서는 이 시기에 이미 몇 가지 선별 원칙이 명시적이건 묵시적이건 통용되고 있었던 것으로 짐작된다. 이 시기 북한문학사에서 그것들을 귀납적으로 추출해 보면 대체로 첫째, 카 프에 가담해서 활동했으나 친일행위에 관련된 인물 및 남쪽에 남은 사람 들은 배제하며, 둘째 남로당과 관련되어 제거된 사람들은 배제하며, 셋째 해방 이전에 죽은 사람들은 가급적 포용해 들인다 정도가 될 수 있을 것 같다. 이를테면 김기진, 박영희, 권환 등이 한 역할을 전혀 평가해 주지 않는 것은 첫 번째 이유에서일 것이며, 임화, 김남천, 이원조 등이 부정되 는 것은 두 번째 이유에서일 것이며, 이상화, 조명희, 최서해 등이 높게 평가되는 것은 세 번째 이유에서일 것이다. 구체적 사례로 윤세평의 문학 사에 서술된 일절을 들면 다음과 같다.

> 그러나 카프는 내외의 원쑤들과의 싸움에서 자기 대렬 내에 기어든 이 색분자들을 적발 폭로하는 투쟁도 성과적으로 전개하였다. 즉 박영희, 김 기진, 림화 등은 카프 대렬 내에 잠입하여 카프를 내부로부터 파괴 와해 시키려고 시도하였으며 마침내는 일제 주구로서이 그의 흉악한 정체를 대중 앞에 폭로하고 말았다.

그리고 카프에 대한 이와 같은 선별의 기준과 평가의 방식은 주체사상 대두 이후에도 동일한 방식으로 지속되고 있다. 다만 변한 것이 있다면 카프를 포함한 국내의 모든 진보적 문학이 김일성이 전개한 항일무장투 쟁의 영향을 받으며, 아니 김일성이 조성해 놓은 상황적 변화의 지배를 받으며 전개되었다고 서술하는 점일 것이다.

다음으로 주체사상 이후의 문학사들이 카프 문학을 평가하는 방식에 대해 검토해 보자. 주체사상 이후에 간행된 대표적 문학사의 하나인, 과 학 백과사전출판사에서 김하명, 류만, 최탁호, 김영필 공저로 내놓은 『조 선문학사』의 목차를 앞에서 예시했던 주체사상 이전의 목차와 비교해 보 면 우리는 그 차이를 알 수 있다. 그것은 김일성 대학본 문학사나 박종원,

류만의『조선문학개관』등이 모두 동일한 목차와 서술체계를 갖추고 있
기 때문이다. 그러므로 아래에 19세기 말부터 1945년 해방에 이르는 시기
를 다룬『조선문학사』목차를 압축해서 예시해 보면 다음과 같다.

* 『조선문학사』의 현대문학 부분 제1권(19세기 말~1925)
　• 제1편 19세기 후반기~20세기 초의 문학
　　제1장 문학발전의 사회력사적 환경과 일반적 정형
　　제2장 자본주의렬강의 침략을 반대하는 투쟁과 갑오농민전쟁을 반
　　　　영한 문학
　　제3장 반일의병투쟁을 반영한 문학
　　제4장 애국문화운동에 이바지한 문학
　　제5장 새로운 문학종류－신소설, 창가의 출현

　• 제2편 1910~1925년의 문학
　　제1장 문학발전의 사회력사적 환경과 일반적 정형
　　제2장 일제 식민지 통치하의 사회현실과 무산계급의 이익을 반영
　　　　한 문학
　　제3장 우리나라 반일 민족해방운동의 탁월한 지도자이신 김형직 선
　　　　생님과 탁월한 정치활동가이신 강반석 녀사의 혁명적 문학

* 『조선문학사』의 현대문학부분 제2권(1926~1945)
　• 제1편 위대한 수령 김일성 동지의 지도 밑에 항일혁명투쟁 과정에서 창조된
　　　　혁명적 문학예술
　　제1장 위대한 수령 김일성 동지에 의한 항일혁명투쟁의 조직 전개,
　　　　위대한 수령님께서 제시하신 항일혁명문학 예술발전에 대한
　　　　지도 방침
　　제2장 항일혁명투쟁의 첫 시기에 창조된 혁명가요
　　제3장 항일혁명투쟁의 첫 시기에 창조된 혁명연극
　　제4장 항일혁명투쟁의 첫 시기에 창조된 혁명가극, 이야기와 동화
　　제5장 항일무장투쟁 시기에 창조된 혁명가요
　　제6장 항일무장투쟁 시기에 창조된 혁명연극

제7장 항일혁명투쟁 시기에 창작된 인민창작
제8장 항일혁명문학예술은 사회주의적 문학예술의 영광스러운 혁
    명 전통

• 제2편 항일혁명투쟁의 영향 밑에 발전한 진보적 문학
제1장 항일혁명투쟁의 영향에 의한 로동자, 농민들의 대중적 투쟁
    의 앙양과 진보적 문학의 발전 정형
제2장 소설문학
제3장 시문학
제4장 극문학

여기에서 카프가 등장하는 부분은 제1권에서는 2장 2절의 '무산계급의 리익을 반영한 프로레타리아문학'이란 부분이며, 제2권에서는 제2편 전체이다. 이렇게 볼 때 27년 이전의 카프는 1권에서 이후의 카프는 2권에서 각각 서술되고 있으며, 그 사이에 김일성과 그의 부모가 펼친 문학활동이 끼어들어 있음을 알 수 있다. 그리고 주체사상 이전의 문학사들이 19세기 말에서 45년 해방까지를 하나의 단위로 시대 구분했던 것을 26년 김일성의 등장을 중심으로 둘로 나누어서 새롭게 시대구분하고 있다는 것도 알 수 있다. 그러면서 530페이지에 달하는 제2권에서 351페이지까지 (위의 목차에서 제2권 제1편 전체)를 김일성의 항일혁명투쟁에 할애함으로써 카프의 의미를 상대적으로 축소시키고 있다.

이 같은 목차를 보면서 우리 머리에 첫 번째로 떠오르는 생각은 도대체 어떻게 해서 이런 일이 일어날 수 있었을까라는 것이다. 김일성 개인의 활동으로 문학사의 대부분을 메우고, 그 나머지를 이루는 카프의 활동마저 문학사의 목차에서부터 그가 전개한 "항일혁명투쟁의 영향 밑에 발전한 진보적 문학"으로 규정해 들어가는 이 같은 일들이 어떻게 가능할 수 있었을까 라는 질문으로부터 우리는 쉽게 벗어날 수 없기 때문이다. 필자가 첫머리에 북한의 잡지들에 대한 간략한 느낌을 피력한 것도 바로

이 때문이다. 여기에 대한 대답을 필자가 이 자리에서 할 필요는 없겠지만 앞의 이야기에 대한 연장선에서 판단하면 이렇다. 김일성은 모든 분야에서 탁월한 예지를 갖추고 있는 전인적인 사람으로 규정되었기 때문이라고 말이다.

어쨌건 주체사상의 대두 이후에 씌어진 문학사는 카프의 의미를 상대적으로 격하시키면서 카프 발전의 자주성을 박탈해 버리고 있는데, 그 자주성을 박탈하는 방식이 필자에게는 또한 몹시 흥미롭게 느껴진다. 다음의 경우를 한번 보자.

> 위대한 수령 김일성 동지께서 조직령도하신 항일혁명투쟁의 혁명적 영향 밑에 일어난 로동자, 농민을 비롯한 광범한 근로인민대중의 앙양된 반일투쟁의 복잡하고 다양한 현실과 그러한 현실적 특성을 체현하고 있는 인간들의 다양한 성격은 시대와 인간 생활을 보다 폭넓고 깊이 있게 반영하는 큰 형식의 문학작품들을 창작할 것을 절실하게 요구하였다.

주체사상 이후의『조선문학사』는 이러한 방식으로 30년대 중반에 카프계 작가들인 이기영, 송영 등이 창작한 중·장편 소설의 의미를 규정해 나간다. 이와 같은 이야기에서 우리가 느낄 수 있는 흥미로움과 당혹감은 변증법적 관계를 강조하면서 실제로는 거부하는 서술시각에서 비롯한다. 위의 서술은 일단 "광범한 근로인민대중의 앙양된 반일투쟁의 복잡하고 다양한 현실과 그러한 현실적 특성을 재현하고 있는 인간들의 다양한 성격"이란 말을 주어로 놓음으로써 카프 작가들의 장편소설이 식민지 현실의 요청에 의해 유물변증법적 관계 속에서 출현했다는 사실을 지적하고 있는 것처럼 보인다. 그러나 그 주어를 수식하는 말처럼 그 같은 현실적 상황이 조성된 것은 "김일성 동지께서 조직 영도하신 항일혁명투쟁의 혁명적 영향" 때문이라고 함으로써 변증법적 발전을 부정해 버리고 있다. 다시 말해 변증법이 주장하는 역사의 필연적 발전 법칙을 개인의 의지에

의한 것으로 바꾸어 놓고 있는 것이다. 필자가 보기에 아마도 이와 같은
문학사 서술은 카프에 대한 김일성의 직접적 지도를 이야기한다는 것이
너무나 자명한 허위가 되기 때문에 어쩔 수 없이 우회적으로 만들어낸,
일종의 논리적 곡예라고 생각한다.

　이와 같은 문학사 서술에서 우리가 눈치 챌 수 있는, 주체사상 이후의
현대문학사 서술에서 간과할 수 없는 변화는 북한현대문학의 정통성을
카프가 아니라 김일성의 항일혁명투쟁에서 찾고 있다는 사실일 것이다.
주체사상 이전의 문학사에서는 김일성의 개인적 행위가 중요하게 취급되
고 있기는 했지만, 현대문학의 중심적 흐름을 카프에 두고 있었다. 그러
던 것이 주체사상 이후에는 사실적 근거에서부터 작품의 가치 평가에 이
르기까지 모두 김일성의 항일혁명투쟁에 근거한 것으로 바뀌고 말았다.
이 점에 대해서는 다음과 같은 글이 상당한 참고가 될 수 있을 것이다.

　　우리 청년세대들은 청년공산주의자들이 살며 싸운 항일혁명투쟁시기
　와는 다른 환경에서 살고 있다. (……)
　　우리 문학은 청년공산주의자들의 혁명적인 인생관을 따라 배워 그들
　처럼 살며 싸우는 우리시대 성격형상에 큰 힘을 넣어야 한다. 그러자면
　창작가들이 청년들의 생활 속에 깊이 들어가며 그들 속에서 배출되고 있
　는 영웅들, 청년혁신자들의 사상정신세계를 여러모로 탐구하고 높은 경
　지에서 그려야 한다.

　북한에서는 예술을 "근로자들과 청년세대들을 청년공산주의자들이 지
니었던 위대한 수령님에 대한 충실성으로 교양하며 주체의 혁명관으로
무장시키는 유력한 교과서"라 이야기하고 있다. 주체사상의 정당성은 청
년공산주의자들의 항일혁명투쟁에 그 근거를 두고 있으며, 그 투쟁에 대
한 현재적인 확대해석이 주체사상이므로 예술 역시 그러한 확대해석의
일익을 담당해야 한다는 말이다. 이런 점에서 본다면 북한의 문학사가 청

년공사주의자로서의 김일성의 모습을 왜 그렇게 억지로 재구성해 놓고
있는지 이해가 될 법하다. 역사·철학·정치 등 모든 학문의 이론적 근거
를 항일혁명투쟁 시기의 김일성에 위치시키고 국민들을 그렇게 교양하는
마당에 문학사라고 예외가 될 수는 없었을 것이다. 문학사는 추상적 이론
의 체계가 아니라 작품에 근거한 해석의 재구성이기 때문에 난점이 많았
겠지만 북한문학사는 항일혁명투쟁 시기의 구비적 가요와 연극 대사를
방대하게 재창조하여 삽입함으로써 30년대 문학사를 새로이 완성했다. 그
리고 거기에 정통성을 부여하고 카프를 종속적인 것으로 만들어 버린 것
이다.

4.

북한의 문학사가 어떤 일관된 논리의 체계 아래에서 김일성의 활동과
카프의 관계를 정립해 놓고 있는지에 대해 필자가 충분히 검토한 것은 아
니다. 여기서 추가로 주체사상 이후의 문학사 서술에서 두드러지게 강조
하는 특징들을 간략히 요약하면 1) 현실을 형상화하는 기본적인 입장을
공산주의적 당성에 두고, 2) 애국주의와 인도주의를 강조하며, 3) 혁명
적·영웅적 낭만성을 강조하고, 4) 긍정적 인물들의 형상화에 주력한다는
점 등을 지적할 수 있다. 이런 점들을 우리가 만약 사회주의 리얼리즘이
라고 부를 수 있다면 주체사상 이후의 북한 현대문학사는 이 사회주의 리
얼리즘을 중요시하면서 서술되었다고 할 수 있다. 그러나 이런 원칙에 입
각한 문학사이면서도 북한문학사는 카프의 활동을 비판적 리얼리즘으
로 볼 것인가 아니면 사회주의 리얼리즘으로 볼 것인가, 혹은 어떤 시기
에 사회주의 리얼리즘으로 변화한 것으로 볼 것인가에 대해 어떤 설득력
있는 기준도 제시하지 못하고 있다. 주체사상 이전의 문학사가 사회주의

리얼리즘의 발생근거를 카프에서 찾았다면 이후의 문학사는 항일혁명투쟁과 관련된 것에서 그 발생근거를 찾고 있기 때문에 오히려 더 복잡한 논쟁거리만 만들어 내고 있는 것이다. 이 글에서 이런 점들에 대한 자세한 고찰을 하지 못한 것을 유감스럽게 생각하며 다음을 기약하는 것으로 일단 글을 마친다.

—『문학과 비평』 15호, 1990, 가을.

벽초 홍명희의 문학관과 『임거정』

1.

　필자는 얼마전 벽초의 발자취를 좇아서 충청북도 괴산에 있는 그의 생가를 찾았었다. 그때 벽초의 생가를 묻는 필자의 물음에 어떤 마을 아주머니의 대답은 의외에도 거침없이 "아, 거 북한 부통령 댁 말이예유"라는 것이었다. 학생들을 끌고 갔었기 때문인지 아니면 벽초 때문인지 동네 앞까지 따라온 경찰 백차에 위축당해 있는 필자에게 그 아주머니의 말은 가슴을 철렁하게 만드는 대답이 아닐 수 없었다. 그러난 놀란 눈빛으로 일순간 멍하니 쳐다보는 필자 앞에서 그렇게 말한 시골 아주머니는 의외에도 환하게 웃고 있었다. 그렇지만 필자는 그 아주머니의 웃음을 자꾸만 비웃음처럼 생각하면서 벽초의 집으로 향했었다.

　벽초는 한말 명문 거족의 자손으로서, 그리고 괴산 일대에 광대한 토지를 소유한 대지주로서 봉건적 특권을 마음껏 향유하며 식민지체제를 안락하게 살아갈 수 있는 처지에 있었다. 그럼에도 불구하고 그는 자신의 의식 속에 내재된 봉건성과 스스로의 안락함을 보장해 주었던 세습 전장에 대해 전혀 미련을 갖지 않았다. 또한 그는 이성적이면서도 진보적인 과도기적 교양인으로서 새롭게 부상하는 민중을 역사의 주인으로 맞아들이는 데 조금도 주저하지 않았다. 벽초의 이와 같은 면모가 그의 탁월한 인품과 덕망에 어울려 고향 사람들에게 스며들었을 때 아마도 제월리 일대에 벽초에 대해 다음과 같은 설화를 유포시켰을 것이다.

벽초가 살았던 제월리 마을에 남아 있는 이 거인에 대한 여러 가지 설화 중의 하나에 이런 것이 있다. 벽초가 어느 날 집으로 오다가 그의 선산에서 도벌하는 사람을 보았다. 그러자 벽초는 평소에 다니던 길을 버리고 일부러 먼 길을 우회해서 집으로 갔다. 그 이유를 벽초는 그 사람 눈에 자신이 띄면 몹시 당황하고 미안해 할 것이기 때문이라고 말했다.

이 같은 벽초 설화가 사실이건 아니건 간에 이러한 종류의 설화가 형성된 데에는 분명히 나름의 이유가 있다. 예컨대 광대한 전장을 주저없이 소작인들에게 분배해 주고 다수의 노비들을 과감히 면천시킨 실천적 결단이 바로 그것이다. 이러한 그의 실천적 행위가 인품과 어울려 있었기 때문에 위에 소개한 설화의 형성이 가능했을 것이며, 나아가 필자에게 보여준 그 아주머니의 웃음으로 오래 남을 수 있었을 것이다.

그렇다면 이와 같은 벽초의 인품을 문학의 측면에서 구체적으로 입증해 보일 수 있는 증거들에는 어떤 것이 있을까? 10년간에 걸쳐 쓴 대하소설 『임꺽정』의 저자로서 홍명희는 어떤 문학관과 세계관을 가지고 있었으며, 그것들을 동료 후배 문인들과의 관계에서 그의 위치를 어떻게 만들고 있는 것일까? 필자는 먼저 그의 이야기를 통해 이런 물음들에 대한 대답을 찾아보려 한다.

벽초의 문학관은 월북문인들에 대해 우리가 흔히 가지기 쉬운 편견을 완전히 뛰어넘는 것이다. 그는 문학의 문학성과 정치성에 대해 당대 문인으로서는 드물 정도로 폭넓은 유연성을 지니고 있었다. 1938년에 있었던 모윤숙과의 대담에서 벽초는 작품의 메시지 문제에 대해 다음과 같은 견해를 피력한다.

> 모(毛) : 선생님은 작가로서 사회적 의무나 도덕적 의무를 느끼시지 않으세요.
>
> 홍(洪) : 아이 참, 의무를 느껴 가지고서야 어찌 예술작품을 완성합니까. 먼저 정서가 주가 되어야지요.
>
> 모(毛) : 아니야요. 아무리 정서본위라 하더라도 인류라든지 사회를 향상하게 할 작품을 써야 하지 않아요. 그러려면 먼저 작가의 교양 정도가 높아야 하지 않아요. 작가의 성격이 선화하고 미화하기 전에야 어찌 대중의 양심을 움직일 작품이 나올 수 있을까요.
>
> 홍(洪) : 그러나 저 생긴 대로 제 생각나는 대로 쓰는 것이 작품이지 "이렇게 해야 되겠다" 해가지고 쓰면 그 작품이 비록 문자적으로는 도덕적이고 선적이라 하더라도 독자가 신용하지 않지요.
>
> 모(毛) : 그럼요. 나쁜 성격 가진 사람이 쓴 작품에 만약 그 작품 내용에까지도 악의 요소가 포함되었다면 보는 사람도 악화되지 않겠어요.
>
> 홍(洪) : 문학이 종교나 수신이 아니라니까요. 작품으로 독자의 의식을 강제하여서야 되나, 아무리 악한 작품이라도 보는 사람의 비판이 서면 그만일 것이고, 또 그렇게 해독을 끼칠 작품이란 것은 애초부터 예술품으로 빚어지기도 어려울 것입니다.

위의 대담에서 우리가 먼저 느낄 수 있는 것은 벽초의 말을 제대로 이해하지 못하는 모윤숙에 대한 답답함과 그녀가 지닌 추상적 도덕주의의 편협함이다. 이광수의 제자답게 모윤숙은 인류와 사회를 깨우치는데 문학이 봉사해야 하며, 그러기 위해서는 문사(文士)의 자기 수양이 중요하다는 추상적 이야기를 계속 늘어놓는다. 모윤숙의 이런 이야기에 대해 답답함을 느낀 벽초는 "문학이 종교나 수신이 아니라니까요"라는 말을 강하게 감정을 섞어 뱉어 놓고 있다. 이렇듯 벽초는 문학작품이 이미 정해진 어떤 목적이나 기능에 봉사하는 방식으로 씌어질 수 없고, 또 씌어져서도 안 된다는 것을 분명히 하고 있다.

벽초는 문학이 어떤 메시지를 독자에게 전달하려 할 때, 그 메시지의 전달방식은 '문자적으로' 노출하는 방식에 의해서가 아니라, 다시 말해 '독자의 의식을 강제'하는 방식에 의해서가 아니라 형상화된 작품의 자연스러움으로 전달되어야 한다고 주장한다. 그래야만 문학의 문학다움이 확보되며 문학이 '종교나 수신'과 구별될 수 있다는 것이다. 그래서 벽초는 임화(林和)의 시를 두고 해방 후의 것보다 해방 전의 것이 훨씬 낫다고 말하면서 "해방 후 것은 어딘지 모르게 저절로 우러나오는 것이 아니고 억지로 무엇을 보이기 위해 만들어 놓은 것 같다"고 그 이유를 설명한다. 여기에서도 우리는 문학의 독자적 영역을 주장하며 정치적 메시지에의 일방적 종속을 반대하는 벽초의 문학관을 분명하게 알 수 있다. 해방 직후 정치적 메시지를 직설적으로 드러내는 작품들이 범람하는 모습을 보고 벽초가 다음처럼 말하는 것은, 따라서 그의 문학적 신념으로 지금도 유념할 필요가 있는 말이다.

> (……) 예를 들면 일제시대 우리가 조선독립을 열망하는 사상을 숨기려고 애써 가면서 작품을 써도 독립사상이 저절로 우러나와서 형상화가 잘 되었는데 어떤 사람이 일부러 "나는 이렇게 독립사상을 가졌다"고 여봐란 듯이 작품을 쓰면 그런 작품은 대개 십중팔구 실패야. 요새도 마찬가지겠지 (……)

벽초의 이와 같은 견해는 결코 문학이 정치성이나 사상성을 지녀서는 안 된다는 이야기가 아니다. 벽초의 문학관은 그 같은 단순하고 소박한 견해를 멀리 벗어나 있다. 그는 문학이 삶을 반영하는 방식에 대한 특수성 문제를 진지하게 고려하면서 발언하고 있기 때문이다. 벽초가 "어쨌든 문학이란 결국 언어를 구상화할 수 있는 능력이 있는 사람들이 하는 노릇인데 이것을 등한시하는 경향"이 있다고 해방 직후의 문학풍토를 꼬집는 것은 그러므로 편협한 순수주의자의 입장에서가 아니다. 또한 이 점은 벽초가 순수문학 문제에 대해 이 주장을 펼치는 우익적 사람들을 두고 "문학을 정치에 예속시켜서는 안 된다는 말이겠는데 누가 문학을 정치에 예속시키겠다는 말을 하나?"라고 가볍게 일축하고 있는 사실에서 쉽게 확인할 수 있다. 벽초처럼 문학에 대해 유연하고 깊이 있는 통찰을 하는 입장에서 볼 때 순수니 비순수니 하는 문제는 사실상 어린애 장난처럼 보였을 것이다. 그랬기에 그는 우익의 순수론을 비판하는 설정식을 앞에 두고 "지금은 그런 소리 할 시대가 아니다" 조선 문학의 정체성 확립을 위해 모두 애써야 할 때라고 조용히 타일렀을 것이다.

벽초는 과격하지 않으면서도 남다르게 뛰어난 진보성을 보였주었고, 분명한 노선과 실천력을 가지고 있으면서도 상대방을 근거없이 매도하지 않았다. 벽초의 이와 같은 풍모는 임화의 시를 두고 젊음의 조급함을 지닌 설정식과 나눈 다음 대화에서 어느 정도 감지해 볼 수 있다.

> 설(薛) : 글쎄요. 그럴까요, 선생님도 아직 순수론을 좀 지지하시는군요. 제 보기엔 임화란 친구가 해방 이후에 노래한 것이 직접 자기가 체험한 것을 즉음직영(卽吟直詠)한 것 같은데 어떻게 우리가 길거리 아우성을 못 들었다 하고 잉크 냄새 싱싱한 불길한 신문보도를 못 본 체할 수가 있을까요.
>
> 홍(洪) : 그야 물론 방안에 가만히 앉아 있을 수야 없지요. 뛰어나가는 것은 정당합니다. 또 뛰어나갈 수밖에 없고…… 그러나 가두에 나가고 싶지 않을 때에는 나가지 않아도 좋겠지요. 요컨대 내 말은 '체'하는 게 안 된다는 말이오.
>
> 설(薛) : 혹 그런 건 좀 있을지 모르죠. 하지만 그 '체'할 수밖에 없이 부득이한 문학자의 오뇌는 있어도 마땅하겠지요. 좋은 일이라면 좀 무리를 하여서라도 노력하는 것이 우리 의무가 아닐런지요.

　　홍(洪) : 옳은 뜻으로 노력하는 것은 물론 좋으나, 그것이 기계적으로
　　　　　　 되면 탈이죠.

　행동에의 조급함에 쫓기고 있는 설정식을 대면하여 벽초는 그러한 행
동이 수반할 수 있는 문제점을 정확하게 짚어 나간다. 사실상 벽초는 '문
학가동맹'측의 핵심적 인물들이라 할 수 있는 임화 · 김남천 · 설정식 · 이
태준 등에게 자애스러운 선생의 태도로서, 혹은 스스럼 없는 형과 같은
입장에서 그들이 펼쳐 나가는 문학적 노선의 문제점과 나아갈 방향을 적
절하게 조언해 주었다. 우익진영의 움직임에 대해 민감하게 반응하는 '문
학가동맹'의 태도에 대해 대범하게 무시할 것을 충고하면서 "주의나 개념
을 앞세우지 말고" 훌륭한 창작품이 나올 수 있는 여건을 만들라하고, 또
동서고금의 풍부한 구체적 사례까지 들어가며 이야기하는 데에는 확실히
누구나 따를 수 없는 벽초 특유의 대인다운 풍모가 있다. 그랬기에 해방
직후의 '문학가동맹'의 노선이 민족문학의 건설이라는 중도좌익의 온건한
노선으로 표출될 수 있었을 것이며, 고전작품의 계승문제에 대해서도 깊
은 관심을 가질 수 있었을 것이다.
　이제 마지막으로 필자는 잡설을 늘어놓는 게 될지 모르지만 국한문 혼
용과 한글 전용 문제에 대한 벽초의 견해를 간략히 소개하고 싶은 욕망을
느낀다. 벽초는 한자 사용 문제에 대한 자신의 입장을 "지금 당장 한자를
없애라고는 하지 않지만 한자는 구경 폐지해야"한다는 것으로 정리한다.
그러기 위해서는 우리말로 통용될 수 있는 어휘를 점진적으로 확대시키
고, 교육에 의해 한글 전용의 습관을 닦아 나가며, 잠자고 있는 우리말을
캐내는 노력을 경주해야 한다고 역설한다. 이와 같은 벽초의 입장에 대해
필자는 전문적인 국어학자가 아니기 때문에 소신 있게 입장을 밝힐 위치
에 있지 못하다. 그러나 북쪽의 언어정책이 남쪽에 비해 현저하게 한글의
의미와 기능을 강조하는 방향으로 수행되어 왔다는 사실은 지적할 수 있

다. 그리고 홍명희와 국어학자인 그의 아들 홍기문이 북한의 문화정책에 깊이 관여해 온 지난 역사를 상기할 때 북한에서 한글 전용화의 노선을 일관되게 추진해 온 데에는 벽초 일가의 영향력이 작용해 왔으리란 추측이 가능하다.

이런저런 여러 가지 사실들을 돌이켜 볼 때 우리는 봉건성을 탈피해 나가는 과도기에, 그리고 이데올로기의 극심한 대립을 헤쳐 나가야 했던 지난 시기에 벽초라는 뛰어난 한 교양인을 가졌었다는 사실을 자랑스럽게 생각해야 한다. 그 같은 시기가 요구하는 진보성과 역사성을 동시에 겸비한 인물로서 벽초는 당대의 대립과 알력을 소화해 내면서 역사의 방향타를 바르게 잡을 수 있었던 드문 인물이었다. 그러나 이 교양인의 역량과 노선은 지금 우리 모두에게 까맣게 잊혀져 있다. 그것은 왜일까? 마지막에 이 질문을 우리 모두에게 던져 놓으면서 필자는 벽초의 문학관에 대한 간단한 소개를 일단 여기에서 멈추고 소설 『임거정(林巨正)』에 대한 이야기로 넘어 가고자 한다.

2.

벽초의 대하 역사소설 『임거정』은 벽초의 나이 41세가 되던 1928년부터 『조선일보』에 연재되기 시작하여 일제의 한글 말살 정책이 본격적으로 시작된 1940년 『조광』 10월호 연재를 마지막으로 연재 중단된 미완의 대작이다. 햇수로는 13년이나 걸렸으면서도 끝내 완결짓지 못한 이 작품은 그런 만큼 중간에 여러 가지 사연들을 많이 가지고 있을 수밖에 없다. 유형 무형으로 가해진 일제의 탄압, 이를테면 벽초의 투옥이나 검거와 같은 사연과 함께 벽초 특유의 꼼꼼한 글쓰기 습관에 얽힌 사연, 작품에 얽힌 사연 등을 이 작품은 가지고 있는 것이다. 이런 점에서 볼 때 세간에서 황석영의 『장길산』이 완간되면서 『임거정』에 비교되는 여러 가지 이야기가 인구에 회자된 데에는 작품 자체의 유사성뿐만 아니라 이 같은 사연의 유사성도 꽤 큰 이유로 작용했을 것이다. 연재된 시간의 길이, 연재 중단의 횟수, 작가의 수난, 뒤늦게 도착하는 원고 등 많은 점에서 작품 외적으로도 『장길산』은 『임거정』의 사연을 반복해 보인 셈이기 때문이다.

이와 같은 사연을 간직하고 있는 벽초의 『임거정』은 그러면 필자가 앞에서 이야기한 문학관과 어떤 관계가 있는 것일까? 벽초는 『임거정』에서 계급적 모순을 투철하게 자각하고 당대의 사회체제와 질서를 근원적으로 뒤바꾸려는 한 의식있는 혁명가의 일대기를 그리려고 한 것일까? 아니면 부패한 사회의 억압받는 민중들이 대망하는 영웅적인 인간상을 단순하게 조형해 본 것일까? 이런 종류의 질문들에 대답하기 위해서는 벽초가 그려낸 '임거정'의 모습에 대한 고찰이 잠깐 필요할 것 같다.

북한에서 일종의 다이제스트 판으로 내놓은 홍석중의 『청석골 대장 임꺽정』은 원래의 내용을 비교적 충실하게, 아니 어떤 점에서는 더욱 흥미있게, 반영하고 있지만 임꺽정과 몇몇 인물들을 보여줌에 있어서는 원작의 모습을 의도적으로 윤색한 부분이 적지 않다. 예를 들어 일종의 군도 (群盜)적 성격이 가미되어 있었던 임꺽정의 부대를 농민무장대적 성격으로 은근히 바꾸어 나가는 점이라든가, 임꺽정의 성격을 자기 부하와 농민들에게는 한없이 자애롭고 관군과 양반들에 대해서는 지극히 엄혹한 인물로 그려 놓은 점이라든가, 계급적 모순과 적대감이 곳곳에서 강하게 전면에 노출되도록 만들어 놓은 점 등이 바로 그렇다. 따라서 다이제스트 판 『청석골 대장 임꺽정』은 원래의 『임거정』에 비해 벽초를 보다 두드러지게 마르크스주의자로 보이게끔 만들어 놓았다는 문제가 있다.

벽초의 『임거정』은 임꺽정의 모습을 그려 냄에 있어 16세기 중엽의 당대적 현실과 일제시대라는 시대적 제약 그리고 자신이 그려 내고자 하는 임꺽정의 모습, 이 세 가지를 적절히 조화시키기 위해 무척 고심했던 것 같다. 먼저 벽초가 당대적 현실에 대해 고심했다는 사실은 벽초가 임꺽정의 혁명가적 모습을 상당 부분 훼손시키면서도 당대에 기록된 객관적 사실을 존중하려 한 것에서 알 수 있다. 벽초가 소설에서 임꺽정의 이미지를 개인적인 감정에 좌우되는 인물로 전락시킬 가능성이 충분한 장면, 이를테면 전옥에 갇힌 세 마누라를 구출하기 위해 부하를 이끌고 무모한 구출을 시도하는 장면이나, 명분없는 구출의 무모함을 지적하는 정상갑을 무자비하게 살해하는 장면 등을 그려 놓은 것이 바로 그렇다. 이런 장면을 벽초가『임거정』에 굳이 설정해 놓은 것은 임형택의 지적처럼 실록에 기록된 다음과 같은 사실, "장통방에서 임꺽정을 놓친 사실과 임꺽정의 처 셋을 잡았다"는 사실, 그리고 "전옥을 깨트리고 구금된 여자를 구출하려고 장수원에 집결했다"는 사실을 존중했기 때문이다. 벽초는『임거정』이라는 역사소설을 씀에 있어서, 이와 같은 당대적 기록을 존중함으로써 자신의 현재적 해석이 지나치게 개입할 때 나타날 수 있는 인물의 비현실적 이상화를 방지하고 객관적 리얼리티를 확보하고자 했던 것으로 여겨진다. 비록 다이제스트 판에서는 이런 부분이 대부분 삭제되었지만 벽초의 원래 의도는 임꺽정을 당대 봉건사회의 모순을 일정한 부분에서 선진적으로 인식하면서도 결국은 도둑의 우두머리에 머무를 수밖에 없었던, 역사적으로 의미 있게 한계 지어진 인물로 형상화해 보인다는 데 있었던 것으로 볼 수 있다.

다음으로 대하 역사소설『임거정』은 시간적으로 약 13년간에 걸쳐 연재와 연재 중단을 되풀이하는 동안 변화해 가는 현실의 영향을 보이지 않게 받았다는 사실이다.『임거정』이 처음으로 연재되기 시작한 1928년은 주지하다시피 우리나라에서 프로문학운동을 비롯한 계급운동이 절정기에 달해 있던 시기였다. 그리고 벽초 또한 20년대초의 '화요회' 운동으로부터 시작해서 '신간회'의 실질적 중책을 맡으면서 시대적 흐름의 한가운데서 있었다. 그러던 것이『임꺽정』이 마지막으로 연재 중단되는 39년에 오

면 일제의 악랄한 사상운동 탄압에 의해 표면적으로 계급운동은 거의 소
멸되어 버리는 시기를 맞게 된다.

벽초의『임거정』은 '봉단편'이 1928년 '양반편'과 '의형제편'이 1930년
대 초반, '화적편'이 1930년대 후반에 씌어졌다. 따라서 앞에서 필자가 이
야기한 임꺽정의 축첩문제 등은 30년대 후반에 씌어진 부분이다. 다시 말
해 벽초가 일련의 사회운동에서 본의 아니게 손을 떼고 은인자중하던 시
기에 씌어진 부분이란 이야기이다. 이런 점들을 볼 때『임꺽정』의 전반부
와 후반부 사이에 나타나는 작가의 현실의식의 편차는 현실적 억압과 이
에 대응하는 문필활동이 낳은 불가피한 괴리라 볼 수도 있겠다.

마지막으로 벽초가『임거정』을 통해 그려 내고자 했던 '임꺽정'의 원래
모습은 그러면 어떤 것이었는지를 한번 생각해 보자. 대하 역사소설『임
거정』의 '머리말씀'에서 벽초는 "각설 명종대왕 시절에 경기도 양주땅 백
정이 아들 임꺽정이란 장사가 있어……"라는 식으로 이야기를 시작하고
있다. 그리고 또한『수호지』와『삼국지』이야기를 들먹이고 있다. 그렇다
면 이와 같은 사실이 우리에게 시사해 주는 바는 무엇일까? 필자가 생각
하기에 그것은 무엇보다 우리나라 민중들이 즐겨 읽었던 옛날 이야기의
전통을 벽초가 계승하고 있다는 것이라 판단한다. 소설을 시작하는 첫머
리가 우리 고전 소설의 전통을 이어받고 있을 뿐만 아니라『삼국지』의
결의형제를 본딴 '의형제편'이라는 제목이라든가『수호지』의 군도에 닮은
청석골의 군도들 역시 그러한 전통을 이어받고 있는 것이라 할 수 있다.

그런데 벽초는『임거정』을 통해 이러한 계승작업을 함으로써 자신의
소설을 흥미있고 친숙하게 읽도록 만드는 효과와 함께 과거의 민중적인
이야기에 담겨 있던 현실비판의식을 자연스럽게『임거정』의 인물들 속에
집결시키려고 시도했다. 예컨대 최원식 씨가 이미 지적한 바 있지만 임꺽
정이 서울의 남산 꼭대기에 올라가 서울 장안을 내려다보며 "내 세상이
아니다. 재미없다. 내려가자"라고 말하는 대목 같은 부분은 민중들의 혁

명의식과 체념의식이 뒤엉킨 자세를 날카롭게 보여주는 것이다. 이와 같은 점을 보더라도 벽초는 문자상으로 사회혁명을『임거정』에서 이야기하려 한 것이 아니다. 또한 자신이 어느 정도 거리를 두며 관계를 가져왔던, 그러면서도 그의 시대에 있어서는 가장 의미있는 선택이었던 마르크시즘을 전면에 나서서 설교하려 한 것도 아니다. 그렇다기보다는 벽초는『임거정』을 통해 민중들의 혁명의지를 조용하게 뒤에서 응집시켜 주는, 말하자면 재미있는 옛날 이야기를 읽는 듯한 분위기 속에서 현실에 대한 비판의식을 키워주는 효과를 기대하며 임꺽정의 모습을 그려 나간 것이 아닌가 생각한다. 그리고 이런 벽초의 자세는 필자가 이 글의 앞부분에서 거론한 문학관에 비추어 볼 때도 무리없이 수긍할 수 있는 자세일 것이다.

3.

이제 필자는 필자가 지금까지 이야기한 벽초 홍명희의 문학관과 임거정에 대해 압축적으로 접근을 시도하고 있는 홍석중의『청석골 대장 임꺽정』에 대해 간략하게 언급하면서 이글을 마무리 지으려 한다.

홍석중의『청석골 대장 임꺽정』은 대하 역사소설『임거정』의 다이제스트 판임에도 불구하고 원래의 소설이 완결 짓지 못한 후반부를 완결지어 놓고 있다는 강점을 가지고 있다. 이 책의 마지막 부분에 나오는 임꺽정 농민무장대의 청석골 싸움장면과 구월산 싸움장면이 바로 그것이다. 물론 저자 자신의 손에 의해서 완성되지 못한 것을 다른 사람이 다시 손댄다는 것의 문제점을 필자 역시 모르는 바 아니다. 그러나 이 책은 첫째로 그동안 우리 사회에서 일종의 정설화된 이야기로 굳어져 있었던 소문, "벽초가 월북해서『임거정』을 완성시켰다"는 소문을 종결시켜 줄 수 있을 것이다. 그리고 그러한 소문이 어떻게 해서 이루어진 것인지를 명백히 해줄 수 있을 것이다.

다음으로 이 책이 보여주는 그러한 싸움장면의 추가에 의한『임거정』의 완결작업이 벽초와 특별한 관계가 있는 그의 손자에 의해 이루어졌다는 점에서 벽초가 평소에 했던 여러 이야기나 벽초의 뜻이 어떤 방식으로든 반영되었을 것이란 점이다. 그렇기 때문에 새로운 작가가 앞뒤의 문맥을 살펴서 작품을 완결시킨 것과는 근원적으로 이 책은 다른 것일 수 있다. 이런 점에서 필자는『청석골 대장 임꺽정』이 보여준 새로운 삽입을, 북한사회가 처한 특수한 현실의 요구가 그 삽입에 일정하게 반영되어 있으리란 사실을 인정하면서도, 단점이라고 생각하기보다는 강점이라고 생각하는 편이다. 다음으로『청석골 대장 임꺽정』은 원작을 다이제스트하면서 원작의 전반부를 과감가하게 줄여 버렸다는 특징을 가지고 있다. 즉 임꺽정의 직접적 활동과 비교적 무관하며 당대의 사회상을 보여주는 데 주력한 '봉단편'과 '피장편'과 '양반편'을 완전히 삭제하다시피 하면서 곧바로 '의형제편'으로 들어간 것이 이를 말해준다. 이를 사계절출판사에서 간행한『임거정』과 비교하여 이야기한다면 전 9권 중 앞의 3권을 제외해 버리고 4권 '의형제편'의 '박유복이'로부터 홍석중의『청석골 대장 임꺽정』은 시작한다는 이야기가 된다. 이렇게 볼 때『청석골 대장 임꺽정』은 '의형제편' 이하를 약 1/6로 다이제스트하면서 마지막 부분을 추가시켜 완결한 소설이 되는 셈이다.

그런데 이와 같은 축약이『청석골 대장 임꺽정』을 읽는 독자들에게 오히려 새로운 흥미와 박진감을 창조해 내고 있다는데 이 다이제스트 판의 우수함이 있다. 원작『임거정』은 당대의 여러 살림살이에 대한 설명의 지루함이 종종 현대의 독자들을 따분하게 만드는 수가 있었다. 반면에 이 책은 전혀 그런 점이 없다. 인물을 중심으로 수시로 박진감 있게 전개되는 사건들이 순식간에 손 뗄 사이도 없이 이 책 한 권을 다 읽게 만들어 버리는 매력을 이 책은 가지고 있다.

아무쪼록 많은 독자들이 이『청석골 대장 임꺽정』을 읽음으로써 북한
문학에 대한 이해의 단초를 마련하고 나아가서, 우리의 고전인 벽초의『임
꺽정』을 다시 읽어 보겠다는 욕심으로 발전하기를 바라며 필자의 잡설을
마무리하고자 한다.

—『청석골 대장 임꺽정』, 동광출판사, 1989.

저자 홍정선(洪廷善)

1953년 경북 예천에서 태어났다. 서울대학교 문리과대학 국어국문학과 및 동대
학 대학원 석·박사 과정을 졸업했다. 1982년『문학의 시대』를 창간하면서 비평
활동을 시작한 후, 대한민국문학상, 소천비평상, 현대문학상을 수상했다.
현재 (주)문학과지성사의 기획위원으로 활동하고 있다. 1982년부터 1992년까지 한
신대학교에 재직하였고, 그 이후부터 현재까지 인하대학교에 재직 중이다.
저서로『역사적 삶과 비평』,『신열하일기』,『프로메테우스의 세월』등이 있다.

카프와 북한문학

저자 홍정선

인쇄 2008년 2월 12일
발행 2008년 2월 22일

펴낸곳 도서출판 역락
등록 1999년 4월 19일 제303-2002-000014호
펴낸이 이대현
편 집 양지숙

주소 서울시 서초구 반포4동 577-25 문창빌딩 2층
전화 02-3409-2058, 2060
팩시밀리 02-3409-2059
e-mail youkrack@hanmail.net

값 13,000원
ISBN 978-89-5556-603-1 93810